Robert A Heinlein

너희 모든 좀비는

All You Zombies

너희 모든 좀비는

조호근 옮김

로버트 A. 하인라인 중단편 전집 **10**

ROBERT A. HEINLEIN

아작

차례

✳

게시판

The Bulletin Board

조호근 옮김

우리 캠퍼스는 입자가속기와 2백 명 규모의 풋볼 선수단을 갖춘 공장 규모의 초대형 시설은 아니지만, 나름 사람 냄새가 나는 곳이다. 그중에서도 가장 다정한 장소가 바로 오래된 본관 건물에 붙은 게시판이다. 잃어버린 장갑 한 짝이 압정으로 꽂혀 있기도 하고, 기혼자인 전문 베이비시터가 먼저 다녀가지 않았다면 일거리를 얻을 수도 있다. 또는 멈춰버린 자리에서 견인해 올 수 있다면 자동차를 싸게 살 수도 있다. 가끔가다 "도서관에서 재킷 가져간 사람, 부디 같은 물건으로 돌려주고 면상으로 주먹 한 방 받아줄 수 있을까?" 같은 쪽지도 붙는다.

그러나 사람들이 주로 관심을 가지는 부분은, 그 뒤로 이어지는 'A에서 G', 'H에서 L', 'M에서 T', 'U에서 Z'로 나뉜 네 개의 구역이다. 우리 학교 학생들은 막대한 우편요금을 절약하기 위해서, 형편없는 주제에 이름에 '서비스'를 붙이고 다니는 미합중국 우편제도 대신 이곳 게시판을 이용하기 때문이다. 누구나 아침마다 강의실로 가기 전에 자기 구역을 훑어본다. 자기 앞으로 온 편지가 없더라도, 적어도 누가 편지를 받았는지, 때로는 누가 보냈는지까지 확인할 수 있으니까. 그리고 점심에 한 번, 집에 가기 전에 한 번 추가로 살핀다. 사교활동이 번잡한 사람이라면 하루에 예닐곱 번씩 확인하기도 한다.

나는 그렇게 번잡한 사람은 아니지만, 가끔 클리프가 보낸 쪽지를 게시판에서 뜯어내곤 했다. 내가 좋아한다는 것을 알기 때문에 클리프가 어울려주는 것이다. 게시판을 통해 편지를 받는 일은 즐거울 수밖에 없으니까.

나와 'H에서 L' 구역을 공유하기 때문에 종종 마주치는 여자애가 하나 있었는데, 가브리엘 라몬트라는 이름이었다. 그냥 내가 인사를 하면 그쪽에서도 인사를 받는 정도에서 대화가 끝나는 사이였다. 가브리엘은 애처로운 부류의 소녀였다. 완전히 별종이 아니라 조금 음침한 정도였지만 말이다. 이목구비는 평범한 편이었지만 저마다 자연 그대로 살아가게 방치할 뿐, 립스틱조차 바르지 않았다. 머리카락은 뒤로 넘겨 묶었고 옷은 꼭 프랑스에서 산 것처럼 보였다. 파리가 아니라, 그냥 프랑스 말이다. 양쪽에는 명확한 차이가 존재한다.

그리고 아마 사실 그랬을 것이다. 그 애 아버지는 현대언어학부 소속이라 자기 딸을 3년 동안 프랑스 학교에 보냈다. 아무래도 그게 원인인 듯했다. 나는 그 애가 한 번도 데이트를 해본 적이 없다고 확신할 수 있었다.

우리 둘 다 8시 수업이 있었는데, 그녀는 항상 나와 같은 시간에 'H에서 L' 구역을 확인하고 조용히 사라졌다. 그녀 앞으로 쪽지가 오는 일은 한 번도 없었다.

적어도 그날 아침까지는 그랬다. 순수한 육식동물 부류인 조지아 래머스가 게시판에서 쪽지를 떼어내고 있을 때 가브리엘이 다가왔다. 가브리엘은 나직하고 부드러운 목소리로 말했다. "죄송한데요, 그 쪽지는 제 거예요."

조지아는 대꾸했다. "어? 무슨 헛소리야!"

가브리엘은 겁먹은 표정이었지만 그래도 손을 내밀었다. "부디 이름을 확인해주세요. 잘못 보신 것 같아요."

조지아는 그대로 쪽지를 폈다. 조지아는 3학년이었고, 우리 아빠가 직원 명단에 올라 있지 않았더라면 나와는 말도 섞지 않았을 것이다. 그러나 나는 그녀가 두렵지 않았다. "그러지 말고 읽어봐. 이름만 확인하면 되잖아." 내가 말했다.

조지아는 봉투를 내 얼굴로 들이밀며 쏘아붙였다. "뭔 참견이야. 직접 읽어!"

"가브리엘 라몬트." 나는 소리 내서 봉투의 이름을 읽었다. "돌려줘, 조지아."

"뭐?" 조지아는 새된 소리를 지르고 봉투를 확인했다. 순식간에 그녀의 볼이 빨갛게 달아올랐다.

"넘기라니까." 나는 반복해 말했다.

"뭐야! 사람이 실수할 수도 있는 거잖아!" 조지아는 말하며 쪽지를 가브리엘 쪽으로 던지고 종종걸음으로 자리를 피했다.

가브리엘은 봉투를 주우며 말했다. "고마워, 모린." 속삭이는 목소리였다.

"언제나 찾아오는 수신자 확인 서비스랍니다. 도움이 되어서 기쁘네." 내 대답은 진심이었다. 조지아 래머스는 목선이 깊이 파인 드레스처럼 경박한 방식으로 인기가 좋았지만, 나와는 성미가 맞지 않았다. 꼭 자기가 섹스를 발명한 사람이라도 되는 양 행동하는 모습이 기분 나빴다.

그날부터 가브리엘은 매일 편지를 받기 시작했다. 때론 봉투에 들어 있었고, 때론 그냥 접어서 압정으로 꽂아놓기만 했다. 나는 누가 쪽지를 보내는지 궁금해졌다. 하지만 가브리엘과 마주칠 때마다 누가 같이 있는 모습은 본 적이 없었다. 나는 그 애 아버지가 좋아하지 않는 상대방이 비밀 데이트 약속을 잡으려고 게시판을 이용하는 것이라는 결론을 내렸다. 클리프에게 말했더니, 그는 내가 로맨틱한 상상을 도저히 통제할 수 없는 모양이라고 놀리기만 했다.

가브리엘은 그 주에 열한 통의 쪽지를 받았고, 나는 네 통밖에 받지 못했다. 전부 클리프가 보낸 것이었다. 내가 이 점을 지적하자, 클리프는 내가 축복에 감사할 줄 모른다며 배급량을 일주일에 세 번으로 줄이겠다고 선언했다. 남자들이란 정말 짜증나게 구는 데는 일가견이 있다니까.

어느 날 아침 게시판 앞에 가보니, 가브리엘이 쪽지를 떼어내는 모습이 보였다. 이번에는 조지아 래머스도 있었다. 가브리엘이 떠나자마자 나는 달콤한 목소리로 말을 걸었다. "아무것도 없나 보네, 조지아? 이걸 어쩌나. 아니면 이번에는 가브리엘이 네 쪽지를 가져갈 차례일까?"

조지아는 콧방귀를 뀌고는 사무원 아르바이트를 하는 교무과장실로 들어가버렸다. 5시가 넘어서 아빠 차로 집에 가려고 본관에 들어가 기다릴 때까지, 나는 이 사건을 다시 떠올리지 않았다.

'H에서 L' 구역에는 나나 가브리엘이나 조지아에게 온 쪽지는 하나도 없었다. 주변에 아무도 없었기 때문에, 나는 얼른 상급생용 벤치에 앉아서 다리를 뻗었다.

그리고 누군가가 뒤에서 다가오는 바람에 깜짝 놀라 일어났지만, 다행스럽게도 가브리엘이었다. 어차피 그 애도 1학년이고 일러바칠 생각은 하지 않을 것이었다. 하지만 나는 다시 자리에 앉지는 않았다. 우리 상급생 위원회는 자신들의 성스러운 권한을 무시하는 자들에게 환상적인 벌칙을 만들어주는 것으로 악명이 높으니까.

다시 앉지 않아서 다행이었다. 다음 순간 조지아가 교무과장실에서 나왔기 때문이었다. 그러나 조지아는 나한테는 눈길조차 주지 않고 바로 게시판의 'H에서 L' 구역으로 가서 쪽지 하나를 떼어냈다. 나는 '모린, 너도 기억력이 떨어져가나 봐.'라고 생각했다. 1분 전까지만 해도 분명 아무것도 없다고 생각하고 있었으니까.

조지아는 몸을 돌리다 나를 보았다. 그녀는 얼굴을 붉히며 내게 말했다. "뭘 그렇게 뚫어지라 보고 있어?"

"미안. 너한테 보내는 쪽지가 있는 줄 몰랐을 뿐이야. 조금 전에 게시판을 확인했거든."

조지아는 벌컥 화를 내려다가, 문득 표정을 관리하며 심술궂은 미소를 지었다. "읽어보고 싶어?"

"세상에, 싫어!"

"얼른 읽어봐!" 조지아는 쪽지를 내 쪽으로 들이밀었다. "내용이 아주 흥미롭더라고."

나는 영문도 모르고 쪽지를 받아들었다. 그러나 쪽지는 접힌 자국과 압정 구멍을 제외하면 아무 내용도 없이 텅 비어 있었다. "누가 널 놀리고 있는 모양이네." 나는 말했다.

"내가 아니야."

나는 쪽지를 뒤집어 보았다. 수신자는 이렇게 적혀 있었다. '가브리엘 라몬트 양.'

나는 천천히 수신자가 '조지아 래머스'였어야 한다는 사실을 깨달았다. 적어도 조지아가 그 쪽지를 건드리려면 그래야 했을 것이다. "이건 네 쪽지가 아니잖아. 네가 무슨 권한으로 이걸 건드리는 건데."

"무슨 쪽지?"

"이 쪽지 말이야."

"쪽지 같은 건 안 보이는데. 백지 한 장일 뿐이지."

"하지만… 기다려봐. 처음에는 이게 가브리엘에게 보내는 쪽지라고 생각했을 거 아니야. 그런데도 그냥 뜯어낸 거잖아."

조지아의 미소는 한층 짓궂어졌다. "아니, 쪽지가 아니라는 걸 알고 있었거든. 바로 그게 문제야."

"뭐?"

조지아의 설명을 듣자 나는 그 면상을 할퀴고 싶어졌다. 불쌍한 가브리엘은 다른 사람들처럼 편지를 받고 싶어서 자신에게 쪽지를 보내왔던 것이다. 그리고 조지아는 그 사실을 알아차렸다. 두 사람 모두 학내 아르바이트 때문에 늦은 시간까지 교정에 머물렀기 때문이었다. 지난주 가브리엘이 늦은 시간에 찾아와서 주변을 둘러보고 쪽지를 붙여놓는 모습을 조지아가 목격한 것이었다. 교활한 조지아는 슬쩍 밖으로 나와서 가브리엘이 쪽지를 보낸 대상을 확인했고, 그 애가 자신에게 쪽지를 보내고 있다는 사실을 알아챘다.

불쌍한 가브리엘! 함께 어울려 다니는 사람을 보지 못한 것도 당연한 일이었다. 애초에 없었으니까.

조지아는 입술을 핥았다. "정말 절박한 것 같지 않아? 그 계집애는 자기도 인기인으로 보이고 싶다는 거잖아? 아무래도 진짜 쪽지를 써서 알려줘야 할까 봐. 관객들이 조금도 속아 넘어가지 않았다고 알려줘야지."

"그러기만 해봐!"

"나 참, 따분하게 굴지 말고!" 조지아는 다시 게시판에 쪽지를 붙이고, 같은 구멍에 맞춰 압정을 꽂았다. "재밌는 방법이 생각날 때까지는 이 짓거리를 계속하게 해줘야지."

나는 조지아의 팔을 붙들었다. "다시 그 애의 쪽지를 건드리기만 하면, 내가…."

조지아는 나를 떨쳐냈다. "모린, 네가 어쩔 건데? 그 계집애한테 달려가서 쪽지가 전부 가짜라는 걸 알고 있다고 말해주려고? 그러면 어떻게 될지 뻔하잖아!"

"학장한테 이를 거야! 학장한테 가서 네가 가브리엘의 쪽지를 열어보고 있었다고 말할 거라고!"

"어머, 정말? 근데 너도 봤잖아."

"네가 건네줘서 본 거잖아!"

"내가 그랬던가? 주장이 서로 갈릴 모양이네, 꼬마 아가씨."

"하지만…."

"그리고 네가 그렇게 주장하면, 가브리엘의 가짜 쪽지에 대한 소문이 캠퍼스 전체에 퍼지겠지. 다시 생각해보는 게 어때." 그녀는 당당하게 걸어 사라졌다.

내가 귀갓길 내내 너무 조용해서, 아빠는 마침내 이렇게 물으셨다. "무슨 일이냐, 딸? 시험을 망쳤니?"

나는 내 학업 성취가 만족스러운 수준이라고 최선을 다해 설득했다. "그럼 왜 그렇게 우울한 얼굴이지?"

내가 이 학교에 등록하기 전에, 아빠는 교수의 자녀가 지켜야 하는 정글의 첫 번째 법칙은 부모를 학과 사무실용 직통 경로로 사용하면 안 된다는 것이라고 단단히 경고하셨다. "하지만 아빠는 교수잖아요."

"학생들 사이의 문제인 모양이지? 그럼 혼자 고민하는 게 낫겠구나. 행운을 빈다."

나는 어머니께도 고민을 알리지 않았다. 어머니에게 있어 표현의 자유란 단순한 이론으로 끝나는 것이 아니었기 때문이었다. 걱정 외에는 할 수 있는 게 없었다. 불쌍한 가브리엘! 다음 날 아침 자기 '쪽지'를 게시판에서 떼어내는 그 애의 얼굴은 행복해 보였고, 나는 울고 싶었다. 그러다 문득 조지아 래머스의 얼굴에 떠오른 비웃음이 눈에 들어왔고, 곧바로 내 기분은 살의 쪽으로 바뀌었다. 금요일에 또 '쪽지'가 붙었고, 나는 그걸 건들지 말라고 소리치고 싶었다. 그러나 그럴 엄두를 낼 수가 없었다. 마치 시한폭탄 같은 상황이었다. 조지아가 고약한 계획을 떠올리기만 하면 곧바로 엉망이 될 것을 알고 있으면서도, 가브리엘의 측은한 놀이를 지켜볼 수밖에 없었다.

나는 월요일 아침에 교무과장실에 들렀다. 마주칠 수밖에 없기는 했지만, 조지아를 보러 간 것은 아니었다. 나는 학교 주보의 1학년 기자였고, 자질구레한 업무 중에 '생일 축하' 칼럼을 쓰는 일이 있어서 간 것이었다. 나는 파일을 훑으며 이번 주 금요일에서 다음 주 목요일 사이의 생일을 기록했다. 금요일에 가브리엘의 생일이 있었다. 나는 그 아이에게 게시판으로 생일 카드를 보내기로 마음먹었다. 적어도 이번에는 진짜 우편물을 받게 될 것이었다. 다음으로 나는 번 피터슨의 이름을 적었다. 그녀의 생일은 가브리엘과 같은 날이었다. 번은 학생회장이자 치어리더 주장이며 풋볼부 명예 주장이기도 했다. 덤으로 가브리엘의 생일까지 챙겨 가다니 정말 안된 일이었다. 나는 가브리엘에게 정말로 끝내주는 카드를 선사하고 손수건도 곁들여 주겠다고 마음먹었다.

내가 기록을 끝내자, 조지아는 내 목록을 낚아채고 말했다. "누가 또 나이를 드시나?"

나는 "너."라고 대꾸하고 목록을 도로 가져왔다.

"우리 1학년 아가씨, 너무 건방지게 굴면 곤란한데. 혹시 번 피터슨네 생일파티에 가는 거야?" 그리고 조지아는 바로 이렇게 덧붙였다. "어머나, 깜빡했네. 상급생만 들어갈 수 있었지."

나는 조지아를 쏘아보며 대꾸했다. "너도 못 간다는 데에 더블 초콜릿 몰트와 먹다 남은 막대사탕도 걸 수 있는데!"

조지아는 대꾸하지 않았고, 나는 당당하게 사무실을 나섰다.

✳

그 주는 끔찍하게 바빴다. 남동생은 팔을 접질리고 어머니는 이틀 동안 집을 비우셔서 내가 집안일을 도맡아야 했다. 고양이한테 구충제도 먹여야 했고, 클리프의 기말 과제도 타자로 쳐줘야 했다. 금요일 늦은 시간이 되어, 혹시 클리프한테서 쪽지가 와 있을지도 모른다는 생각에 게시판 앞에서 걸음을 멈추었을 때에서야 가브리엘 생각이 났다. 클리프의 쪽지는 없었지만, 가브리엘의 이름을 타자로 친 봉투에 그 아이의 쪽지가 들어 있었다. 순간 나는 그 아이한테 보낼 생일 카드를 잊었다는 사실을 깨닫고 충격을 받았다.

지금이라도 붙여서 월요일에 받아보게 할까 고민하고 있는데, 옆에서 쉿! 하는 소리가 들렸다. 조지아 래머스가 교무과장실로 들어오라고 내게 손짓하고 있었다. 나는 호기심을 견디지 못하고 그쪽으로 걸음을 옮겼다.

조지아는 나를 붙들고 안으로 끌어들였다. 외부 사무실에는 다른 사람은 아무도 없었다. "건들지 마. 누가 보고 있으면 안 올지도 모르니까. 이제 슬슬 시간이 됐거든. 5시가 넘었으니까." 그녀는 이렇게 속삭였다.

나는 조지아의 손을 떨쳐내며 물었다. "누구 말이야?"

"당연히 가브리엘이지. 입 다물고 있어!"

"뭐야? 벌써 여기 다녀간 거잖아. 월요일에 받아볼 '쪽지'가 붙어 있던데."

"우리 후배님은 정말 모르는 게 없으시다니까. 조용히 좀 있어!" 그녀는 나를 한쪽 구석으로 밀어넣은 다음 밖을 기웃거렸다.

"밀지 좀 마!" 나는 말하며 슬쩍 밖을 내다봤다.

가브리엘은 등을 돌린 채 게시판에 뭔가를 붙이고 있었다. 그러다 자신의 이름이 적힌 봉투를 발견했는지, 그걸 떼고는 서둘러 사라졌다.

나는 조지아를 돌아보았다. "저 애의 쪽지에 장난질을 쳐놨으면, 곧바로 학장실로 갈 거야."

"어디 해봐. 얼마나 문제가 커질지 한번 보자고."

"저 쪽지 네가 손댄 거지?"

"당연하지. 내가 쓴 건데. 그게 뭐가 문젠데?" 반박할 수가 없었다. 누구한테 쪽지를 보내든 내가 상관할 바는 아니었으니까. "좋아, 그래서 뭐라고 썼는데?"

"네가 알아서 뭘 하려고? 그래도 좋아, 말해줄게. 혼자만 알고 있기에는 너무 재밌는 일이거든." 그녀는 자기 손가방에서 종이 한 장을 꺼냈다. 첨삭으로 가득한, 타자기로 친 초벌 원고였다. 그 내용은 이랬다.

친애하는 가브리엘,

오늘은 번 피터슨의 생일입니다. 우리는 이 학교에서 전례가 없었던 성대한 깜짝 파티를 열어줄 생각입니다. 전교생을 초대하고 싶지만 그건 무리겠지요. 당신은 1학년을 대표할 여학생 중 한 명으로 선정되었습니다. 선정된 학생들은 조를 짜서 함께 그녀를 맞이할 생각입니다. 당신이 속한 조는 7시에 구내매점에서 만날 겁니다. 제일 좋은 옷을 차려입고 오세요. 다른 사람에게는 절대 아무 말도 하면 안 됩니다!

— 위원회 일동

"너저분한 속임수네. 자기 생일인데 다른 사람 생일파티에 초대하다니 말이야. 그 애 생일이라는 건 너도 알고 있었잖아."

"그래서 뭐?"

"고약한 게 딱 너다운 짓이라고. 대체 어떻게 초대하게 만든 거야? 넌 위원회 소속도 아니잖아. 맞지?"

조지아는 잠시 나를 바라보더니, 이어 웃음을 터뜨렸다. "어디든 그 계집애를 초대할 리가 없잖아."

"뭐야? 파티가 없단 소리야? 분명 열릴 텐데."

"아, 그럼, 번 피터슨의 생일파티야 당연히 열리지. 하지만 그 건방진 계집애는 참석할 수 없을 거야. 그게 재밌는 부분이거든."

나는 마침내 깨달았다. 가브리엘은 구내매점에 가서 기다리고 기다리고 또 기다릴 것이다. 자신이 초대받았다고 생각하는 파티가 그녀 없이도 멀쩡히 진행되는 내내. "지금 이게 재밌다고 생각하는 거야?"

"이건 시작일 뿐이거든." 조지아는 그대로 맞받아쳤다. "8시 반쯤 돼서 슬슬 '어떻게 된 거야?' 하고 걔가 생각할 때쯤 되면, 누군가가 다른 쪽지를 건네주러 갈 거야. 물론 지금까지 자기 자신에게 보냈던 쪽지들처럼 백지겠지만. 그럼 깨닫게 되겠지." 그녀는 깔깔거리고 입술을 핥았다. "지금까지 가짜 쪽지 놀음을 한 벌을 받아야지 않겠어."

내가 달려들자 그녀는 얼른 접수대 뒤로 몸을 숨겼다. "이 안쪽은 출입금지거든!" 그녀는 새된 비명을 질렀다.

나는 걸음을 멈추었다. "영원히 거기 있을 수는 없을걸. 나하고 같이 가브리엘한테 가. 그리고 네 입으로 사실을 고백해. 있는 그대로!"

"네가 말해주지그래!" 그녀는 이렇게 쏘아붙였다. 남학생 두 명이 들어오고 교무과장이 안쪽 사무실에서 나왔다. 조지아는 즉시 싹싹하게 업무 태세로 전환했다. 나는 사무실을 나섰다.

클리프가 'H에서 L'에서 기다리고 있었다. 그 모습이 이토록 기쁜 적이 없었다.

✳

잠시 후 클리프가 입을 열었다. "좋아, 전화해주자. 속임수였다고 알려주고 구내매점에 들어가지 말라고 말하는 거야."

"하지만 클리프, 어떻게 그런 짓을 해! 조지아의 계획만큼이나 잔인한 짓이잖아. 저기, 혹시 번의 생일파티에 데려다줄 사람을 구할 수는 없어?"

클리프는 이맛살을 찌푸렸다. "방법이 안 보이는데."

"클리프, 뭔가 생각해내야 해!"

"응, 오늘은 가브리엘의 생일이기도 하잖아, 맞지?"

"맞아, 그래. 그래서 정말 고약한 거라고."

"그럼 번의 파티로 보내 봤자 좋을 게 없잖아. 그 애를 위해서 깜짝 파티를 열어줘야 하는 거 아니야? 간단하네."

나는 입을 떡 벌리고 그를 경배하며 바라봤다. "클리프, 너 천재지."

"아니." 그는 겸허하게 대꾸했다. "그저 머리가 아주 좋고 선량한 마음을 가지고 있을 뿐이야. 그럼 서둘러보자고."

먼저 나는 어머니께 전화를 걸었다. "당장 오늘 저녁에 말이니, 모린? 네 친구를 맞이하는 일이야 아주 즐겁겠지만, 그래도…." 나는 즉시 말을 자르고 현재 상황을 간단히 설명했다. 어머니는 단호하게 대답하셨다. "냉동고 안을 확인해보마. 서머스마켓이 아직 안 닫았을지도 모르겠구나. 칠면조 다리와 버섯 크림 토스트면 되겠니?"

"아이스크림도요. 생일파티에는 아이스크림이 필요하다고요." 내가 덧붙였다.

"케이크는 어쩌나? 시간이 부족할 것 같은데."

"어, 우리가 가져갈게요."

내가 전화를 끊는 순간 다른 공중전화 부스에서 클리프가 나왔다. "다운비트캠퍼스 콤보 악단을 수배했어." 그가 당당히 말했다.

"어머나, 클리프. 오케스트라잖아!"

"주크박스에서 탈출한 난민집단 쪽이겠지만, 그렇게 부르고 싶다면야."

"근데 공연료는 어떻게 하고?"

"안 받는대. 홍보 공연으로 했어. 번네 파티에 이름을 넣으려다 떨어진 모양이라, 이성의 목소리에 귀를 기울이기로 한 거지. 그런데 하객 쪽은 그리 소득이 없네."

"너희 기숙사에는 연락해봤어?"

"당연하지. 그런데 남자애들은 죄다 다른 계획이 있더라고."

"다시 전화 걸어서, 그 날백수들한테 정시에 선물 하나씩 들고 등장하지 않으면 두 번 다시 우리 집에서 대그우드샌드위치는 입에 대지도 못하게 될 거라고 전해. 변명은 안 듣겠어. 이젠 전면전이라고."

"알겠습니다, 대장!"

우리는 '헬렌 헌트의 맛있는 페이스트리' 가게로 갔다. 헬렌 헌트 씨의 남편은 막 문을 닫으려다 우리를 들여보내주었다. 생일 케이크는 하나도 없었다. 다음 날 새벽 4시까지는 제빵사도 출근하지 않을 것이었다. 애석한 일이었다. 문득 3단 웨딩케이크가 내 눈에 띄었다. "저거 모형이에요?"

"솔직히 말하자면, 조금 안타까워진 물건이지. 아내와 나한테 같은 주문이 따로 들어왔거든."

"처치할 수가 없는 거죠?"

"글쎄, 갑자기 웨딩케이크 주문이 들어올지도 모르는 일이긴 하지."

"8달러." 내가 말했다.

그는 케이크를 바라보며 대꾸했다. "10달러." 그리고 덧붙였다. "현찰로."

나는 클리프를 바라보았다. 클리프는 나를 바라보았다. 나는 손가방을 열었고 그는 지갑을 꺼냈다. 합해서 6달러 57센트가 있었다. 헬렌 헌트 씨의 남편은 천장을 바라보았다. 클리프는 한숨을 쉬더니 내 블라우스에서 남학생 사교 클럽 핀을 빼서 그에게 건넸고, 헬렌 헌트 씨의 남편은 그걸 계산대 안에 넣었다.

그는 케이크에서 꼬마 신랑 신부를 내리고, 단마다 초를 꽂은 다음, 케이크 장식용 도구를 가져왔다. "이름이 뭐지?"

"가브리엘이오. 아니, '가비'로 해 주세요. G, A, B 두 개, Y."

나는 빵집 전화기를 빌려 오툴 부인에게 전화를 했다. 오툴 부인은 캠퍼스 여학생 절반의 파마를 담당하는 사람이다. 그녀는 자기 미용실이 있는 건물에 살기 때문에, 서둘러서 7시 15분까지 준비를 끝마쳐놓겠다고 합의해주었다. 클리프는 차를 전속력으로 몰아 6시 10분에 나를 내려주었다. 남동생은 정면 현관에 크리스마스트리용 조명을 달고, 아빠는 가구를 옮기고 계셨다. 어머니는 뺨에 검댕을 묻힌 채로 돌개바람처럼 집 안을 휩쓸고 계셨다. 아빠에게는 키스를 해드렸지만, 어머니는 도저히 멈추게 할 수가 없었다.

나는 욕조에 물을 받으며 세 군데에 전화를 걸었고, 이어 그대로 욕조에 뛰어들었다 나온 다음 화장을 하고 어깨끈이 거의 안 보이는 정장을 몸에 걸쳤다. 7시 5분 전에 클리프가 경적을 울리는 소리가 들렸다. 조금 몸에 끼는 턱시도를 입은 모습이 환상적인데다, 치자꽃 코르사주도 두 개 가져오는 사랑스러운 짓을 벌였다. 하나는 나, 하나는 가브리엘에게 줄 물건이었다. 우리는 전속력으로 액셀을 밟으며 구내매점으로 달려갔다.

도착하니 7시 15분이었다. 안을 들여다보니 가브리엘이 으슥한 자리에 앉아서, 쓸쓸하게 반쯤 빈 코카콜라 병을 쓰다듬고 있는 모습이 보였다. 롱드레스는 그리 나쁘지 않았지만, 화장은 할 줄도 모르면서 억지로 시도한 느낌이 역력했다. 립스틱은 비뚤어지고 번지고 색깔도 안 어울렸고, 볼연지와 분으로는 입에 담기도 힘든 짓을 벌인 모양이었다. 그리고 그 아래의 피부는 파랗게 겁에 질려 있었다.

나는 가게 안으로 들어갔다. "안녕, 가브리엘."

그녀는 웃으려 애썼다. "아…, 안녕, 모린."

"갈 준비 됐어? 위원회에서 나왔는데."

"어… 그게, 잘 모르겠어. 몸이 안 좋은 것 같아. 집에 가야 할 것 같은데."

"말도 안 돼! 얼른 와. 이러다 늦겠어." 우리는 양쪽에서 가브리엘의 팔을 붙들고 나와 클리프의 지붕 없는 차에 몰아넣었다.

"파티는 어디서 하는데?" 가브리엘은 불안한 투로 물었다.

"너무 캐묻지 마. 깜짝 파티잖아." 딱히 틀린 말은 아니었다.

클리프는 그녀가 다른 질문을 하기 전에 오툴 부인의 미용실 앞에 차를 세웠다. 가브리엘은 어안이 벙벙해 있었지만 이미 저항할 의지를 잃은 상태였다. 나는 안으로 들어가 오툴 부인에게 말했다. "17분 드리죠."

부인은 찰흙 덩어리처럼 서 있는 가브리엘을 훑어보며 말했다. "2시간은 필요할 것 같은데."

나는 양보할 수밖에 없었다. "그럼 20분. 할 수 있겠어요?" 앞서 나는 전화로 클레오파트라를 창조해야 한다고 일러둔 바 있었다. 물론 제로에서 시작해서.

오툴 부인은 입술을 깨물며 다시 가브리엘을 훑어보았다. "일단 해볼게. 이리 오련, 애야."

가브리엘은 계속 정신을 못 차리는 얼굴이었다. "하지만 모린…."

"입 다물어." 나는 단호하게 말했다. "뭐든 부인이 시키는 대로만 해."

오툴 부인은 가브리엘을 이끌고 사라졌다. 두 사람을 기다리는 동안, 클리프는 데케 클럽 기숙사와 상급생 기숙사에 전화를 걸어 다섯 명의 남학생과 두 쌍의 커플을 추가로 확보했다.

두 사람은 30분 후에야 다시 등장했고, 나는 순간 거의 기절할 뻔했다. 오툴 부인은 여기서 썩을 사람이 아니었다. 루이 15세의 궁정에 있어야 하는 사람인데.

가브리엘도 마찬가지였다.

처음에는 화장을 아예 안 한 줄 알았다. 그런데 다시 보니 워낙 솜씨가 좋아서 원래 얼굴의 일부처럼 보이는 것이었다. 평소보다 여덟 배는 커진 눈은 은밀한 슬픔이 깃든 고요한 샘처럼 보였다. 그러니까, 인생 경험이 많은 여인처럼 보였다는 소리다. 머리는 여전히 뒤로 빗어넘긴 직모였지만 여기에도 이미 전문가의 손길이 닿아 있었다. 여기 도착할 때 만두처럼 틀어올렸던 머리도 시뇽 스타일이라 불러야 할 만큼 잘 다듬어져 있었다. 광대뼈도 높아졌다. 드레스에도 뭔가를 했는지, 몸매를 훨씬 잘 드러내며 목선도 한층 내려와 있었다. 어깨에 사뿐히 올라탄 코르사주의 꽃잎은 그녀의 하얀 피부와 구별할 수 없을 정도였다.

구슬 목걸이 대신에 한 줄의 진주 목걸이가 정확하게 어울리는 위치에 자리를 잡고 있었다. 오툴 부인 본인의 물건이 분명했다. 진품처럼 보였다.

클리프가 숨을 들이쉬는 바람에, 나는 만지면 안 된다는 사실을 되새겨주려고 옆구리를 찔렀다. 가브리엘은 수줍게 웃었다. "괜찮아 보여?"

나는 대답했다. "코노버와 파워스가 모델 계약을 따내려고 총격전을 벌일 정도야.* 정말 대단해! 다들 어서 가자. 이미 지각이야."

클리프가 운전대를 잡으면 승객들은 입을 열 엄두도 내지 못한다. 이 상황에서는 다행스러운 일이었다. 우리는 8시 20분에 목적지에 도착했다. 집 앞 골목은 차로 가득했고 우리 집은 색색의 불빛으로 둘러싸여 있었다. 동생은 망을 보고 있다가 얼른 집으로 들어갔다.

클리프가 우리 외투를 받아주었다. 나는 가브리엘을 떠밀며 말했다. "얼른 들어가."

그녀가 거실로 들어서는 순간, 다운비트 악단의 연주가 울리며 모두

---

* 해리 코노버와 존 로버트 파워스는 모델 에이전시의 창립자들로서, 20세기 중반 뉴욕에서 서로 경쟁하는 관계였다.

함께 노래를 불렀다.

"생일 축하합니다, 사랑하는 가브리엘!"

"생일 축하합니다!"

다음 순간 마음이 쓰려오기 시작했다. 불쌍한 가브리엘이 얼굴을 가리고 흐느끼기 시작했기 때문이었다.

그래서 나도 울어버렸다. 모두 큰 소리로 웃고 떠들며 소리쳤고, 다운비트 콤보 악단은 댄스곡을 연주하기 시작했다. 훌륭한 솜씨는 아니어도 충분히 쓸 만했고, 나는 그 순간 파티의 성공을 확신했다. 어머니와 나는 가브리엘을 몰래 위층으로 데려갔고, 내가 화장을 고치는 동안 어머니는 울음을 그치라고 가브리엘을 다독여주셨다. 그리고 가브리엘이 울음을 그치자, 완벽한 솜씨로 피해를 복구해 보이셨다. 어머니가 마스카라를 가지고 계실 거라고는 상상도 못 했는데, 하긴 언제나 새로운 면모를 보여주는 분이니 이상한 일은 아니다.

그리고 우리는 다시 아래층으로 내려갔다. 클리프는 낯선 남자를 데리고 오더니 말했다. "마드무아젤 라몬트, 페르메테 무아 드 부 프레젠테 무슈 조니 알라르." 내가 아는 클리프의 프랑스어 어휘력을 명백하게 뛰어넘는 문장이었다.

조니 알라르는 남학생 중 한 명이 데려온 교환학생으로, 늘씬한 검은 머리의 남자였다. 그는 가브리엘 옆에만 찰싹 달라붙어 있었다. 영어 실력이 별로인데 바로 옆에 자기네 나라말을 하는 여학생이 있으니…. 그리고 오툴 부인의 실력도 영향을 끼쳤을 것이었다. 물론 경쟁자도 제법 됐다. 다들 새로운 모습의 가브리엘 근처를 기웃거리고 싶은 모양이었다.

나는 안도의 한숨을 쉬며 슬쩍 부엌으로 빠져나왔다. 내가 저녁을 걸렀다는 사실이 불현듯 떠올랐기 때문이었다. 나처럼 활동량이 많은 사람은 한 끼만 빼먹어도 치명적이다. 앞치마를 두른 아빠가 칠면조 다리 한 짝을 건네주셨다. 나는 칠면조 외에도 쟁반에 올리기 힘든 이런저런 실패작을 주워 먹었다.

그런 다음에는 돌아가서 클리프와, 그리고 가브리엘 곁에서 밀려난 남학생 몇 명과 춤을 추었다. 악단이 10분 휴식을 취하는 동안 조니 알라르가 피아노를 칠 줄 안다는 사실이 밝혀졌고, 가브리엘은 그와 함께 샹송을 불렀다. 눈알까지 굴려서 왠지 저속할 것 같은 느낌이 들지만, 사실은 딱히 그렇지는 않은 그런 노래 말이다. 다음에는 모두 함께 프랑스 동요 〈종달새〉를 불렀는데, 이쪽이 나한테는 더 맞았다.

가브리엘은 세계를 무대로 삼는 여성이라는 명성을 쌓는 중이었다. 문득 보이스카우트 출신의 한 남학생이 말하는 것이 들렸다. "정말로 폴리 베르제르에 가 본 건가요?"

가브리엘은 당황한 얼굴로 말했다. "그러면 안 되나요?"

남학생은 눈썹을 한껏 위로 추켜올린 채 답했다. "와, 끝내주네!"

이어 우리는 케이크를 꺼내 모두 함께 다시 생일축하 노래를 불렀고, 어머니는 다시 가브리엘의 화장을 고쳐주셔야 했다. 그러나 어차피 가브리엘도 세수를 해야 할 상황이었으니 큰 문제는 아니었다.

우리가 아이스크림과 케이크를 해치우고 있는 와중에 가브리엘의 아빠, 라몬트 교수님이 도착했다. 우리 아빠가 하신 일이었다. 라몬트 교수님과 조니 알라르는 한동안 프랑스어로 대화를 나누었고, 잠시 후 조니는 교과서처럼 뻣뻣한 영어로 따님과 사귀도록 허락을 청했다. 라몬트 박사님도 똑같이 뻣뻣한 투로 허락했다.

나는 눈을 깜빡였다. 클리프는 아빠한테 허락을 청한 적이 없었는데. 그저 슬그머니 우리 집에 스며들어 저녁 식탁에 끼어들기 시작했을 뿐이었다.

자정 즈음이 되자, 라몬트 박사님은 딸을 집으로 데려갔다. 차에는 선물이 가득했다. 나는 마지막 순간이 되어서야 간신히 선물을 떠올리고 위층으로 달려 올라가서 새 스타킹을 포장했다. 가브리엘에게 맞을 리는 없지만 언제든 교환할 수 있을 테니까. 덕분에 가브리엘은 또 울음을 터뜨리며 내게 달라붙어 두 가지 언어로 알아들을 수 없는 말을 지껄였고,

나도 조금 울었다. 마침내 모두 떠나자 클리프와 아빠와 나는 함께 자리를 대충 정리했다. 그리고 침대에 몸을 던지자마자 그대로 곯아떨어졌다.

다음 날 아침, 클리프가 찾아왔다. 나는 어젯밤 파티가 나름 만족스러웠다고 치하했다. 적어도 내 입장에서는. 그는 즉시 다른 말을 꺼냈다. "조지아는 어떻게 할 거야?"

"응?"

"그대로 놔둘 수는 없잖아. 독바늘이나 끓는 용암을 써도 되겠지만, 요즘은 경찰이 상당히 깐깐하다고."

"좋은 생각 없어?"

그는 케이크 영수증을 꺼내 들었다. "이걸 대신 지급하게 만들었으면 좋겠는데."

"그거 좋네! 그런데 무슨 수로?"

클리프는 방법을 설명했고, 우리는 함께 편지글을 꾸몄다.

친애하는 조지아,

어제는 가브리엘 라몬트의 생일이었습니다. 우리는 이 학교에서 지금껏 유례를 찾아볼 수 없었던 성대한 깜짝 파티를 열어주었습니다. 모두 즐기는 동안 홀로 구내매점 근처에서 어슬렁거리고 있었다니 참으로 애석한 일이네요. 그래도 선물을 전해주고 싶다는 당신의 마음은 아주 잘 알고 있습니다. 그래서 케이크 비용을 대신 낼 기회를 주고 싶어요.

제일 좋은 옷을 차려입고 헬렌 헌트의 빵집으로 가보세요. 깜짝 파티니까, 다른 사람들에게는 절대 아무 말도 하면 안 됩니다! (우리도 그럴 테니까요)
— 위원회 일동

추신. 다시 생각해보니 케이크값을 안 내시면 더 즐거워질 것 같네요!

딱히 발신자를 숨긴 것은 아니었다. 영수증에는 우리 이름이 적혀 있고, 편지와 함께 붙여놓았으니까. 나는 그녀가 결코 굽히지 않으리라는 쪽에 햄버거 두 개를 걸었다. 그리고 졌다. 편지를 게시판에 붙이고 30분밖에 안 됐는데, 헬렌 헌트 씨가 외상이 처리됐으니 와서 핀을 가져가라고 클리프에게 전화로 일러왔던 것이다.

✳

월요일 아침, 나는 클리프나 가브리엘이 도착하기 전에 게시판 앞으로 나왔다. 가브리엘의 우울한 '쪽지'는 금요일에 붙이고 간 곳에 그대로 있었다. 그 애가 앞으로 어떻게 할지 궁금해졌다. 계속 가짜 쪽지를 붙이려나?

계단을 올라오는 그 애의 모습이 보였다. 평소나 다름없이 홀로 외롭게 걷고 있었다. 나는 그 모든 일이 아무런 소용도 없었나 싶어 다시 심란해졌다. 그러나 뒤이어 다른 목소리가 들렸다. "잠깐, 가브리엘! 기다려봐." 가브리엘이 걸음을 멈추자 남학생 두 명이 합류했다.

그 모습을 지켜보고 있노라니 등 뒤에서 클리프의 목소리가 울렸다. "왜 훌쩍이는 거야? 감기라도 걸렸어?"

"아, 클리프! 얼른 손수건이나 줘. 바보처럼 뭘 묻는 거야." 나는 이렇게 쏘아붙였다.

잭팟의 해

The Year of the Jackpot

쪼호근 옮김

✦ 1952년 3월 〈갤럭시 사이언스 픽션(Galaxy Science Fiction)〉에 발표

1

처음에는 그도 옷을 벗는 여자를 알아차리지 못했다.

겨우 3미터 떨어진 버스 정류장에서 벌어진 일인데도 그랬다. 포티파 브린은 실내에 있었지만 평소라면 알아차리지 못할 리가 없었다. 버스 정류장 바로 뒤에 있는 편의점의 창가 자리에 앉아 있었으니까. 브린과 그 젊은 여자 사이에는 판유리 한 장과 가끔 지나가는 행인을 제외하면 아무것도 없었다.

그러나 여자가 옷을 벗기 시작한 순간, 브린은 고개를 들지 않았다. 눈앞에 세워 놓은 〈로스앤젤레스 타임스〉 한 부가 시선을 가리고 있었기 때문이다. 그 옆에는 아직 펼치지 않은 〈헤럴드 익스프레스〉와 〈데일리 뉴스〉가 놓여 있었다. 세심하게 신문을 훑어보면서도, 그의 눈은 표제 기사에는 아주 잠시밖에 머무르지 않았다. 그는 텍사스주 브라운스빌의 최고 및 최저 기온을 확인하고 검은색 고급 수첩에 그 수치를 기록했다. 이어 뉴욕 주식시장의 우량주 세 군데와 소형주 두 군데의 종장시세와 총 발행주식수도 기록했다. 그 후로도 그는 사소한 뉴스를 샅샅이 살피며 때때로 그 개요를 작은 수첩에 옮겨 적었다. 수첩에 기록한 내용은 무작

위로 추출한 것처럼 아무 연관도 없어 보였다. 전국 코티지치즈 기념주간의 우승자 여성이 평생 채식주의자로 살았다고 증명할 수 있는 남성과 결혼해서 아이를 열두 명 가지겠다고 공언했다는 내용이나, 정황 증거뿐이라 딱히 신빙성은 없는 비행접시 목격담, 남부 캘리포니아에 비가 내리도록 다 함께 기도를 드리자는 호소문까지 있었다.

브린은 캘리포니아주 와츠카운티 주민 세 명의 주소를 막 옮겨적은 참이었다. 여덟 살 먹은 복음회 전도사인 디키 보톰리가 이끄는 '만군의 진실이신 주님 형제회'의 천막집회에 참가해서 기적의 힘으로 병이 나았고, 지금은 〈헤럴드 익스프레스〉를 고소하겠다며 준비하는 사람들이었다. 문득 안경 너머로 시선을 올린 그의 눈에 길모퉁이에서 한 여자가 아마추어 스트립쇼를 벌이는 모습이 들어왔다. 그는 자리에서 일어나 안경집에 안경을 넣고, 신문을 접어 조심스레 오른쪽 외투 주머니에 꽂은 다음, 계산서에 적힌 금액을 내려놓고 거기다 25센트를 더했다. 그런 다음 옷걸이에서 자기 레인코트를 들어 팔에 걸치고는 밖으로 나섰다.

이제 여자는 말 그대로 발가벗은 상태였다. 브린의 눈에는 제법 나쁘지 않아 보였다. 그러나 주변의 관심을 그리 많이 끌지는 못하는 모양이었다. 길모퉁이의 신문팔이 소년은 온갖 재난을 소리쳐 알리기를 멈추고 그녀를 보고 능글능글하게 웃고 있었고, 서로 옷을 바꿔 입은 복장도착자 한 쌍이 버스를 기다리면서 그녀를 주시하고 있었다. 행인들 쪽은 걸음을 멈추지 않았다. 그저 한번 힐긋거린 다음, 진정한 남부 캘리포니아 사람에게서는 보기 드문 자의적인 무심함을 가장한 채로 저마다 목적지로 흩어질 뿐이었다. 반면 복장도착자들은 여자를 뚫어져라 쳐다보고 있었다. 남자의 상의는 여성스럽게 프릴 가득한 블라우스였지만, 치마는 보수적인 스코틀랜드 킬트였다. 여성 동료는 양복 정장에 중절모를 쓰고 있었다. 두 사람은 흥미를 조금도 숨기지 않고 여자의 행동을 빤히 바라보고 있었다.

브린이 그쪽으로 다가가는 동안, 여자는 버스 정류장 벤치에 스타킹을 걸쳐놓고서 신발로 손을 뻗고 있었다. 더위에 시달려 기분이 나빠 보이는 경관 한 명이 횡단 신호에 맞춰 길을 건너 그들 쪽으로 다가왔다. "좋아. 거기까지요, 숙녀분." 경관은 지친 목소리로 말했다. "얼른 옷 다시 입고 여기서 썩 꺼지시오."

여성 복장도착자가 입에서 여송연을 빼더니 입을 열었다. "잠깐. 무슨 이유로 간섭하는 겁니까, 경관?"

경관은 두 사람 쪽으로 몸을 돌렸다. "참견하지 말라고!" 그는 눈앞의 중절모 여성과 그녀의 동료를 쓱 훑어보고는 말을 이었다. "너희 둘도 잡아들일 수도 있으니까."

복장도착자 여성은 눈썹을 추켜들며 대꾸했다. "우리는 옷을 입었다고 체포하고, 저 여자는 벗었다고 체포하는 건가. 이거 제법 마음에 드는 상황인데." 그녀는 뻣뻣하게 굳은 채로 아무 말도 하지 않는 여자를 돌아보았다. 여자는 눈앞의 광경에 어안이 벙벙해진 모습이었다. "나는 변호사예요, 아가씨." 중절모 여성은 조끼 주머니에서 명함 한 장을 꺼냈다. "여기 제복 입은 원시인이 계속 귀찮게 굴면, 내 기꺼이 직접 손봐줄게요."

킬트를 입은 남자가 입을 열었다. "그레이스! 제발요!"

중절모 여성은 남자를 가뿐히 떨쳐냈다. "조용히 해, 노먼. 이건 우리 쪽 문제니까." 그녀는 경관에게 시선을 돌리며 말을 이었다. "어쩔 거요? 순찰차를 불러보시지. 그때까지 내 고객은 어떤 질문에도 대답하지 않을 겁니다."

경관은 당장에라도 비명을 지를 정도로 기분이 안 좋아 보였고, 얼굴도 위험할 정도로 벌겋게 달아올랐다. 브린은 조용히 앞으로 나서며 여자의 어깨에 자기 레인코트를 걸쳐주었다. "아…, 고맙습니다." 그녀는 코트를 망토처럼 둘러서 몸을 가렸다.

변호사 여자는 브린을 힐끔 보더니 다시 경찰을 향했다. "어쩔 겁니까, 경관? 우리를 체포할 준비는 됐나요?"

경관은 변호사에게 얼굴을 바짝 들이댔다. "누구 좋으라고 그런 짓을 해!" 그리고 경관은 한숨을 쉬며 브린에게 말했다. "고맙습니다, 브린 씨. 이 숙녀분하고 혹시 아는 사이신가요?"

"내가 이분을 돌봐드리죠. 당신은 그냥 다 잊어버리세요, 카원스키."

"그럴 수 있었으면 좋겠군요. 맡아주신다면야 기꺼이 그러죠. 하지만 여기서는 데리고 나가주십시오, 브린 씨. 제발!"

변호사가 끼어들었다. "잠깐 기다려요. 지금 내 고객한테 참견할 모양인데."

카원스키 경관이 말했다. "거기 당신은 닥쳐! 브린 씨 말씀을 들었을 텐데. 저분이 맡아주신다고. 그렇지요, 브린 씨?"

"그런 셈입니다. 친구 사이라서. 내가 돌봐줄게요."

여성 복장도착자는 믿지 못하겠다는 투로 대꾸했다. "저분이 직접 말한 게 아닌데."

그녀의 일행이 말했다. "그레이스, 제발요! 우리 버스가 왔다고요."

"당신이 자기 변호사라고 이 숙녀분이 직접 말하는 것도 못 들었는데." 경관이 비꼬듯 말했다. "내가 보기에 당신은⋯." 뒤이은 경관의 말은 버스가 브레이크를 밟는 소리에 지워졌다. "그리고 당장 저 버스에 타서 내 구역에서 꺼지지 않으면, 나는⋯ 나는⋯."

"어쩔 건데?"

"그레이스! 버스 놓치겠어요."

"잠깐 기다려, 노먼. 아가씨, 이 남자가 진짜로 당신 친구예요? 같이 갈 거예요?"

여자는 머뭇거리며 브린을 바라보더니, 나직한 목소리로 말했다. "어, 네. 맞아요."

"그렇다면야⋯." 일행이 다시 변호사의 팔을 잡아끌었다. 그녀는 자기 명함을 브린의 손에 쥐여준 다음에야 버스에 올랐다. 곧 버스는 떠났다.

브린은 주머니에 명함을 넣었다. 카원스키 경관은 이마를 훔쳤다. "왜 그런 겁니까, 숙녀분?" 경관은 짜증 가득한 표정으로 물었다.

여자는 영문을 모르는 표정이었다. "저…, 저도 모르겠어요."

"들으셨죠, 브린 씨? 다들 저 소리만 한다니까요. 그리고 한 명을 잡아들이면 다음 날에는 여섯 명이 추가로 나옵니다. 서장님 말씀으로는…." 경관은 한숨을 쉬었다. "서장님 말씀으로는, 방금 그 사기꾼 여자가 원하던 대로 이 숙녀분을 체포했다면, 저는 내일 아침에는 법원 계단에 홀로 앉아서 퇴직을 고려하는 신세가 될 거라더군요. 그러니까 제발 여기서 데려가주기만 하십시오. 괜찮지요?"

여자가 입을 열었다. "하지만…."

"'하지만' 따위는 없습니다, 숙녀분. 브린 씨 같은 진짜 신사분이 도움을 주셨다는 점에 감사하십시오." 경관은 옷가지를 주섬주섬 챙겨서 여자에게 내밀었다. 여자가 그쪽으로 손을 뻗자 다시 불편할 정도로 피부가 많이 노출되었다. 카윈스키 경관은 황급히 브린 쪽으로 옷을 건넸고, 브린은 옷가지를 자기 외투 주머니에 쑤셔 넣었다.

여자는 브린이 이끄는 대로 그의 자동차가 주차된 곳까지 가서, 차에 올라 레인코트를 몸에 단단히 둘렀다. 그러니 도리어 일반적인 젊은 여자보다 옷을 더 차려입은 것처럼 보였다. 그녀의 눈길이 브린을 향했다.

그녀의 눈에 비친 브린은 중간 키에 별 특색 없는 인상의, 서른다섯 살을 막 넘겼으나 그보다 나이 들어 보이는 사람이었다. 항상 안경을 쓰고 다니다 벗은 사람에게서 흔히 찾아볼 수 있는, 부드럽고 살짝 무방비한 눈매가 눈에 띄었다. 머리카락은 관자놀이 근처부터 하얗게 세고 정수리 근처는 숱이 드문드문했다. 헤링본 정장, 검은 구두, 깔끔한 넥타이가 캘리포니아보다는 동부에 어울리는 모습이었다.

브린의 눈길도 '아름답다'나 '화려하다'기보다는 '예쁘다'나 '충만하다' 쪽으로 분류해야 할 법한 여자의 얼굴에 멎었다. 옅은 갈색의 풍성한 머리카락이 그 위를 덮고 있었다. 나이는 스물다섯 살, 오차는 18개월 안팎으로 보였다. 브린은 부드럽게 웃으며 아무 말 없이 차에 올라 시동을 걸었다.

그리고 도히니드라이브에서 방향을 틀어 선셋 대로를 따라 동쪽으로 차를 몰았다. 라시에네가 대로 근처까지 와서 브린은 속력을 늦췄다. "기분은 좀 나아졌습니까?"

"음, 그런 것 같아요. 그… 선생님?"

"그냥 브린이라고 부르시면 됩니다. 성함이 어떻게 되십니까? 원하지 않는다면 말씀하실 필요 없습니다."

"저요? 저는… 미드 바스토예요."

"고맙습니다, 미드. 어디로 모셔다드릴까요? 댁으로 가시겠습니까?"

"그래야겠죠. 저는… 아, 안 돼요! 이런 꼴로 집에 갈 수는 없어요." 미드는 몸에 두른 코트를 단단히 움켜쥐었다.

"부모님 때문입니까?"

"아뇨, 집주인 아주머니가 계셔요. 충격에 돌아가실지도 몰라요."

"그럼 어디로 갈까요?"

미드는 곰곰 생각했다. "주유소에 잠깐 들러주시면 여자 화장실로 몰래 숨어들어 갈 수 있을지도 모르겠어요."

"흠, 그것도 방법이겠군요. 이건 어떻습니까, 미드. 제가 사는 집은 여기서 여섯 블록 떨어져 있고, 차고에서 집 안으로 바로 들어갈 수 있습니다. 다른 사람 눈에 띄지 않고 실내로 갈 수 있어요." 브린은 미드를 바라보았다.

미드는 눈을 마주했다. "브린, 당신 늑대처럼 보이지는 않는데요?"

"아, 늑대는 맞습니다! 그것도 가장 고약한 부류지요." 브린은 휘파람을 불며 이빨을 드러내 보였다. "봤습니까? 하지만 수요일에는 늑대짓도 휴일이거든요."

미드는 보조개를 잡으며 브린을 향해 웃음을 지었다. "음, 좋아요! 메기스 부인보다는 당신하고 씨름하는 쪽이 낫겠지요. 그리 가요."

브린은 언덕길로 접어들었다. 브린의 거처는 산타모니카 구릉지의 갈색 사면에 버섯처럼 다닥다닥 붙은 수많은 소형 목조가옥 중 하나였다.

언덕을 파고들어 가서 만든 차고의 바로 위에 집이 있었다. 브린은 차고로 들어가서 시동을 끈 다음, 미드를 이끌고 위태로운 실내 계단을 통해 거실로 들어갔다. "아무 방이나 편하신 대로 쓰시죠." 브린은 말하며 주머니에서 옷을 꺼내 미드에게 건넸다.

미드는 얼굴을 붉히며 옷을 받아 들고 브린의 침실로 모습을 감췄다. 방 안에서 문을 잠그는 소리가 들렸다. 브린은 안락의자에 자리를 잡고 수첩을 꺼낸 다음 〈헤럴드 익스프레스〉를 펴 들었다.

〈데일리 뉴스〉까지 끝내고 오늘의 수집품에 몇 마디 주석을 덧붙이고 있을 때쯤 미드가 나왔다. 머리는 깔끔하게 말아 올리고, 화장도 고친 모양이었다. 치마의 주름도 거의 펴냈다. 스웨터는 지나치게 딱 붙거나 목선이 깊이 팬 물건은 아니었지만, 부드러운 몸매가 적절하게 드러나 보였다. 막 길어 올린 우물물과 농가의 아침 식사가 떠오르게 하는 모습이었다.

브린은 레인코트를 받아들고 옷걸이에 건 다음 말했다. "좀 앉으시죠, 미드."

미드는 불안한 모습으로 입을 열었다. "저는 가는 게 좋을 것 같아요."

"꼭 그러셔야 한다면 가셔도 됩니다. 하지만 이야기를 나눌 수 있으리라 생각했는데요."

"그건…." 미드는 소파 끄트머리에 걸터앉으며 주변을 둘러보았다. 작지만 그의 넥타이만큼이나 차분하고, 그의 목깃만큼이나 깨끗한 방이었다. 벽난로는 깨끗이 청소되어 있었다. 양탄자를 깔지 않은 바닥은 광이 났다. 책꽂이에는 남은 공간이 없을 정도로 책이 빼곡하게 들어차 있었다. 한쪽 구석은 오래된 책상이 꽉 채우고 있었고, 그 위에는 종이 묶음이 깔끔하게 차곡차곡 쌓여 있었다. 근처에는 받침대 하나를 통째로 차지하는 소형 전자식 계산기가 보였다. 오른쪽 프랑스식 창문 너머에는 차고 위에 만든 작은 발코니가 있었다. 그 너머로는 활기찬 도시의 모습이 펼쳐졌다. 네온사인 몇 개는 벌써 불빛을 깜빡이기 시작했다.

미드는 의자에 조금 더 몸을 기댔다. "좋은 방인데요…, 브린. 당신한테 어울려요."

"칭찬으로 받아들이지요. 고맙습니다." 미드는 대꾸하지 않았고, 브린은 말을 이었다. "마실 거라도 어떻습니까?"

"아, 그래도 될까요! 신경이 날카로워진 것 같아요." 미드는 몸을 떨었다.

브린은 자리에서 일어섰다. "놀랄 일도 아니지요. 뭐로 드릴까요?"

미드는 얼음을 띄우지 않은 스카치와 물을 받아 들었다. 브린은 버번과 진저에일을 좋아하는 사람이었다. 미드는 아무 말 없이 하이볼을 반쯤 들이켜더니, 이내 잔을 내려놓고 자세를 다잡으며 입을 열었다. "브린?"

"네, 미드?"

"있잖아요. 지금 저한테 수작을 걸려고 데려오신 거라면, 얼른 해버렸으면 좋겠는데요. 당연히 당신에게는 안 좋게 끝나겠지만, 기다리고만 있으려니까 초조해져서요."

브린은 입을 열지도, 표정을 바꾸지도 않았다. 미드는 불안한 투로 말을 이었다. "상황을 고려하면… 수작을 거는 정도로는 딱히 비난할 수 없겠지만요. 그리고 감사는 하고 있어요. 다만… 그저 저는 아무래도…."

"미드, 당신에게 수작을 걸 생각은 조금도 없었습니다. 그리고 제게 감사를 표할 필요도 없습니다. 저는 당신의 증례에 흥미가 있어서 개입한 것뿐이니까요."

"제 증례요? 당신 의사인가요? 아니면 정신분석가?"

브린은 고개를 저었다. "저는 수학자입니다. 엄밀히 말하자면 통계학자지요."

"그런데 왜? 이해가 안 되는데요."

"신경 쓰실 필요 없습니다. 그저 제 질문에 대답만 해주시면 됩니다. 괜찮을까요?"

"어, 네, 물론이죠! 그렇게 도움을 주셨는데요. 빚을 갚아야죠."

"빚지신 건 아무것도 없습니다. 단맛이 좀 필요하십니까?"

미드는 마저 잔을 비우고 브린에게 건넨 다음, 브린을 따라 부엌으로 들어갔다. 브린은 음료를 정확히 계량해 따른 다음 잔을 돌려줬다. "그러면 왜 옷을 벗었는지 말씀해주실 수 있습니까?"

미드는 얼굴을 찌푸렸다. "모르겠어요. 정말로 몰라요. 짐작도 안 가요. 정신이 나갔나 봐요." 미드는 눈을 크게 뜨고 덧붙였다. "하지만 미친 기분은 안 드는데요. 정신이 나갔는데도 모를 수도 있나요?"

"당신은 미친 게 아닙니다…. 적어도 나머지 다른 사람들만큼은요." 브린은 말을 고치고 덧붙였다. "혹시 다른 사람이 이런 행동을 하는 모습을 본 적이 있습니까?"

"네? 그런 적 없는데요."

"어디선가 읽은 적은 없습니까?"

"없어요. 잠깐만요… 캐나다에 그런 사람들이 있다던데. 두카 어쩌구였던가."

"두코보*겠지요. 그게 전부입니까? 나체 수영 파티에 간 적은 없습니까? 스트립 포커판이나?"

미드는 고개를 저었다. "아뇨, 당신은 믿지 않을지도 모르지만, 저는 소녀 시절까지는 잠옷을 걸친 채로 그 안에서 옷을 갈아입을 정도였거든요." 미드는 얼굴을 붉히며 덧붙였다. "실은 아직도 그래요. 우스꽝스러운 짓이라고 도중에 깨닫지 못하면요."

"믿습니다. 뉴스에서 본 적은 없습니까?"

"네…, 아뇨, 하나 있어요! 2주 전인가, 그쯤 된 것 같은데, 극장에서 어떤 여자가, 그러니까 객석에서요. 하지만 그건 화제를 모으려고 한 짓이잖아요. 극장에서 온갖 광대짓을 벌인다는 건 다들 알고 있어요."

브린은 고개를 저었다. "그런 게 아니었습니다. 2월 3일에, 그랜드시

* 러시아 정교회 두호보르파 출신의 개신교 이민자를 일컫는 말. 20세기 중반에 일부 과격 분파가 방화를 동반한 나체 시위를 벌여 이목을 끌었다.

어터였죠. 앨빈 코플리 부인이었습니다. 고소는 기각되었죠."

"어? 그걸 어떻게 아시는 거예요?"

"잠시 실례하지요." 브린은 책상 앞으로 가서 시 연합 보도국에 전화를 걸었다. "알프? 나 브린이야. 아직 그 이야기만 붙들고 있어? …그래, 맞아. 집시 로즈 파일 말이야. 새로운 건 없어?" 브린은 잠시 기다렸다. 미드는 수화기의 목소리에서 욕설을 알아들을 수 있을 것 같았다. "진정 좀 해, 알프. 더위도 영원히 계속되지는 않아. 아홉이라고? 흠, 한 건 추가해. 오늘 늦은 오후에, 산타모니카 대로야. 체포는 없었고." 그리고 브린은 덧붙였다. "아니, 이름은 아무도 못 들었어…. 한쪽 눈이 사팔뜨기인 중년 여성이었는데. 내가 지나가다 목격해서…. 누구, 내가? 내가 왜 그런 일에 끼어들겠어? 하지만 전체 그림을 보면 매우 흥미로운 상황으로 변화하고 있는 건 사실이야." 브린은 수화기를 내려놓았다.

미드가 말했다. "누가 한쪽 눈이 사팔뜨기예요!"

"다시 전화해서 당신 이름을 알려주는 편이 낫겠습니까?"

"아, 아니요!"

"좋습니다. 자, 미드, 당신 증세의 감염원을 파악한 것 같습니다. 코플리 부인이지요. 다음으로 알고 싶은 것은, 당신이 그런 행동을 벌인 순간 어떤 기분이 들었는가, 그리고 무슨 생각을 했는가입니다."

미드는 격하게 얼굴을 찌푸리고 있었다. "잠깐요, 브린. 방금 그 통화 말인데, 저 같은 행동을 한 여자가 아홉 명 더 있었다는 뜻인가요?"

"아, 아닙니다. 오늘만 아홉 명 더 있었지요. 당신은…." 브린은 잠시 말을 멈췄다. "올해 들어 로스앤젤레스 카운티에서 해당 증세를 보인 319번째 사람입니다. 다른 지역의 자료는 없지만, 이곳에서 문제를 크게 다루려고 하니까 동부 신문사들에서 보도를 자제하는 게 낫다는 권고가 들어왔다더군요. 다른 곳에서도 문제가 되고 있다는 증거인 셈이지요."

"그럼 지금 전국의 여성들이 공공장소에서 옷을 벗어 던지고 있다는 말인가요? 어쩜 그리 충격적인 일이 생기죠?"

브린은 대꾸하지 않았다. 미드는 다시 얼굴을 붉혔지만, 주장을 굽히지는 않았다. "충격적인 일은 맞잖아요. 그게, 이번에는 제가 저지르긴 했지만."

"아뇨, 미드. 한 건이면 충격적이겠지요. 3백 건이 넘으면 과학적으로 흥미로운 사건이 됩니다. 그래서 당신이 어떤 느낌을 받았는지를 알고 싶은 겁니다. 말씀해주십시오."

"하지만… 좋아요, 시도해보죠. 왜 그랬는지는 모르겠다고 이미 말했어요. 아직도 모르고요. 저는…."

"기억은 납니까?"

"아, 그럼요! 벤치에서 일어나서 스웨터를 올리던 기억이 나요. 스커트 지퍼를 내리던 기억도요. 제가 탈 버스가 두 블록 앞에서 멈춘 게 보여서 서둘러야겠다고 생각했던 기억도 나요. 그리고 전부… 끝내고 나니 얼마나 기분이 좋았는지도, 음." 미드는 당황한 얼굴로 말을 멈추었다. "하지만 아직도 왜 그랬는지는 모르겠어요."

"벤치에서 일어나기 직전에는 무슨 생각을 하고 있었죠?"

"기억이 안 나요."

"머릿속에서 거리를 그려보십시오. 시야를 뭐가 지나갔습니까? 손은 어디에 두고 있었지요? 다리는 꼬고 있었습니까, 똑바로 내리고 있었습니까? 근처에 다른 사람이 있었나요? 무슨 생각을 하고 있었지요?"

"어…, 벤치에 앉은 사람은 저 말고는 없었어요. 손은 무릎 위에 올리고 있었고요. 남녀가 옷을 바꿔 입은 사람들이 근처에 서 있었지만, 딱히 신경을 쓰지는 않았어요. 발이 아프고 빨리 집에 가고 싶다고, 그리고 끔찍하게 더워서 견디기 힘들다고만 생각하고 있었어요. 그런데…." 미드의 눈이 몽롱해졌다. "갑자기 뭘 해야 할지 알겠다는 생각이 들고, 정말 서둘러야겠다는 느낌이 드는 거예요. 그래서 자리에서 일어나서 저는… 저는…." 미드의 목소리가 소리치듯 높아졌다.

"진정해요! 또 하면 안 됩니다." 브린이 말했다.

"아? 무슨 소리예요, 브린! 그런 일은 절대 안 해요."

"물론 그래야지요. 그다음에는 어땠습니까?"

"어땠기는요, 당신이 레인코트를 둘러줬고 나머지는 당신도 알잖아요." 미드는 브린을 마주했다. "브린, 당신은 왜 레인코트를 가지고 있던 건가요? 몇 주 동안 비는 한 방울도 안 왔는데. 최근 몇 년을 통틀어 가장 덥고 건조한 우기라던데요."

"정확하게 말하자면 68년 만이죠."

"네?"

"어쨌든 레인코트는 항상 가지고 다닙니다. 음, 이건 제 짐작일 뿐이지만, 이번에 비가 내리면 정말로 엄청나게 쏟아질 것 같아서 말입니다. 어쩌면 40일 밤낮으로 계속될지도 모르지요."

미드는 그 말이 농담이라고 생각하고 웃음을 터뜨렸다. 브린은 말을 이었다. "그 생각이 어쩌다 떠올랐는지는 기억나십니까?"

미드는 잔을 흔들며 곰곰 생각했다. "전혀 모르겠어요."

브린은 고개를 끄덕였다. "제 예상대로군요."

"그 말이 무슨 뜻인지도 모르겠는데요…. 제가 미쳤다고 생각하시는 게 아니라면요. 혹시 그쪽인가요?"

"아뇨, 당신도 그럴 수밖에 없었으며, 그 이유는 몰랐고 알 수도 없었으리라 생각하는 겁니다."

"하지만 당신은 아는 거죠." 미드가 책망하듯 말했다.

"그럴지도 모르지요. 적어도 몇 가지 수치는 가지고 있습니다. 혹시 통계학에 관심을 가져본 적이 있습니까, 미드?"

미드는 거칠게 고개를 저었다. "수치는 봐도 헷갈리기만 해요. 통계에는 신경도 안 쓰고요. 저는 제가 왜 그런 짓을 했는지 이유를 알고 싶을 뿐이라고요!"

브린은 매우 진지한 얼굴로 미드를 바라보았다. "저는 우리가 레밍이라고 생각합니다, 미드."

✳

미드는 영문을 모르겠다는 표정이다가, 다음 순간 겁에 질렸다. "그 털북숭이 생쥐처럼 생긴 작은 동물 말인가요? 그러니까…."

"맞습니다. 주기적으로 죽음의 이주를 시작해서, 수백만, 수억 마리가 바다로 뛰어들어 익사하는 동물들 말입니다. 레밍에게 이유를 물으면 뭐라고 대답할까요. 죽음으로 질주하는 레밍을 붙들고 질문을 할 수 있다면, 대학 졸업생만큼이나 충실히 자기합리화를 거친 답변을 내놓을 겁니다. 내기할 수도 있습니다. 하지만 결국 이유는 하나뿐입니다. 그럴 수밖에 없기 때문이지요. 우리도 마찬가집니다."

"그거 무시무시한 생각인데요, 브린."

"그럴지도 모르지요. 이리 좀 와보십시오, 미드. 저조차도 혼란스럽게 만드는 수치를 보여드리겠습니다." 브린은 자기 책상으로 가서 서랍을 열고는, 카드 한 묶음을 꺼냈다. "여기 하나 있군요. 2주 전에 한 남자가 자기 아내의 애정을 갈취해 갔다며 주 의회 전원을 고소했습니다. 그리고 법원에서는 소송을 인정했다더군요. 이것도 보시죠. 지구를 한쪽으로 눕혀서 극지방의 기온을 높이는 장치의 특허 청원이 올라왔습니다. 특허는 기각됐지만, 그 발명자는 남극점 부동산의 계약금으로 30만 달러를 긁어모았습니다. 우편당국에서 개입해 멈추게 만들기 전까지 말입니다. 이제 그는 소송을 걸었고, 아마도 이길 것처럼 보입니다. 그리고 여기는 고등학교에서 소위 생명의 진실을 가르치는 심화 과목을 개설해야 한다는 저명한 대주교의 청원이 있군요." 브린은 서둘러 카드를 넘겼다. "여기 진짜로 비범한 게 하나 있습니다. 앨라배마주 하원에서 원자력 에너지의 법칙을 폐지하는 법안이 제출되었다고 합니다. 적용 법령이 아니라 실제 핵물리학에 적용되는 자연법칙 말입니다. 사용한 용어를 보면 명확하지요." 브린은 어깨를 으쓱해 보였다. "이보다 더 멍청해질 수 있겠습니까?"

"다들 미쳤네요."

"아닙니다, 미드. 한 명이면 미친 거겠지요. 이 정도로 많으면 레밍 떼처럼 죽음의 행진이 됩니다. 아니, 반박하지 마세요. 그래프로 옮겨보았습니다. 저번에 우리가 이런 비슷한 행동을 보였을 때는 20년대였고, 그 시기는 소위 '훌륭하고 터무니없는 시대'라고 불렸지요. 하지만 이번은 훨씬 고약합니다." 브린은 아래쪽 서랍을 열고 그래프를 하나 꺼냈다. "진폭은 두 배 이상 큰데, 아직 최고점에는 도달하지도 못했습니다. 세 개의 독립적인 진동이 상호 증폭을 거치며 커지는 상황이라, 최고점이 어느 정도일지는 짐작도 되지 않습니다."

미드는 곡선을 뚫어져라 쳐다보았다. "그러니까 극지방 부동산 사업을 벌이는 바보도 이 곡선 위 어딘가에 있다는 말인가요?"

"그 일부로 들어갔지요. 그리고 여기 마지막 고점에는 깃대 위 농성이나 금붕어 삼키기나 폰지 사기나 댄스 마라톤이나 코로 땅콩을 밀면서 파이크픽을 오른 남자 따위가 들어갑니다. 당신은 다음 고점에 있습니다. 아직은 아니지만, 제가 당신 사례를 여기 추가하면 들어가는 셈이지요."

미드는 얼굴을 찌푸렸다. "마음에 안 드는데요."

"저도 마찬가집니다. 그러나 이 해석은 은행 입출금 명세서만큼이나 명쾌합니다. 올해 들어 인류는 봉두난발을 하고 입술을 손가락으로 튕기면서 위버버거리고 있습니다."

미드는 몸을 떨었다. "한 잔 더 마셔도 괜찮겠지요? 그리고 집에 가야겠어요."

"더 나은 생각이 하나 있습니다. 질문에 답해주셨으니 저녁 한 끼 정도는 대접해야겠지요. 식당을 하나 고르시면 가볍게 칵테일 한 잔 더 하고 그리로 이동하지요."

미드는 입술을 잘근거렸다. "식사까지 사실 필요는 없는데요. 게다가 사람들로 북적거리는 식당에는 가고 싶지 않아요. 혹시라도… 제가…"

"아니, 그럴 일은 없을 겁니다." 브린이 날카롭게 단언했다. "증세가 재발하지는 않아요."

"확신할 수 있어요? 어쨌든 사람 많은 곳은 싫어요." 미드는 브린의 부엌문 쪽을 힐긋거렸다. "저기 뭔가 먹을 게 있나요? 요리는 할 수 있는데."

"음, 아침거리 정도지요. 냉동실에 갈아놓은 쇠고기도 좀 있고, 빵도 있습니다. 외출하고 싶지 않을 때는 햄버거를 만들어 먹거든요."

미드는 부엌으로 걸음을 옮겼다. "취했든 안 취했든, 옷을 차려입었든… 아니면 벗었든, 요리는 할 수 있거든요. 보여줄게요."

브린은 그 사실을 똑똑히 확인했다. 구운 햄버거빵 위에 고기를 올린 오픈 샌드위치가 메인 메뉴였고, 다진 버뮤다 양파와 얇게 썬 피클, 냉장고에서 긁어모은 온갖 재료로 만든 샐러드, 바삭하지만 딱딱하지는 않은 감자가 아주 잘 어울렸다. 두 사람은 차가운 맥주를 곁들여서 좁은 발코니에서 함께 식사를 즐겼다.

브린은 한숨을 쉬며 입가를 훔쳤다. "그래요, 미드. 요리 솜씨가 훌륭하군요."

"나중에 제대로 된 재료를 가져와서 정식으로 보답할게요. 그전까지는 증명했다고 할 수 없죠."

"이미 증명은 끝났습니다. 그래도 그 제안은 받아들이지요. 다만 이게 세 번째로 말하는 건데, 보답할 필요는 없습니다."

"없다고요? 당신이 보이스카우트처럼 나서주지 않았다면 지금쯤 저는 유치장에 있을 텐데요."

브린은 고개를 저었다. "경찰은 무슨 수를 써서라도 소문이 퍼지는 일을 막으라는 엄명을 받았습니다. 계속 늘어나면 곤란하니까요. 직접 보셨잖습니까. 그리고 그 순간에는, 당신은 내게 인간으로서는 아무 의미도 없었습니다. 얼굴도 보지 못한 상태였으니까요. 저는…."

"다른 데는 충분히 봤잖아요!"

"전혀 눈여겨보지 않았습니다. 그때 당신은 단순한… 하나의 통계 수치였으니까요."

미드는 나이프를 만지작거리다 천천히 입을 열었다. "확신은 못 하겠지만 방금 모욕을 당한 기분인데요. 25년 동안 남자들을 떨쳐내려 애쓰면서 성공도 실패도 여러 번 겪었고, 그 과정에서 온갖 욕설을 다 들어봤지만, '통계 수치'라니… 아무래도 당신 계산자를 가져다가 당신을 죽을 때까지 두드려 패야 할 것 같아요."

"친애하는 젊은 숙녀분…."

"저는 숙녀가 아니에요. 그건 분명하죠. 하지만 통계 수치도 아니에요."

"그럼 친애하는 미드 양이라고 하지요. 섣불리 행동에 나서기 전에 한 가지 말해두고 싶은데, 저는 대학에서 미들급 대표선수였습니다."

미드는 보조개를 잡으며 웃었다. "그쪽이 차라리 여자가 듣고 싶은 이야기에 가깝겠네요. 나는 당신이 계산기 공장이라도 차리려는 줄 알았어요. 포티 브린, 당신, 생각보다 달콤한 사람인데요."

"혹시 방금 그게 제 이름 포티파의 애칭이라면, 마음에 드는군요. 하지만 제 허리둘레를 두고 하는 말이라면 거부하겠습니다. 40인치는 아니에요."

미드는 손을 뻗어 브린의 배를 두드렸다. "당신 허리둘레는 마음에 들어요. 홀쭉하고 굶주린 남자는 상대하기 힘들거든요. 당신한테 정기적으로 요리를 해주면 확실히 예방할 수 있을 텐데."

"지금 프러포즈한 겁니까?"

"일단은 그 정도까지만 해둬요…. 브린, 당신 정말로 이 나라 전체가 정신이 나가고 있다고 생각하는 거예요?"

브린은 즉시 진지한 얼굴이 되었다. "그보다 심하지요."

"네?"

"안으로 들어와요. 보여드리겠습니다." 두 사람은 접시를 모아 개수대에 넣었고, 그러는 동안 브린은 계속 지껄였다. "어린 시절부터 저는 숫자에 매료되어 있었습니다. 숫자는 아름다울 뿐 아니라 서로 상당히 흥미로운 형태로 조합될 수 있지요. 저는 물론 수학 학위를 땄고, 이후 미드웨스턴 투자신탁에 수습 보험회계사로 취직했습니다. 보험사 일은 재 밌더군요. 특정 개인이 언제 죽을지를 알아낼 방법은 존재하지 않지만, 특정 연령 집단에 속하는 일정 수의 사람들이 특정일 이전에 죽을 것이라고는 완벽하게 확신할 수 있었지요. 그래프는 정말 사랑스럽고 작성자를 실망시키는 법이 없습니다. 언제나요. 어떻게 그렇게 정확하게 예측할 수 있는지 알 필요도 없고, 알 방도도 없습니다. 하지만 공식은 제대로 작동하니까요. 그래프는 언제나 옳습니다.

한때는 천문학에도 관심을 가졌지요. 모든 개별 수치가 깔끔하게, 완벽하게, 정확하게 측정 장치의 오차 한계 내에서 소수점 자리까지 맞아떨어지는 과학은 천문학밖에 없습니다. 천문학과 비교하면 다른 과학은 목공 일이나 아마추어 화학 놀음에 지나지 않지요.

천문학에도 개별 수치만으로는 해결할 수 없는, 통계 쪽으로 넘어가야 하는 허점이 존재한다는 사실을 깨닫자 더 흥미가 동했습니다. 변광성 관측 협회에 가입하기도 했고, 실은 다른 쪽에 흥미가 생기지 않았더라면 지금처럼 경영 자문을 하는 대신 천문학 쪽에 투신했을지도 모릅니다."

"경영 자문요? 소득세 처리 같은 건가요?"

"아, 그런 초보적인 건 아닙니다. 저는 산업공학 분야의 회사를 위해 숫자를 맞춰 주는 일을 합니다. 예를 들어 목장주에게 헤리포드 품종의 수송아지 중 얼마나 많은 수가 불임일지를 알려줄 수 있지요. 현장 촬영을 나가는 영화 제작사에 호우 보험을 얼마나 들어야 할지 일러주기도 하고요. 아니면 사업체가 산업재해를 자가책임으로 부담하려면 규모가 얼마나 커야 하는지를 알려줄 수도 있습니다. 그리고 제 말은 맞아떨어집니다. 언제나 옳지요."

"잠깐만요. 큰 회사라면 보험에 들어야 하는 거 아닌가요."

"거꾸로입니다. 정말로 큰 사업체는 통계적으로 우주와 유사해지거든요."

"네?"

"신경 쓰실 필요 없습니다. 저는 다른 쪽에도 호기심이 생겼습니다. 바로 주기입니다. 미드, 주기야말로 모든 것입니다. 그리고 모든 곳에 존재하지요. 밀물과 썰물. 계절. 전쟁. 사랑. 봄이 되면 젊은 남성의 관심이, 젊은 여성들이 항상 생각을 그치지 않는 바로 그 주제로 쏠린다는 사실은 모든 사람이 알고 있습니다. 하지만 여기에 추가로 18년 내외의 주기가 존재한다는 사실을 혹시 알고 계셨습니까? 그리고 이 주기에서 좋지 못한 위치에서 태어난 여성이 언니나 여동생보다 성공할 확률이 낮다는 사실도?"

"뭐예요? 그래서 내가 아직 미혼이라는 거예요?"

"당신 스물다섯이지요?" 브린은 생각을 정리하고는 말을 이었다. "그럴 수도 있습니다. 하지만 확률은 이제부터는 오를 겁니다. 그래프가 상승하고 있거든요. 어쨌든 당신은 하나의 통계 수치일 뿐이라는 점을 기억해야 합니다. 그래프는 집단 전체에 적용되는 겁니다. 어쨌든 매년 결혼하는 여자들은 존재하지 않습니까."

"나를 통계 수치라고 부르지 마세요."

"죄송합니다. 그리고 혼인 신고 수는 밀을 경작하는 농지 면적과 비례합니다. 밀 경작량은 지금 최고점을 향해 나아가고 있지요. 거의 밀 경작이 사람들을 결혼하게 만든다고 할 수 있을 정도입니다."

"웃기는 소리 같은데요."

"웃기는 소리 맞습니다. 어쩌면 원인과 결과라는 개념 자체가 미신에 지나지 않을지도 모르지요. 하지만 같은 주기 분석을 통해서, 혼인 수가 고점에 이르면 머지않아 주택 건축수도 고점에 이른다는 사실을 확인할 수 있습니다."

"그건 좀 말이 되네요."

"과연 그럴까요? 주변 신혼부부 중에서 자기 집을 지을 재산이 있는 사람이 얼마나 됩니까? 밀 경작 면적 탓으로 돌리는 것과 별 차이도 없습니다. 이유는 아무도 모릅니다. 그저 사실이 그렇다는 것만 알 뿐입니다."

"흑점 때문은 아닐까요?"

"주식 변동, 컬럼비아강의 연어, 여성의 치마 길이, 뭐든지 흑점과 연관 지을 수 있지요. 그리고 연어가 찾아오지 않는 이유를 흑점에서 찾는 것이나, 짧은 치마의 유행을 흑점 때문이라 생각하는 것이나 별로 다를 것도 없습니다. 우리는 이유를 모릅니다. 그렇다고 그래프가 변하는 것도 아닙니다."

"하지만 뭔가 이유가 있을 것 아니에요."

"그럴까요? 그건 단순한 가정일 뿐입니다. 사실에는 이유가 필요치 않아요. 그저 스스로를 내보이며 존재할 뿐이죠. 당신은 오늘 왜 옷을 벗은 겁니까?"

미드는 얼굴을 찌푸렸다. "부당한 공격인데요."

"그럴지도 모르지요. 하지만 제가 걱정하는 이유를 보여드리고 싶었습니다." 브린은 침실로 들어가더니 커다란 트레이싱 용지 뭉치를 들고 나왔다. "여기 바닥에 펼쳐볼까요. 이 안에 전부 있습니다. 이건 54년 주기입니다. 저기 남북전쟁 보이지요? 어떻게 맞아떨어지는지 알겠습니까? 18과 1/3년 주기, 9년 주기, 41개월 주기, 세 가지의 흑점 주기… 모든 것이 하나의 커다란 도표 위에서 조합됩니다. 미시시피강의 홍수, 캐나다의 모피 수확량, 주식 변동, 결혼, 전염병, 화물차 적재량, 어음 교환, 메뚜기 떼의 창궐, 이혼, 나무의 성장, 전쟁, 강수량, 지자기 변동, 건축물 특허 등록 수, 살인사건… 무얼 원하시든 이 안에서 찾을 수 있습니다."

미드는 터무니없는 수의 구불구불한 선들을 바라보며 말했다. "하지만 브린, 여기에 대체 무슨 의미가 있는 거예요?"

"우리가 좋든 싫든 결국 모든 일이 주기에 맞춰 일어난다는 뜻이지요. 치맛자락이 올라갈 때가 되면, 파리의 모든 디자이너가 힘을 합쳐도 내릴 수 없다는 뜻입니다. 가격이 하락할 때가 되면 온갖 조작과 지원과 정부 계획으로도 상승하게 만들 수 없다는 뜻이고요." 브린은 그래프 하나를 가리켜 보였다. "식료품 광고를 보십시오. 그런 다음 경제면으로 가서 세기의 두뇌라는 사람들이 어떤 식으로 말장난을 벌이며 변명에 급급한지 확인해보십시오. 결과적으로 이 도표는 전염병이 발생할 때가 되면 아무리 공중위생 확보에 애써도 막을 수 없다는 뜻입니다. 우리가 레밍 떼라는 뜻이지요."

미드는 입을 비쭉 내밀었다. "마음에 안 드는데요. '나는 내 운명의 주인이다'라든가, 이런저런 말이 있잖아요. 나한테도 자유 의지가 있어요, 브린. 알고 있다고요. 느낄 수 있으니까."

"원자폭탄 속의 모든 중성자도 똑같은 기분이겠지요. 자기 기분에 따라 쾅! 하고 튀어 나갈 수도 있고, 얌전히 버틸 수도 있다고요. 그러나 물리학의 법칙은 통계에 따라 작동합니다. 폭탄이 터지는 일은 막을 수 없습니다. 제가 말하고자 하는 바도 바로 그겁니다. 어딘가 이상한 부분을 찾을 수 있겠습니까, 미드?"

미드는 수많은 그래프에 시선을 빼앗겨 혼란에 빠지지 않도록 조심하며 도표를 살폈다. "오른쪽 끝으로 갈수록 위쪽에서 모이는 것처럼 보이는데요."

"바로 그겁니다! 여기 점선으로 그은 수직선이 보이지요? 이게 현재 시점입니다. 물론 이것만으로도 충분히 고약해요. 하지만 실선으로 그은 수직선을 보세요. 지금으로부터 6개월 후인데, 바로 이때가 문제입니다. 온갖 주기들을 잘 봐요. 긴 것도 짧은 것도, 전부 말입니다. 모든 주기가 바로 그 선에서 최고점이나 최저점에, 또는 매우 근접한 지점에 도달합니다."

"그게 나쁜 건가요?"

"어떨 것 같습니까? 긴 주기 세 개가 저점을 찍은 게 1929년인데, 그것만으로도 대공황 때문에 거의 파멸할 뻔했지요… 54년 주기가 나름 괜찮은 쪽이라 지탱해주는데도 말입니다. 그런데 이제 큼지막한 주기들이 일제히 저점을 향하고 있어요. 게다가 고점인 몇 가지도 도움이 되는 부류가 아닙니다. 그러니까 제 말은, 천막벌레나방 유충이나 인플루엔자 유행이 고점을 찍어 봤자 우리에게 이로울 일은 없을 거란 뜻입니다. 미드, 통계라는 방법론에 조금이라도 의미가 있다면, 이 늙고 지친 행성은 이브가 사과 사업에 투신한 이래 최고의 잭팟을 터뜨릴 예정인 겁니다. 저는 두렵습니다."

미드는 브린의 얼굴을 찬찬히 살폈다. "브린…, 지금 절 놀리는 건 아니겠지요? 제가 당신 말이 진짜인지 확인할 방법이 없다는 건 알고 있잖아요."

"차라리 그랬으면 좋겠습니다. 정말로요. 아뇨, 미드. 저는 숫자를 가지고 장난치지 않습니다. 그럴 방법도 몰라요. 이건 진실입니다. 올해는 잭팟이 터지는 해입니다."

✳

브린이 집까지 태워다주는 내내, 미드는 침묵을 지켰다. 웨스트로스 앤젤레스 지역이 가까워질 무렵 미드가 문득 입을 열었다. "브린?"

"네, 미드?"

"그럼 우리는 어째야 하나요?"

"허리케인에 대해서는 어째야 합니까? 정신을 차리고 도망칠 수밖에요. 원자폭탄에는 어떻게 대응하나요? 미리 짐작해서, 터질 때 그 자리에 없기를 바랄 뿐입니다. 그 이상 뭘 할 수가 있을까요?"

"아." 미드는 다시 잠시 침묵을 지키다, 이렇게 덧붙였다. "브린? 저한테도 혹시 어느 쪽으로 피해야 할지 일러줄 수 있나요?"

"흠? 아, 물론이죠! 제대로 추측할 수 있다면 말입니다."

브린은 미드를 문가까지 바래다주고 몸을 돌렸다. 미드가 입을 열었다. "브린!"

브린은 몸을 돌려 미드를 바라보았다. "네, 미드?"

미드는 브린의 머리를 붙들고 흔들더니, 그대로 격렬하게 입을 맞췄다. "자…, 방금 이것도 그냥 통계 수치일 뿐인가요?"

"음, 아니요."

"아니어야 할 거예요." 미드는 날카롭게 말했다. "브린, 아무래도 제가 당신 그래프를 바꿔줘야 할 것 같으니까요."

2

"러시아, UN 권고를 거절"

"미주리주 홍수 피해, 1951년 기록을 뛰어넘다"

"미시시피 메시아, 법정 명령에 저항"

"나체주의 집회, 베일리스 비치를 급습"

"영-이란 회담, 여전히 난항"

"초광속 무기를 전망하다"

"두 개의 태풍이 마닐라를 휩쓸다"

"허드슨 강바닥에서 거행된 엄숙한 결혼식. 뉴욕, 7월 13일, 2인용으로 특수 설계한 잠수복을 사용해서, 고급 나이트클럽의 간판스타인 메러디스 스미스 양과, 뉴욕과 리비에라의 왕자인 오기 슐츠비히 씨가 돌턴 주교의 주례 아래 하나로 맺어졌다. 이 결혼식은 해군 최신 장비의 도움을 받아 텔레비전으로 중계되었으며…."

잭팟의 해가 흘러가는 동안, 브린은 그래프가 예상대로 하강하고 있다고 증명해주는 여러 자료를 덧붙이며 나름의 우울한 즐거움을 느꼈다. 선전포고도 없는 세계대전이, 상처에 신음하는 지구상의 대여섯 군데에서 처참하고 지루하게 이어졌다. 그런 내용은 굳이 도표로 옮기지 않았다. 누구나 읽을 수 있도록 신문 표제를 장식하고 있었으니까. 브린은 신문의 다른 면을 장식하는 여러 단편적인 사실에 주목했다. 외따로 떨어져 있으면 아무 의미도 없지만, 함께 모아놓으면 재난을 향한 흐름을 읽을 수 있는 것들 말이다.

주가와 강수량과 밀 선물 시세 등도 목록에 들어갔지만, 브린을 가장 매료시키는 것은 '하찮은 어리석음' 부류의 항목들이었다. 물론 언제나 아무 의미 없이 어리석은 행동을 하는 인간은 존재하게 마련이다. 하지만 대체 언제부터 이런 최고급 어리석음이 유행하게 된 것일까? 예를 들어, 대체 언제부터 좀비 같은 전문 모델이 미국 여성성의 이상으로 추앙받게 된 것일까? 전미 암 환자 주간이 전미 무좀 환자 주간까지 열화되려면 대체 무엇이 필요한 걸까? 미국인이 상식을 완전히 저버린 것이 정확히 언제였던 걸까?

복장도착을 예로 들어보자. 남성과 여성의 복식 전통은 물론 임의적으로 정한 것이지만, 저마다 지역의 문화에 깊이 뿌리내리고 있다. 그게 언제부터 무너지기 시작한 걸까? 마를렌 디트리히가 맞춤 양복을 입었을 때? 40년대 후반쯤 되면 여성이 공공장소에서 입을 수 없는 '남성' 복식은 완전히 사라졌다. 하지만 남성이 그 선을 넘기 시작한 것은 언제일까? 이런 사태가 유행하기 훨씬 전부터 '드래그'를 그리니치빌리지와 할리우드를 묘사하는 단어로 만든 정신적 장애인들도 통계에 고려할 필요가 있을까? 아니면 단순히 그래프에 속하지 않는 특수한 경우일 뿐이었을까? 가장무도회에 참석했다가 치마가 바지보다 편안하고 실용적이라는 사실을 깨닫게 된 정상인 남자에 의해 시작된 것은 아닐까? 아니면 스코틀랜드 민족주의가 되살아나며, 여러 스코틀랜드계 미국인들이 킬트를 입기 시작한 것이 원인은 아니었을까?

레밍을 붙들고 동기를 묻는 일이 무슨 의미가 있겠는가! 결과물은 이미 뉴스 기사의 형태로 그의 눈앞에 존재했다. 징병 기피자들의 복장도착 행위는 마침내 시카고에서 대규모 구속 사태를 유발했고, 원래라면 단체 재판이 일어나야 했다. 문제는 차장검사가 긴 스커트를 입고 등장해서, 판사에게 성별을 판별하는 검사를 받으라고 요청하며 공공연하게 반기를 들었다는 것이었다. 판사는 뇌졸중으로 쓰러져 사망했고 재판은 연기됐다. 브린이 보기에는 영원히 연기될 것 같았다. 이런 금지법이 다시 집행될 것이라고는 생각하기 힘들었으니까.

외설적 노출 금지법도 그런 쪽으로는 마찬가지였다. 집시 로즈 증후군을 무시해서 유행을 막으려던 시도는 결국 법을 집행할 의지를 앗아가 버렸다. 이젠 스프링필드의 만령공동체 교회에서 목사가 나체 의식을 부활시켰다는 소식이 들려온다. 브린의 짐작으로는 이번 천년기에는 처음 벌어지는 일일 것 같았다. 로스앤젤레스의 정신 나간 사교 집단 몇 군데를 제외하면 말이다. 그 신사적인 목사는 이런 의식이 고대 카르낙 신전의 '최고 여사제의 춤'과 일치한다고 주장했다.

그럴 수도 있을 것이다. 하지만 브린은 개인적인 정보원을 통해 그 '여사제'가 현재 일자리를 얻기 전에 스트립쇼 나이트클럽을 순회하던 사람이라는 사실을 알아냈다. 어쨌든 그 성스러운 목자는 엄청난 수의 신도를 끌어모았으며 아직 체포되지 않았다.

2주 후에는 33개 주의 109개 교회에서 그와 동급의 볼거리를 제공하기 시작했다. 브린은 이런 사태를 그래프로 옮겼다.

이런 역겨운 단편적 사건은, 브린이 보기에는 나라 전역에서 반체제적 복음주의 종교 집단이 융성하는 사태와는 직접적인 연관이 없는 것처럼 보였다. 이런 교단들은 하나같이 신실하고 경건하고 가난하지만, 교세는 전쟁이 끝난 이후 계속 성장세를 누리고 있었다. 이제 이런 자들은 효모균처럼 증식하는 중이었다. 통계적으로는, 이대로 가면 미국은 손쉽게 신이 군림하는 땅으로 돌아갈 것처럼 보였다. 브린은 이 수치가 초월주의 교학이나 후기성도교회의 발흥과 연관이 있다고 생각했다. 흠, 그래, 맞아떨어졌다. 그리고 이 그래프도 고점을 향해 상승 중이었다.

수십억 달러에 달하는 전쟁 채권은 이제 곧 만기가 될 것이었다. 전쟁 중 결혼 덕분에 로스앤젤레스의 학생 수는 부쩍 늘어나 고점에 달했다. 콜로라도강의 유량은 기록적으로 바닥을 쳤고 미드 호수의 취수탑들은 수면 위로 우뚝 솟아올랐다. 그러나 로스앤젤레스 시민들은 평소처럼 화단에 마음껏 물을 주면서 느린 자살을 시도하고 있었다. 도시의 상수 지구 관리자들은 그런 행위를 멈추게 하려 시도했지만, 50여 개에 달하는 '자치' 도시들의 경찰 권력에 휘말려 실패하고 말았다. 아무도 수도꼭지를 닫을 수 없었고, 사막 낙원의 생명수는 멈추지 않고 흘러나갔다.

기성 정당 네 곳(남부 민주당 탈당파, 주류 공화당, 다른 주류 공화당, 민주당)의 전당대회는 거의 관심을 끌지 못했다. '노우 나씽'* 일파가 아직 집회를 열지 않았기 때문이었다. '노우 나씽', 또는 그들이 사용하는 호칭인 '전미 애국자 집회'는 자기네가 당이 아니라 계몽 공동체라고 주장했지만, 그런다고 그들의 영향력에서 눈을 돌리기는 힘들었다. 하지만 그 힘은 어디서 오는 것일까? 워낙 잘 숨겨져 있어서, 브린은 그들의 근원을 확인하려고 과거로 돌아가 1951년 12월 자료를 확인해야 할 지경이었다. 그러나 이번 주만 해도 두 번이나 입회 권유를 받았다. 그것도 바로 자기 사무실 안에서. 한 번은 그의 상사, 다른 한 번은 수위였다.

브린은 '노우 나씽'을 아직 도표로 옮기지 못했다. 생각만 해도 등골이 서늘해지기 때문이었다. 그들을 다루는 짤막한 사설란을 주시한 결과, 유명세가 줄어드는 추세로 돌아섰는데도 회원 수는 기하급수적으로 불어나고 있다는 점이 명백해졌다.

6월 18일, 크라카타우섬의 화산이 폭발했다. 미국 최초로 태평양 건너편에서 일어난 주요 사건의 텔레비전 중계가 펼쳐졌다. 일몰이나 태양 상수, 평균기온이나 강수량에 끼치는 영향은 아마 올해 하반기가 되어야 확인할 수 있을 것이다. 1933년의 롱비치 재난 이후로 압력이 쌓여만 오던 샌앤드레이어스 단층의 불균형이 더욱 심해졌다. 치유되지 않은 상처가 서해안을 따라 길게 이어졌다. 몽펠레와 에트나 화산도 분화했다. 마우나로아는 아직 조용했다.

---

* Know Nothing, 1850년대 이민자 배척과 속박을 일삼은 정치 집단을 부르던 이름으로, 20세기에 들어서는 무지한 포퓰리즘 집단을 비하하는 용어로 사용되었다.

모든 주에 비행접시가 착륙하는 것처럼 보였다. 그러나 착륙해 있는 비행접시를 방문한 사람은 한 명도 등장하지 않았다. 아니면 국방성에서 통제하고 있는 것일까? 브린이 손에 넣은 비공식 보고 내용은 영 만족스럽지 못했다. 일부 목격담은 알코올 함량이 너무 높았다. 그러나 벤투라 해변의 바다뱀은 진짜가 분명했다. 직접 눈으로 확인했으니까. 테네시의 혈거인은 브린으로서는 확인할 방도가 없었다.

7월 마지막 주에는 국내선 항공 사고가 31건이나 일어났다…. 사보타주일까? 아니면 그래프의 하락으로 인한 자연스러운 현상일까? 시애틀에서 뉴욕까지 건너온 신종 소아마비 유행은? 대규모 전염병 사태가 벌어질 때가 된 것일까? 브린의 도표에 따르자면 그랬다. 그러나 생물학 무기일 가능성은 없을까? 어떤 슬라브인 생화학자가 효율적인 바이러스와 매개체를 동시에 완벽하게 다듬었을 가능성까지 도표를 통해 예측할 수 있는 걸까? 말도 안 되는 소리!

하지만 이 그래프에 진짜로 의미가 있다면, '자유 의지'도 이미 고려되어 있을 것이다. 통계적 우주에 존재하는 모든 개인의 '의지'의 평균을 모아서 매끈한 함수로 만들어낸 것이니까. 아침마다 3백만 명의 '자유 의지'가 뉴욕 메갈로폴리스의 중심지로 흘러든다. 그리고 저녁마다 '자유 의지'에 의해 다시 흘러나간다. 전부 매끈하고 예측 가능한 그래프를 그리면서.

레밍을 붙들고 물어보라지! 산 레밍과 죽은 레밍 모두에게 물어보고, 아예 투표를 시켜보라지! 브린은 수첩을 한쪽으로 내던지고 미드에게 전화를 걸었다. "혹시 제가 가장 좋아하는 통계 수치 아니십니까?"

"브린! 안 그래도 당신 생각하고 있었어요."

"당연한 일이죠. 오늘은 당신 밤 근무가 없는 날이잖습니까."

"그렇죠. 하지만 다른 이유도 있었어요. 브린, 혹시 대피라미드 본 적 있어요?"

"저는 나이아가라 폭포에도 못 가본 사람입니다. 언젠가 여행이란 걸

해볼 수 있도록 부유한 여성을 물색하는 중이죠."

"그래, 그렇겠죠. 일단 백만 달러쯤 벌면 연락하겠지만, 아직은…."

"이번 주 첫 번째 청혼이로군요."

"좀 닥쳐요. 피라미드 내부에서 찾아낸 예언에 관해 알아요?"

"흠? 잠깐요, 미드. 그건 점성술과 마찬가지로 헛소리 부류에 속합니다. 어른이 되어보는 게 어떻습니까."

"그래요, 물론 그렇죠. 하지만 브린, 당신 기괴한 일이라면 뭐든 흥미가 있잖아요. 이건 기괴한 일에 속한다고요."

"아, 미안합니다. '하찮은 어리석음' 부류로군요. 들어보지요."

"좋아요. 오늘 밤에 내 요리 먹을 거죠?"

"수요일이니 그래야겠지요?"

"언제쯤?"

브린은 손목시계를 확인했다. "11분 후에 모시러 가지요." 그러다 구레나룻을 더듬어보고는 덧붙였다. "아니, 12분 30초 후로 하지요."

"준비하고 있을게요. 메기스 부인은 이렇게 규칙적으로 데이트하면 결혼으로 이어지게 된다던데."

"그런 말에는 신경 쓰지 마십시오. 메기스 부인은 단순 통계 수치일 뿐입니다. 저는 비정상 수치의 총합이지요."

"아, 좋아요. 247달러쯤 있으니까 조금만 더 모으면 백만 달러가 되겠죠. 이따 봐요!"

미드의 선물은 흔한 장미십자회 소책자였다. 화려한 인쇄물인 데다 한동안 논란의 대상이었던 '복도 벽의 예언'이라 알려진 문자의 사진(수정한 것이 분명했다)도 수록되어 있었다. 여기저기 끊어진 부분을 전부 모으면 미래 전체에 대한 예언이 된다고 하는 경우도 있었다. 이번 예언은 시간 척도가 조금 묘했지만 중요한 부분은 전부 들어 있었다. 로마 멸망, 잉크만족의 침략, 미 대륙 발견, 나폴레옹, 세계대전까지.

흥미로운 점은 예언이 갑자기 멈춘다는 것이었다. 바로 지금 시점에서.

"어떻게 생각해요, 브린?"

"석공이 지친 것 같군요. 아니면 해고당했거나. 아니면 견해가 다른 신임 대사제가 부임했거나." 브린은 소책자를 책상 서랍에 밀어넣었다. "고맙습니다. 이걸 목록에 어떻게 적용할지는 생각을 좀 해봐야겠군요." 그러나 이내 소책자를 다시 꺼내 들고, 컴퍼스와 확대경을 사용해 찬찬히 살피기 시작했다. "여길 보면 종말이 8월 말에 찾아올 거라고 되어 있군요. 여기 이게 파리똥이 아니라면 말입니다만."

"오전인가요, 오후인가요? 무슨 옷을 입을지 정해야 하는데."

"신발은 신어야 할 겁니다. 모든 신의 자식들은 신발을 신으니까." 브린은 전단을 밀어놓았다.

미드는 잠시 침묵을 지키다가 이내 입을 열었다. "브린, 뛰어내릴 때가 된 건 아닌가요?"

"흠? 저따위 것들에 영향을 받으면 곤란하지요! '하찮은 어리석음' 부류 아닙니까."

"그렇죠. 하지만 당신 도표를 한번 봐요."

어쨌든 브린은 다음 날 오후에 연차를 쓰고, 중앙도서관의 열람실에 틀어박혀 예언자들에 대한 자신의 의견을 확인하려 애썼다. 노스트라다무스는 허세투성이 사기꾼이었고, 시피 여사는 그보다도 끔찍했다. 그들의 문서에서는 원하는 내용이 있으면 어떤 식으로든 발견할 수 있었다.

노스트라다무스의 예언 중에 마음에 드는 항목을 하나 발견하기는 했다. "동방이 자신의 자리에서 일어날 것이니… 하늘을 가르고 비와 눈을 뚫고 찾아와 모두를 자신의 병기로 때리리라."

마치 국방부에서 빨갱이들이 서방 동맹국에 벌일 행위를 예측하는 말처럼 들렸다. 그러나 동시에 인류가 기억하는 모든 '외부'의 '중심지' 침략을 묘사하는 말이기도 했다. 허튼소리!

귀가한 브린은 어느새 아버지의 성경을 꺼내서 요한계시록을 펴 들고 있었다. 이해가 되는 내용은 하나도 없었지만, 명확한 숫자가 계속 반복

되는 모습은 인상적이었다. 브린은 성경을 되는대로 뒤적이기 시작했고, 문득 한 구절에 눈길이 멎었다. '너는 내일 일을 자랑하지 말라. 하루 동안에 무슨 일이 일어날는지 네가 알 수 없음이니라.'* 브린은 성경을 덮었다. 겸허해지는 느낌이었지만 그리 즐겁지는 않았다.

다음 날 아침, 비가 내리기 시작했다. 같은 날, 배관공 협회에서는 스타 모닝 양을 '미스 위생공학'으로 선출했으며, 장의사들은 그녀를 '가장 염하고 싶은 육체'로 꼽았다. 덕분에 향수 회사에서는 그녀를 광고에 이용하기를 포기했다. 연방 의회는 1936년의 크리스마스 대란에서 임시 우체부 역할을 하면서 손해를 입은 토머스 제퍼슨 믹스에게 보상으로 1.37달러를 지급할 것을 결의하고, 중장 다섯 명과 대사 한 명을 추천해 임명한 다음 8분 만에 휴회에 들어갔다. 중서부의 한 보육원에서는 소화기가 전부 텅 비어 있는 것으로 드러났다. 풋볼 협회 회장은 공산당 중앙위원회에 평화의 메시지와 비타민을 보내는 기금에 후원했다. 주식시장은 19포인트 하락했으며 주식 표시기는 2시간 동안 지연되었다. 캔자스주 위키타에서는 홍수가 계속되었고 애리조나주 피닉스에서는 도시 권역 바깥의 식수 공급을 중단했다. 그리고 브린은 미드의 하숙집에 레인코트를 두고 왔다는 사실을 깨달았다.

브린은 집주인에게 전화를 걸었지만, 메기스 부인은 미드에게 전화를 돌렸다. "금요일인데 집에서 뭘 하는 겁니까?" 브린이 물었다.

"극장 지배인께서 몸소 절 해고해주셨거든요. 이제 당신이 결혼해줄 수밖에 없어요."

"나를 감당할 수 없을 텐데. 미드… 진지하게 말해봐요, 무슨 일이 벌어진 겁니까?"

"어차피 그 쓰레기통은 떠날 생각이었어요. 지난 6주 동안 거기서 수익을 올린 건 팝콘 기계뿐이었다고요. 오늘은 〈나는 10대 방랑자였다〉를

---

* 〈잠언〉 27장 1절

두 번 봤죠. 할 일이 없네요."

"그리 가겠습니다."

"11분?"

"비가 내리고 있어서요. 20분으로 하지요. 운이 좋다면 말입니다만."

거의 60분이 걸렸다. 산타모니카 대로는 배가 다니는 물길이 되어버렸다. 선셋 대로는 꽉 막힌 지하도였다. 브린은 급류를 거슬러 메기스 부인의 집으로 향하다가, 빗물 배수관에 바퀴가 박힌 채로 타이어를 갈아 끼우는 일이 상당히 힘들다는 사실을 깨닫게 되었다.

"브린! 당신 물에 빠진 생쥐 꼴이잖아요."

"죽지야 않겠지요." 그러나 브린은 즉각 돌아가신 메기스 씨의 물건이었던 두툼한 가운에 싸여 뜨거운 코코아를 마시는 신세가 되었고, 메기스 부인은 부엌에서 그의 옷을 말리기 시작했다.

"미드… 사실 저도 '자유의 몸'이 되었습니다."

"네? 사직서를 낸 거예요?"

"조금 다르죠. 몇 달 동안 와일리 영감과 의견충돌을 겪어왔거든요. 제 답변 때문입니다. 제가 고객들에게 보내라고 건네는 수치에 '잭팟 보정치'가 너무 많이 들어가 있다는 겁니다. 제 생각은 다르지만, 그쪽에서는 제가 지나치게 비관적이라고 생각한 모양입니다."

"하지만 당신 말이 옳았잖아요!"

"옳은 말을 하는 부하가 상사한테 총애받을 수 있을 것 같습니까? 하지만 그 때문에 해고한 건 아닙니다. 그건 핑계였으니까요. 그 사람은 과학을 인용한 헛소리를 곁들여서 '노우 나씽'의 계획을 홍보해줄 사람을 필요로 하더군요. 그런데 저는 그쪽에 가입할 생각이 없었지요." 브린은 창가로 다가섰다. "빗줄기가 거세군요."

"하지만 그쪽 사람들은 계획 따위는 없잖아요."

"저도 압니다."

"브린, 당신도 가입했어야죠. 아무 의미도 없는 일이잖아요. 사실 저도 석 달 전에 가입했는데."

"그런 짓을 했다고요!"

미드는 어깨를 으쓱해 보였다. "돈을 내고 집회에 두어 번 나가면 그대로 놔두잖아요. 덕분에 추가로 석 달 동안 일자리를 지켰다고요. 그게 뭐 어때서요?"

"아, 음, 당신이 그랬다니 유감일 뿐입니다. 됐습니다. 미드, 저 밖의 포석이 물에 잠겨버렸군요."

"오늘 밤은 여기서 묵고 가는 게 좋겠어요."

"음, 물이 이렇게 차오르는데 제 '엔트로피'를 저기 주차해놓고 싶지는 않군요. 미드?"

"네, 브린?"

"우리 둘 다 직장에서 쫓겨났지요. 북쪽 모하비 사막으로 숨어들어서 마른 땅을 찾아보는 건 어떻습니까?"

"마음에 드는데요. 잠깐, 브린. 방금 그거 청혼이에요, 아니면 일자리 제안이에요?"

"양자선택을 강요하는 속임수는 쓰지 말아주시길 바랍니다. 휴가를 제안하려는 것뿐이니까요. 보호자도 같이 데리고 가고 싶습니까?"

"아뇨."

"그럼 짐을 싸십시오."

"당장 싸죠. 근데 잠깐, 브린… 어떤 식으로 싸라는 거예요? 설마 뛰어내릴 때가 된 건가요?"

브린은 미드를 마주하다가, 다시 창밖으로 시선을 돌렸다. 그리고 천천히 입을 열었다. "저도 모르겠습니다. 하지만 이 빗줄기는 제법 오래 계속될 것 같군요. 꼭 필요한 물건이 아니면 아무것도 챙기지 마십시오. 하지만 없으면 안 되는 물건은 절대 남기지 마십시오."

미드가 위층에 올라가 있는 동안, 브린은 메기스 부인에게서 옷가지를 받아 입었다. 미드는 슬랙스 차림에 커다란 가방 두 개를 들고 내려왔다. 한쪽 겨드랑이에는 낡아빠진 곰인형 하나를 끼고 있었다. "얘는 위니예요."

"위니 더 푸우입니까?"

"아뇨, 위니 처칠이오. 기분이 안 좋을 때면 얘가 '피와 고난과 눈물과 땀'을 약속해주거든요. 그러면 기분이 좀 나아지죠. 없으면 안 되는 물건은 뭐든 가져와도 된댔죠?" 미드는 불안한 얼굴로 브린을 살폈다.

"그렇지요." 브린은 가방을 들었다. 메기스 부인은 새 일자리를 찾기 전에 베이커스필드에 사는 그의 (가상의) 고모님을 방문할 것이라는 설명에 만족한 듯했다. 어쨌든 메기스 부인은 브린을 끌어안고 작별인사로 입을 맞춘 다음 덧붙였다. "우리 애를 잘 부탁해요."

산타모니카 대로는 통행이 금지되었다. 비벌리힐스의 교통체증 속에 붙들린 채로, 브린은 자동차 라디오를 만지작거렸다. 지직거리는 잡음이 한동안 계속되다가 마침내 근처 방송국이 잡혔다. "…내려졌습니다." 거칠고 높고 딱딱 끊기는 목소리가 울렸다. "크렘린에서는 일몰 때까지 도시에서 탈출하라는 최종 경고를 내렸습니다. 지금 기자는 뉴욕에 나와 있습니다. 요즘 같은 시기에는 모든 미국인이 자기만의 대비책을 세워야 할 것 같습니다. 다음으로 말씀을 전해주실 분은…." 브린은 라디오를 끄고 미드의 얼굴을 힐끔거렸다. "걱정하지 마십시오. 지금까지 수년 동안 저런 소리를 해댔으니까."

"허풍이라고 생각하는 거예요?"

"그렇게는 말하지 않았습니다. '걱정하지 말라'고만 했지요."

그러나 미드의 도움을 받아 꾸린 브린의 짐은 분명 '생존'을 염두에 둔 것이었다. 통조림 식량, 따뜻한 옷 전부, 2년 동안 쏴본 적이 없는 사격용 소총, 구급상자와 자기 약통에 든 내용물 전부. 브린은 자기 책상 서랍의 내용물을 상자에 전부 쏟아부은 다음 통조림과 책과 외투와 함께 뒷좌석에 쑤셔넣고, 집 안의 담요란 담요는 전부 꺼내와서 그 위를 덮었다. 그런 다음 다시 마지막 점검을 하러 삐걱거리는 계단을 올라갔다.

"브린, 당신 도표는요?"

"돌돌 말아서 뒷좌석 선반에 올려놨습니다. 이걸로 끝인 모양이로군요…. 아니, 잠깐!" 브린은 책상 너머의 선반으로 손을 뻗어 작고 진지해 보이는 잡지들을 끄집어내기 시작했다. "서구 천문학회하고 변광성 관측 협회 회보를 두고 갈 뻔했군요."

"그건 왜 챙기는데요?"

"응? 양쪽 모두 거의 1년 치가 밀렸으니까요. 이젠 독서를 할 시간이 좀 생기겠지요."

"흠, 브린, 전문 학술지를 읽는 당신 모습을 지켜보고만 있는 건 내가 그리던 휴가와는 조금 다른데요."

"거기까지! 당신은 위니를 챙겼지요. 저는 이걸 챙길 겁니다."

미드는 입을 다물고 브린을 도왔다. 브린은 전자식 계산기를 아쉬운 눈으로 바라보았지만, 결국 백기사의 쥐덫처럼 너무 지나친 물건이라는 결론을 내렸다. 계산자만 있어도 뭐든 할 수 있을 테니까.

자동차가 물살을 가르고 거리로 나왔다. 미드는 물었다. "브린, 당신 현금이 얼마나 있어요?"

"흠? 어느 정도는 있습니다."

"그러니까, 우리 지금 은행이고 뭐고 전부 문 닫은 상태에서 떠나는 거잖아요." 미드는 자기 손가방을 들어 보였다. "이게 내 은행이에요. 얼마 안 되지만 쓸 만큼은 될 거예요."

브린은 웃음을 머금으며 미드의 무릎을 두드렸다. "정말 믿음직스럽군요! 제 은행은 지금 좌석 아래 있습니다. 올해 초부터 모든 자산을 현금으로 바꾸기 시작했거든요."

"아, 나는 당신을 만난 직후에 은행 계좌를 폐쇄했어요."

"그랬습니까? 제 헛소리를 진지하게 받아들였던 모양이로군요."

"당신 말은 항상 진기하게 받아들이거든요."

민트캐니언은 시속 8킬로미터의 악몽이었다. 시야에 들어오는 것은 앞선 차량의 후미등뿐이었다. 커피를 마시러 하프웨이하우스에 잠깐 들 렀더니 짐작했던 바가 사실로 드러났다. 카혼 패스의 통행이 금지되어 66번 국도로 향하는 차들을 우회로로 돌리고 있던 것이었다. 아주 오랜 시간이 흘러 빅터빌 교차로에 도착한 다음에야 차량이 조금씩 빠지기 시 작했다. 운전석 쪽의 와이퍼가 작동을 멈추었고 지방 도로로 들어온 상 황이었으니 다행스러운 일이었다. 랭커스터가 가까워질 때쯤 미드가 갑 자기 말했다. "브린, 이 차에 혹시 스노클이라도 달려 있나요?"

"아뇨."

"그럼 멈추는 게 좋겠어요. 그래도 길가에 불빛이 보이긴 하네요."

모텔에서 나오는 불빛이었다. 미드는 직접 방명록에 서명을 하는 식 으로 예산과 관습이 대치하는 문제를 손쉽게 해결했다. 두 사람은 같은 객실에 들어갔다. 브린은 트윈베드를 보고도 아무 말 없이 상황을 받아 들였다. 미드는 굿나잇 키스도 청하지 않고 그대로 곰인형을 안고 침대 로 향했다. 비를 뿌리는 하늘은 벌써 동이 터 오는지 회색으로 물들고 있 었다.

두 사람은 오후 느지막이 일어나서, 하룻밤 더 쉰 다음에 베이커스필 드를 목표로 북쪽으로 올라가기로 결정했다. 고기압 기단이 남쪽으로 이 동하며, 남부 캘리포니아를 감싸고 있는 무덥고 축축한 공기를 몰아붙이 고 있는 모양이었다. 그 고기압 안으로 들어가는 편이 나아 보였다. 브린 은 와이퍼를 수리하고 새 타이어 두 개를 구매해서 이미 망가진 스페어 타이어를 갈아 끼웠다. 그리고 짐에 캠핑용품을 추가한 다음 미드를 위 해 32구경 자동권총을 한 자루 샀다. 숙녀들이 사교 무대에서 흔히 사용 하는 총기였다. 브린은 자못 수줍은 투로 미드에게 총을 내밀었다.

"이걸 어디다 쓰라고요?"

"당신 현금을 제법 많이 가지고 다니지 않습니까."

"아, 당신을 물리치는 용도로 쓰라는 줄 알았어요."

"이봐요, 미드…."

"됐어요. 잘 쓸게요, 브린."

두 사람이 저녁 식사를 마치고 그날 오후에 산 물건을 차에 싣고 있을 때, 지진이 찾아왔다. 24시간 동안 12센티미터의 빗물이 쏟아졌으니 30조 톤의 중량이 갑자기 얹힌 셈이었고, 그러잖아도 중압에 시달리던 단층은 뱃속이 뒤틀리는 초저음의 진동을 통해 그 압력을 배출했다.

순간 미드는 다 젖은 땅바닥 위에 주저앉았다. 브린은 통나무 위에서 춤추듯 움직이며 버티고 섰다. 30초 후 움직임이 가라앉자, 브린은 손을 내밀어 미드가 일어나는 것을 도왔다. "괜찮습니까?"

"바지가 다 젖었어요." 미드는 토라진 듯 덧붙였다. "하지만 브린, 비가 올 때는 지진이 나는 법이 없잖아요. 절대로."

"이번에는 났군요."

"하지만…."

"조금 조용히 해줄 수 있겠습니까?" 브린은 차 문을 열고 라디오를 켠 다음 초조하게 예열되기를 기다렸다. 이내 브린은 다이얼을 돌리며 채널을 찾기 시작했다. "젠장, 로스앤젤레스의 방송국은 하나도 안 잡히는군!"

"충격 때문에 라디오 튜브가 터진 건 아닐까요?"

"조용히 좀 해봐요." 브린은 다시 다이얼을 돌리기 시작했다.

"…캘리포니아 리버사이드, 여러분의 선샤인 방송국입니다. 최신 소식을 원하신다면 계속 저희 방송국에 주파수를 고정해놓으시길 바랍니다. 지금으로서는 재난의 규모를 명확하게 확인하기가 불가능합니다. 콜로라도강 송수로가 파괴되었습니다. 피해 정도나 수리 기간은 지금으로서는 측정할 수가 없습니다. 지금까지 확인된 바로는 오언스강 구역 송수로에는 피해가 없는 것으로 보이지만, 로스앤젤레스 권역의 모든 주민은 물을 절약할 것을 권장합니다. 개인적으로 조언하자면, 욕조를 밖으로 꺼내서 빗물을 받는 게 좋을 것 같군요. 비가 계속 이렇게 내릴 리는 없으니까요. 시간이 있었다면 상황을 상기시키기 위해서 〈쿨 워터〉를 틀어드렸을 텐데 말입니다. 그럼 이제 통상적인 재난 대책을 읽어드리겠습니다. '모든 식수는 끓여 마실 것. 조용히 실내에서 대기하고 당황하지 말 것. 고속도로 근처로 가지 말 것. 경찰과 협조하며 필요할 때는…' 조! 조! 거기 전화 좀 받아요! '…필요할 때는 협력할 것. 전화 사용은 자제하되…' 급보입니다! 롱비치에서 들어온 확인되지 않은 정보에 의하면, 윌밍턴과 산페드로 부두가 1.5미터 깊이의 물에 잠겨 있다고 합니다. 반복합니다. 확인되지 않은 정보입니다. 사령관 마치 필드 장군의 전달 사항입니다. '전 병력은 즉시 다음 위치에서 집합한다….'"

브린은 라디오를 껐다. "차에 타요."

"어디로 갈려고요?"

"북쪽으로."

"오늘치 숙박비를 냈잖아요. 아무리 그래도…."

"당장 타요!"

브린은 마을에 들러 20리터들이 수통 여섯 개와 지프용 연료통 하나를 샀다. 그리고 모든 용기에 휘발유를 가득 채우고 담요로 감싸서 뒷좌석에 싣고는, 열두 개 묶음으로 파는 기름통을 그 위에 추가했다. 그리고 차를 몰기 시작했다.

"지금 뭘 하는 거예요, 브린?"

"계곡 고속도로를 타고 서쪽으로 가려는 겁니다."

"서쪽에 딱히 갈 곳이 있어요?"

"아마 있을 겁니다. 확인해봐야죠. 라디오를 맡아요. 하지만 도로에도 신경을 써줘야 합니다. 뒷좌석에 휘발유를 잔뜩 실었으니, 아무래도 불안하군요."

두 사람은 모하비 마을을 가로질러 466번 국도를 타고 북서쪽으로 차를 몰아 테하차피산맥으로 진입했다. 전파가 안 좋았지만 미드는 적어도 한 가지를 확인할 수 있었다. 이번 지진이 1906년 지진보다도, 샌프란시스코와 마나과와 롱비치 지진을 모두 합친 것보다도 고약하다는 것이었다.

산을 빠져나오자 하늘이 개기 시작했다. 별이 한두 개씩 떠올랐다. 브린은 고속도로를 빠져나와 지방도로를 타고 베이커스필드를 남쪽으로 돌아서 지나친 다음, 그린필드 바로 남쪽에서 99번 주간 고속도로에 올랐다. 브린이 걱정한 대로 난민들이 이미 도로를 가득 메우고 있었다. 브린은 흐름을 따라 몇 킬로미터 정도 차를 몰다가 그린필드에서 태프트로 가는 도로를 타고 서쪽으로 빠져나왔다. 그런 다음 마을 서쪽 외곽에 차를 세우고 24시간 트럭 기사 식당에서 밤참을 먹었다.

다시 차에 오르려는 순간 갑자기 남쪽에서 '일출'이 일어났다. 장밋빛 섬광이 순식간에 솟아올라 하늘을 가득 메우더니 다음 순간 가라앉은 것이었다. 섬광이 일어난 자리에서 검붉은 색의 구름기둥이 솟아올랐다. 구름은 계속 커지다가, 이윽고 꼭대기가 버섯 모양으로 피어올랐다.

브린은 그 모습을 지켜보다 목쉰 소리로 말했다. "차에 타요."

"브린… 그건, 방금 그건….."

"그건… 거기는, 로스앤젤레스였던 곳입니다. 차에 타요!"

브린은 아무 말 없이 몇 분 동안 차를 몰기만 했다. 미드는 충격에 빠져 아무 말도 할 수 없는 듯했다. 굉음이 찾아오자 브린은 다시 손목시계를 확인했다. "6분 19초로군. 아무래도 맞는 것 같습니다."

"브린… 메기스 부인도 모시고 왔어야 했어요."

"이럴 줄 누가 알았습니까?" 브린은 성난 목소리로 말했다. "게다가 어차피 늙은 나무는 옮겨 심을 수 없는 법입니다. 적어도 저기 휘말렸다면 알기도 전에 끝났을 겁니다."

"차라리 그랬으면 좋겠어요!"

"잊어버려요. 정신을 바짝 차리고 집중해야 합니다. 살아남으려면 뭐든 해야 하는 상황입니다. 손전등을 꺼내서 지도를 확인해봐요. 태프트에서 북쪽으로 틀어서 해변 쪽으로 갈 생각입니다."

"알았어요, 브린."

"라디오도 확인하고요."

미드는 입을 다물고 시키는 대로 움직였다. 라디오에는 아무것도 잡히지 않았다. 심지어 리버사이드 방송국조차도. 전체 주파수가 창문을 때리는 빗소리 같은 묘한 소음에 뒤덮여 있었다. 브린은 태프트가 가까워지자 속도를 줄이고, 미드가 주도로로 진입하는 교차로를 찾아내기를 기다린 다음, 곧바로 그 위로 올라 북쪽으로 향했다. 바로 그 순간 사람 하나가 그들 앞의 도로로 뛰어들어 팔을 격렬하게 흔들었다. 브린은 거칠게 브레이크를 밟았다.

남자는 차 왼편으로 다가와서 창문을 두드렸다. 브린은 창을 내렸다. 그러고는 멍한 얼굴로 남자의 왼손에 들린 총을 바라보았다. 낯선 남자는 날카로운 목소리로 말했다. "차에서 내려. 내가 좀 써야겠으니까." 남자는 오른손을 창 안으로 밀어넣고 손잡이를 찾아 더듬었다.

미드는 브린의 몸 위로 자기 몸을 빼더니, 작은 숙녀용 권총을 남자의 얼굴에 대고 그대로 방아쇠를 당겼다. 브린은 자기 얼굴을 가로지르는 섬광을 느꼈을 뿐, 총성은 듣지도 못했다. 윗입술에 아직 피도 흐르지 않는 구멍이 깔끔하게 난 채로, 남자는 잠시 영문을 모르겠다는 표정으로 서 있다가 천천히 한쪽으로 쓰러졌다.

"얼른 출발해요!" 미드가 높은 소리로 외쳤다.

브린은 숨을 헐떡였다. "아주 잘했습…."

"차나 몰라고요! 최고 속도로!"

그들은 주도로를 따라 로스파드리스 국유림을 통과했다. 용기에서 연료통을 채우기 위해 한 번 멈췄을 뿐이었다. 비포장도로가 이어졌다. 미드는 계속 라디오를 확인했고, 한 번은 샌프란시스코의 방송국이 잡히기도 했지만 잡음이 너무 심해 알아들을 수가 없었다. 그러다 결국 솔트레이크시티 방송국이 연결됐다. 소리는 작아도 명확하게 들렸다. "…우리 측 레이더 화면을 지나는 비행체의 보고가 없었던 것으로 보아, 캔자스시티 폭탄은 투하된 것이 아니라 반입된 것으로 보입니다. 아직은 가설일 뿐이지만…." 갑자기 침묵이 찾아오는 바람에 나머지는 들을 수 없었다.

다시 끽끽거리는 소리가 흘러나오기 시작했을 때는 목소리가 바뀌어 있었다. "전파 관제. 여기는 미군 통합 방송망이다. 로스앤젤레스에 원자폭탄이 떨어졌다는 소문은 아무런 근거도 없는 허튼소리다. 도시 서부 지역이 심각한 지진 피해를 입은 것은 사실이지만 그게 전부다. 정부 지원팀과 적십자 요원들이 현장에서 부상자를 돌보고 있다. 그러나 다시 반복해 말하지만, 원자폭탄은 떨어지지 않았다. 그러니 모든 주민은 각자 위치에서 생업에 종사하도록. 터무니없는 뜬소문은 미합중국에 있어 적국의 폭탄만큼이나 해롭다. 고속도로 근처를 피하고 추가 소식을 기다리…" 브린이 라디오를 꺼버렸다.

브린은 쓸쓸한 목소리로 말을 이었다. "또 누군가가 '엄마가 알아서 할게'라고 주절거리기로 결정한 모양이로군요. 나쁜 소식은 절대 전해주지 않을 겁니다."

"브린, 그거 원자폭탄이었잖아요…. 맞죠?" 미드가 날카롭게 물었다.

"맞습니다. 그리고 이제는 그게 로스앤젤레스에만, 아니 그곳과 캔자스시티에만 떨어졌는지, 아니면 전국의 대도시마다 하나씩 떨어졌는지 알 수가 없지요. 우리가 알 수 있는 거라고는 저들이 거짓말을 하고 있다는 것뿐입니다."

"다른 방송국을 찾아볼까요?"

"그래 봤자 아무 소용도 없을 겁니다." 브린은 운전에 집중했다. 도로 상황이 끔찍했다.

날이 조금씩 밝아오자 미드는 입을 열었다. "브린… 지금 목적지는 있는 건가요? 아니면 그냥 도시만 피하고 있는 건가요?"

"목적지는 있습니다. 지금 길을 잃은 것이 아니라면요." 브린은 주변을 둘러보았다. "아니, 괜찮군요. 저 앞쪽 언덕에 옆얼굴을 보이고 서 있는 장다름 세 개가 보이십니까?"

"장다름이요?"

"커다란 돌기둥 말입니다. 확실한 이정표지요. 저는 지금 사유 도로를 찾는 중입니다. 제 친구 두 사람 소유인 수렵용 산장으로 이어지거든요.

사실 예전에는 목장 건물이었는데, 목장이 영 수지가 안 맞았지요."

"아, 우리가 써도 괜찮은 걸까요?"

브린은 어깨를 으쓱했다. "다음에 보면 물어보지요. 여기까지 오면 말입니다. 그 친구들도 로스앤젤레스에 살았습니다, 미드."

"아, 그렇죠. 그랬겠네요."

사유지 도로는 한때 상태가 안 좋은 마찻길이었다. 그리고 이제는 지나기 힘들 정도가 되어 있었다. 그러나 거의 태평양까지 보일 정도로 높은 산등성이 하나를 타 넘자, 주변 언덕에 둘러싸인 분지에 자리 잡은 작은 산장이 눈에 들어왔다. "자, 내리시죠. 여기가 종점입니다."

미드는 한숨을 쉬었다. "천국처럼 보이네요."

"제가 짐을 내리는 동안 아침을 준비해줄 수 있습니까? 헛간에 땔감이 있을 겁니다. 혹시 나무 아궁이 쓰는 법 알고 있습니까?"

"두고 보시죠."

2시간 후, 브린은 산등성이에 올라서서 담배를 피우며 서쪽을 내려다보았다. 샌프란시스코 쪽에 보이는 저게 설마 버섯구름은 아니겠지? 브린은 이내 자신의 상상일 뿐이리라는 결론을 내렸다. 남쪽으로는 당연히 아무것도 보이지 않았다.

미드가 오두막에서 나왔다. "브린!"

"여기 위입니다."

미드는 브린에게 다가와서 손을 잡고 웃음을 지은 다음, 담배를 빼앗아서 길게 한 모금 빨았다. 그리고 연기를 뿜으며 말했다. "나쁜 생각이라는 느낌은 들지만, 지금까지 오랫동안 이렇게 평화로운 적이 없었던 것 같아요."

"저도 그렇습니다."

"식료품 창고에 통조림 쌓여 있는 것 봤어요? 혹독한 겨울도 버틸 수 있겠던데요."

"그래야 할지도 모릅니다."

"그렇겠죠. 암소가 있었으면 좋았을 텐데."

"소를 가지고 뭘 하려는 겁니까?"

"어릴 적에는 통학버스를 타러 가기 전에 네 마리씩 젖을 짰다고요. 돼지도 잡을 수 있어요."

"어디 한번 찾아보지요."

"찾아주면 고기를 훈제해야겠네요." 미드는 하품을 했다. "갑자기 엄청 졸려요."

"저도 그렇습니다. 그리 놀라운 일도 아니지만요."

"얼른 자러 가요."

"어, 그러죠. 미드?"

"네, 브린?"

"우린 한동안 여기서 지내야 할지도 모릅니다. 그건 알고 있겠죠?"

"네, 브린."

"사실 그래프들이 전부 방향을 바꿀 때까지 쥐죽은 듯 사는 쪽이 현명할지도 모릅니다. 언젠가는 그렇게 될 테니까요."

"그래요, 그건 짐작하고 있었어요."

브린은 머뭇거리다 말을 이었다. "미드…, 저와 결혼해주시겠습니까?"

"물론이죠." 미드는 브린에게 다가섰다.

잠시 후 브린은 미드를 부드럽게 밀어내며 말했다. "내 사랑, 내가 가장 사랑하는 사람…. 음, 차를 몰고 작은 마을에라도 가서 목사를 찾아볼까요?"

미드는 브린에게서 눈을 떼지 않았다. "그건 별로 현명한 행동은 아니잖아요? 그러니까, 우리가 여기 있다는 건 아무도 모르고, 계속 그런 상태인 편이 좋으니까요. 게다가 당신 차는 저 길을 다시 올라오지 못할지도 몰라요."

"그래요, 현명한 행동은 아니지요. 그래도 옳은 행동을 하고 싶습니다."

"괜찮아요, 브린. 다 괜찮아요."

"그렇다면… 저와 함께 여기 무릎을 꿇지요. 함께 맹세하는 겁니다."

"그래요, 브린." 미드는 무릎을 꿇었고, 브린은 미드의 손을 붙들었다. 브린은 눈을 감고 아무 말 없이 기도를 올렸다.

그리고 눈을 뜨더니 이렇게 물었다. "왜 그럽니까?"

"어, 자갈이 박혀서 무릎이 아파서요."

"그럼 일어나서 하지요."

"안 돼요. 있잖아요, 브린. 그냥 집 안에 들어가서 하는 건 어때요?"

"흠? 이런 젠장. 이러다간 아예 말하는 걸 까먹겠군요. 그냥 절 따라 하세요. 나 브린은, 당신 미드를 아내로…."

"알았어요, 브린. 나 미드는, 당신 브린을 남편으로…."

3

"공식 명령이다. 수신범위 내의 모든 방송국은 다음 내용을 두 번 전송한다. 행정 공고 9호. 지금까지 공포한 교통 법령이 다양한 방식으로 무시당하고 있다. 순찰대에 경고 없는 발포를 허가하며, 헌병 사령관에게는 무허가 휘발유 소유에 대한 사형 집행을 지시한다. 지금까지 공포한 생물학 및 방사능 병기에 대한 검역 규제는 예외 없이 집행될 것이다. 미합중국 만세! 국가원수 대행 할리 J. 닐 소장이다. 모든 방송국은 이 내용을 두 번 전송한다."

"여기는 아메리카 자유 라디오 방송국 네트워크입니다. 여러분, 이 말을 사방에 퍼뜨려주세요! 브랜들리 주지사가 비상 승계 원칙에 따라 로버츠 대법관 대행의 입회하에 대통령 선서를 마쳤습니다. 대통령은 국무장관에 토머스 듀이, 국방장관에 폴 더글러스를 임명했습니다. 브랜들리 대통령이 두 번째로 내린 직권 명령은 변절자 닐 장군의 직위를 해제하고 모든 시민과 공무원에게 그를 체포하도록 촉구하는 것이었습니다. 자세한 소식은 나중에 전달하겠습니다. 이 말을 사방에 퍼뜨려주세요."

"들립니까, 교신 요청, CQ, CQ. 여기는 프리포트의 W5KMR, QRR, QRR! 누구 들립니까? 아무도 없어요? 다들 파리처럼 죽어가고 있습니다. 무슨 일이 난 겁니까? 발열로 시작해서 목구멍이 타오르는데 아무것도 삼키지를 못합니다. 지원이 필요합니다. 아무도 안 들립니까? 이봐요, CQ 75, CQ 75, 여기는 W5 킬로 메트로 로미오입니다, QRR, CQ 75. 제발 누구든 응답해줘요…. 아무나!"

"신의 왕국이 강림하는 때를 더욱 기운차게 기다리게 해주는 활력소, 백조의 영약이 후원하는 우리 구주의 방송국입니다. 기름부음을 받으신 지상 왕국의 목자, 브룩필드 판관께서 주님의 말씀을 전달해주시겠습니다. 그러나 그 전에 공고가 있습니다. 텍사스주 클린트의 '구세주'께 여러분의 성금을 보내주십시오. 우편은 안 됩니다. 우리 왕국의 전령을 통하거나, 아니면 이쪽으로 오는 순례자들의 손에 맡겨주십시오. 그럼 이제 예배당의 성가 합창에 이어, 지상에 강림하신 목자님의 옥음을 들으시겠습니다…."

"…첫 번째 증상은 겨드랑이에 생기는 붉은 반점입니다. 간지러울 겁니다. 환자를 바로 침대에 눕히고 몸을 따뜻하게 해주세요. 다음에는 몸을 깨끗이 씻고 마스크를 착용하세요. 정확한 감염 경로는 아직 밝혀지지 않았습니다. 이대로 전달해줘요, 모건."

"…이 대륙에서 다른 곳에 상륙했다는 보고는 아직 들어오지 않았습니다. 최초의 학살극에서 탈출한 공수부대는 이제 포코노 근방에 숨어 있다고 생각됩니다. 즉각 사살해도 좋습니다만, 주의를 기울이십시오. 소풍을 나온 테시 고모님일지도 모르니까요. 그럼 방송을 종료합니다. 내일 정오에 다시 찾아뵙겠…."

＊

그래프는 다시 상향 곡선을 그리기 시작했다. 적어도 브린의 마음속에서는 의심할 여지가 없었다. 어쩌면 여기 시에라마드레스 산지에서 겨울을 나지 않게 될 수 있을지도 몰랐다. 그래도 브린은 이곳에 머물고 싶었다. 낙진의 경로를 피할 수 있도록 충분히 서쪽으로 떨어진 곳을 골라 놓았으니까. 아직은 끝나가는 전염병의 끄트머리에 걸리거나 당황한 민병대의 총에 맞아서 우스꽝스러운 죽음을 맞이할 가능성도 있었다. 몇 달만 더 기다리면 모두 알아서 해결될 것이었다.

게다가 이제 장작도 전부 패놓았고. 브린은 굳은살이 박인 자신의 손을 내려다보았다. 일을 전부 끝냈으니, 과실도 만끽해야 마땅하지 않겠는가!

브린은 산등성이로 나가 일몰을 기다리며 1시간 정도 독서를 즐길 생각이었다. 자동차를 지나칠 때는, 라디오를 틀어보고 싶어서 눈이 절로 그쪽으로 움직였다. 브린은 갈망을 억눌렀다. 라디오 때문에 배터리 충전을 유지하느라 벌써 예비 휘발유의 3분의 2를 사용해버렸다. 아직 12월밖에 되지 않았는데 말이다. 이젠 진짜로 일주일에 두 번으로 줄여야 했다. 하지만 자유 아메리카 방송의 정오 공고를 듣고, 다른 방송이 잡히는지 확인하려고 잠시 다이얼을 이리저리 돌리는 시간은 브린에게는 너무도 소중했다.

그러나 지난 사흘 동안은 자유 아메리카 방송도 잡히지 않았다. 어쩌면 태양풍 잡음일 수도 있었고, 단순한 정전 사태일지도 몰랐다. 문제는 브랜들리 대통령이 암살당했다는 소문이었지만… 자유 방송에서 나온 것도 아니고, 굳이 부인하는 내용도 없었다. 좋은 징조일 것이었다. 그래도 불안하기는 마찬가지였다.

그리고 지진 덕분에 사라진 아틀란티스가 부상해서 아조레스 제도가 작은 대륙이 되었다는 방송도 있었다. 아마 '하찮은 어리석음'의 잔재긴 하겠지만, 속편을 들어보고는 싶었다.

브린은 조금 수줍게 자동차 쪽으로 발걸음을 옮겼다. 미드 없이 홀로 라디오를 듣는 것은 옳은 행동이 아니었다. 브린은 라디오를 예열하고 천천히 다이얼을 돌렸다. 처음부터 끝까지, 다음에는 방향을 거꾸로 해서. 제대로 된 방송은 하나도 들리지 않았다. 끔찍한 소음만 계속될 뿐이었다. 인과응보였다.

브린은 산등성이를 올라서 예전에 여기까지 끌어다 놓은 벤치에 앉았다. 미드가 이곳에서 자갈 때문에 무릎을 다친 기억을 기념하는, 두 사람의 '기념 벤치'였다. 브린은 자리에 앉으며 한숨을 쉬었다. 브린의 늘씬해진 뱃가죽 속에는 사슴고기와 구운 옥수수가 가득 차 있었다. 완벽한 행복에 부족한 것은 담배뿐이었다. 저녁 구름은 눈부시게 아름다운 색으로 반짝였고, 12월치고는 놀랍도록 아늑한 날씨였다. 브린은 양쪽 모두 화산재 때문이리라 생각했다. 아마 원자폭탄도 살짝 도움을 줬을 테고.

그래프가 비탈을 내려가기 시작한 순간, 모든 것이 너무 간단하게 부서져버렸다. 그리고 지표를 보면 회복 속도도 그에 못지않게 빠를 것이 분명했다. 그래프는 최저점에 도착하더니 즉시 치고 올라오기 시작했다. 제3차 세계대전은 사상 최단 시간에 끝난 전쟁이었다. 40개의 도시가 사라졌고, 그 안에는 모스크바와 다른 여러 슬라브족 도시들, 그리고 미국의 도시들도 포함되어 있었다. 그리고 그 순간, 양쪽 모두 전쟁을 벌일 상태가 아니게 되었다. 사실 브린의 생각으로는, 양쪽 모두 북극을 통해 대륙간 탄도 미사일을 던져댄 바람에 피어리가 북극권을 탐험한 이후 가장 끔찍한 기상이변이 일어났다는 사실이 제법 영향을 끼쳤을 것도 같았다. 러시아 공수부대 수송기가 이쪽까지 도착한 것만 해도 정말 대단한 일이었다.

브린은 한숨을 쉬며 주머니에서 1951년의 〈서구 천문학〉 회지를 꺼냈다. 어디까지 읽었더라? 아, 그래. 'G형 항성의 안정성에 대해, 특히 태양의 경우를 염두에 둔 고찰'이었다. 저자는 레닌 연구소의 A. G. M. 딘코프스키였고, 번역자는 영국 왕립천문학회 회원인 하인리히 레이였다. 그 어쩌구스키는 꽤 괜찮은 친구였다. 훌륭한 수학자였고. 조화수열을 아주 영리하게 적용했고 논리도 완벽했다. 브린은 읽다 만 곳을 찾아 뒤적이

다가 빼먹고 넘어갔던 주석을 하나 찾아냈다. 딘코프스키 본인의 이름에 붙은 주석이었다. '이 논문은 발표되고 얼마 지나지 않아 〈프라우다〉지에서 낭만적인 반동주의 저술이라는 고발을 받았다. 딘코프스키 교수는 이후 연락이 닿지 않으며, 숙청된 것으로 생각된다.'

불쌍한 괴짜 같으니! 뭐, 어차피 이제는 그를 잡아들인 불량배들과 함께 원자 단위로 분해되어버렸겠지만. 실제로 러시아 공수부대를 전부 처치한 것인지가 궁금해졌다. 적어도 브린은 자기 몫을 했다. 산장에서 4백여 미터 떨어진 곳에서 암사슴 한 마리를 잡아서 바로 돌아오지 않았더라면, 미드는 힘든 경험을 하게 되었을 것이다. 브린은 그 돼지새끼들을 발견하자마자 그대로 등 뒤에서 쏴 죽였다! 그리고 장작 더미 너머에 묻어버렸다. 그러고 나니 저런 기생충도 제대로 매장을 해주면서, 무고한 사슴은 가죽을 벗기고 고기를 먹어야 한다는 사실에 죄책감이 일었다.

수학을 제외하면, 가치가 있는 행동은 단 두 가지뿐이다. 남자를 죽이고 여자를 사랑하는 것. 브린은 양쪽 모두 경험했고, 따라서 충만한 사람으로 남았다.

브린은 내실 있는 즐거움을 파고들었다. 딘코프스키는 훌륭한 수학자였다. 물론 태양 같은 G형 항성이 근본적으로 불안정할 수밖에 없다는 것은 딱히 새로운 사실은 아니었다. G-O형 항성은 언제라도 러셀 도식에서 이탈해서 폭발한 다음 백색왜성으로 졸아들 수 있다. 그러나 딘코프스키 이전에는 그런 파국이 일어날 정확한 조건을 확정한 사람은 아무도 없었다. 또한 그런 불안정성을 계측하고 그 진행 과정을 서술할 수 있는 수학적 방법론을 제창한 사람도 없었다.

깨알 같은 글씨에서 잠시 눈을 들어 올린 브린은, 낮게 깔린 옅은 구름이 태양을 가리고 있는 모습을 목격했다. 태양광선을 정확하게 필요한 만큼만 가려서 맨눈으로 태양을 볼 수 있게 되는 그런 드문 경우였다. 문득 대기 중의 화산재가 그을음 입힌 유리와 거의 비슷한 효과를 내는 것은 아닐까 하는 생각도 들었다.

그러다 브린은 다시 태양을 자세히 살폈다. 눈에 뭐가 묻었거나, 아니면 태양에 엄청난 크기의 흑점이 생긴 것이 분명했다. 드문 경우에는 맨눈으로도 흑점을 관찰할 수 있다고 들은 적은 있었지만, 실제로 경험해본 적은 없었다. 문득 망원경이 그리워졌다.

브린은 눈을 깜빡였다. 그래, 아직 바로 그 자리에, 오른쪽 윗부분에 있었다. 정말 커다란 점이었다. 자동차 라디오 소리가 히틀러 연설문처럼 들린 것도 당연한 일이었다.

브린은 고개를 돌려 서둘러 논문을 끝까지 읽었다. 햇빛이 사라지기 전에 끝내고 싶어 초조해졌다. 처음에는 작성자의 엄밀한 수학적 논증에 순수한 지적 즐거움을 느꼈다. 태양상수에서 3퍼센트의 불균형이라… 그래, 통상적인 상황이다. 그 정도만 변해도 태양은 폭발할 수 있다는 것이다. 하지만 딘코프스키는 거기서 한 걸음 더 나아갔다. '굴레'라고 이름 붙인 새로운 수학적 연산자를 사용해서, 그는 항성의 역사에서 주기를 산출하고 여기에 두 번째, 세 번째, 네 번째 '굴레'를 도입해서 가장 확률이 높은 지점을 유추해냈다. 아름다운 논리였다! 딘코프스키는 훌륭한 통계학자답게 자신의 1차 굴레가 최고점에 달하는 날짜를 산출하기까지 했다.

하지만 다시 돌아가서 그의 공식을 검토하기 시작하자, 브린의 관심은 어느새 순수한 학문에서 지극히 개인적인 쪽으로 변해버렸다. 딘코프스키가 예로 든 항성은 단순한 여느 G-O형 항성이 아니었다. 논문 후반부에서 언급하는 항성은 분명 우리의 태양이었다. 지금 브린을 비추고 있는, 아득히 먼 곳에서 얼굴에 큼지막한 여드름을 단 채로 빛나고 있는 친구 말이다.

정말 대단히 큰 여드름이었다! 목성을 그대로 던져 넣어도, 첨벙 소리도 없이 빨려 들어갈 것이다. 이젠 아주 똑똑히 보였다.

'별이 나이를 먹고 태양이 차가워지면'이라는 관용구는 누구나 사용하지만, 그런 건 자신의 죽음을 언급할 때처럼 특정 개인과 연결되지 않는 단순한 개념일 뿐이다. 브린은 매우 개인적인 견지에서 고찰을 시작했다.

불균형이 유발되는 시점에서 팽창하는 파면이 지구를 삼킬 때까지는 얼마나 시간이 걸릴까? 이런 역학 문제는, 바로 눈앞의 공식에 내포되어 있더라도 계산기가 없으면 정확히 풀어낼 수 없다. 어림짐작해보자면, 그런 활동이 시작되면 지구가 파삭! 하고 사라지는 순간까지 30분 정도밖에 걸리지 않을 것이다.

갑자기 부드러운 우울함이 브린을 사로잡았다. 이걸로 끝이라고? 두 번 다시 맛볼 수 없을 거라고? 서늘한 아침의 콜로라도강, 훈제하는 연기가 허공을 맴돌던 가을의 보스턴포스트 대로, 봄을 맞아 생명이 타오르는 벅스카운티의 풍경, 풀턴 수산물시장의 비릿한 내음… 아니지, 이건 벌써 사라졌으니까. 〈모닝콜〉 스탠드에서 마시는 커피. 저지섬의 산비탈에서 연인의 입술처럼 뜨겁고 달콤한 산딸기를 딸 수도 없을 것이다. 셔츠 밑자락을 소리도 없이 헤집고 지나가는 부드럽고 선선한 바람을 맞으며 남태평양의 새벽을 맞이하지도 못할 것이다. 들리는 소리라고는 녹슨 뱃머리 양쪽으로 웃음소리처럼 부딪치던 바닷물 소리뿐이라고 적었지. 그걸 쓴 사람이 누구였더라? 너무 오래전 일이다…. 그래, 증기선의 매리 브루스터*였지.

지구가 사라지면 달도 존재하지 않을 것이다. 별은 남겠지만, 별을 바라볼 사람은 남지 않겠지.

브린은 딘코프스키의 확률 굴레가 맞물리는 날짜를 다시 확인했다. "그대의 희고 매끄러운 도시가 반짝이니, 그 빛은 바래지 않을…."**

브린은 갑자기 미드를 갈망하며 자리에서 일어섰다.

미드는 이미 브린을 맞이하러 나오고 있었다. "안녕, 브린! 이제 들어와도 안전해요. 식사 준비 다 됐어요."

"내가 도왔어야 하는데요."

---

* 19세기 미국의 여성 항해자. 남편과 함께 남태평양과 북극해를 항해하고, 자신의 경험과 관찰을 기록으로 남겼다.
** 캐서린 리 베이츠의 시에 곡을 붙인 노래 〈아름다운 아메리카〉 중 한 대목이다.

"저녁놀이 대단한데요! 해마다 화산이 분진을 조금씩 뿜어주는 것도 나쁘진 않겠어요." 미드는 손을 들어 눈가를 가렸다.

"이리 앉아서 함께 봅시다."

미드는 브린의 옆자리에 앉았고, 브린은 미드의 손을 붙들었다. "저기 흑점 보입니까? 맨눈으로도 볼 수 있지요."

미드는 그 광경을 바라보았다. "저게 흑점이라고요? 누가 태양을 한 입 물어뜯은 것처럼 보이는데요."

브린은 눈을 가늘게 뜨고 다시 그 모습을 살폈다. 분명 아까보다 더 커져 있었다!

미드는 몸을 떨었다. "좀 쌀쌀한데요. 안아줘봐요." 브린은 남은 손을 미드의 몸에 둘렀다. 그리고 다른 손은 그대로 미드를 붙들고 있었다. 흑점은 분명 아까보다 커졌다. 계속 자라나고 있었다.

인간이라는 종에 볼 만한 구석이 있을까? 원숭이일 뿐이라고, 브린은 생각했다. 시 한 소절을 가슴에 품은 원숭이들. 3등급 항성 근처의 2등급 행성에 들러붙어 시간을 죽이는 원숭이들. 하지만 때론 원숭이도 매듭 정도는 훌륭하게 지을 수 있을지도 모른다.

미드는 브린에게 몸을 묻었다. "온기가 필요해요."

"곧 따뜻해질 겁니다. 그러니까, 내가 따뜻하게 해줄 거라는 겁니다."

"우리 사랑스러운 브린."

미드는 문득 고개를 들었다. "브린…, 해 지는 모습이 좀 이상한데요."

"아닙니다, 내 사랑. 태양이 이상한 거지요."

"무서워요."

"내가 같이 있잖습니까, 내 사랑."

브린은 여전히 옆에 펼쳐놓은 학회지를 슬쩍 내려다보았다. 굳이 숫자를 더하고 나누지 않아도 답은 알 수 있었다. 브린은 숫자를 계산하는 대신 미드의 손을 거세게 쥐었다. 이것이 마지막이라는 것을 깨닫는 순간, 그조차 예측하지 못한 거센 슬픔이 그의 마음을 뒤흔들었기 때문에.

프로젝트 나이트메어

Project Nightmare

ㅈ호근 옮김

✦ 1953년 5월 〈어메이징 스토리즈(Amazing Stories)〉에 발표

"4에 걸겠다 이거지. 그럼 굴려!"

"2 더블에 추가로 걸 사람은 없나?"

아무도 대답하지 않았다. 나이 든 군인은 유리컵에 주사위를 넣고 흔들더니, 세면장 벽에다 던졌다. 하나는 2가 나왔다. 다른 하나는 잠시 회전을 멈추지 않았다. 누군가가 소리쳤다. "5 나올 거라니까! 얼른, 피브!"

주사위가 멈췄다. 2였다. 노병이 말했다. "나한테 수작 부리지 말라고 말했을 텐데. 개평이라도 떼어 줄까?"

"그냥 다 가져가, 할아범. 우리가 아무리 한심해도⋯. 아, 이런! 전원 차렷!"

문간에는 민간인 한 명, 대령 한 명, 대위 한 명이 서 있었다. 민간인이 입을 열었다. "그 돈은 돌려주세요, 앤드루스."

"알겠소, 교수." 노병은 1달러 두 장을 빼 들었다. "이 정도만 떼 가지."

"멈춰!" 대위가 소리쳤다. "그 돈은 전부 증거로 압수하겠다. 그리고 너희는 당장⋯."

대령이 대위의 말을 잘랐다. "믹. 부관 노릇은 적당히 하게. 앤드루스 이병, 따라오도록." 대령이 밖으로 나가자 나머지 세 사람도 그 뒤를 따랐다. 그들은 빠른 걸음으로 사병 숙소를 떠나서 사막의 햇볕 속으로 나섰고, 이어 사각형 안뜰을 가로질렀다.

민간인이 입을 열었다. "앤드루스, 2가 정말 잘도 나오더군요!"

"젠장, 교수. 그냥 심심풀이 연습 아니오."

"윌킨스 부인을 상대로 연습해보는 건 어떻습니까?"

노병은 코웃음을 쳤다. "내가 바보로 보이시오?"

대령이 끼어들었다. "그래서 장성과 VIP들을 잔뜩 기다리게 만들었나, 앤드루스 이병. 그게 딱히 영리한 행동은 아닐 텐데."

"해먼드 대령님, 저는 숙소에 가서 대기하라는 명령밖에 받지 못했습니다만."

"세면장에 틀어박혀 있으라고 말한 사람은 없었을 텐데. 작작 좀 하게!"

본부 건물 앞에서 보초병이 그들을 멈춰 세우더니, 통행증을 확인한 다음에야 들여보내주었다. 연단에서 민간인 한 명이 말하고 있었다. "… 그렇게 해서 듀크 대학에서 역사를 다시 쓰는 실험이 이루어진 겁니다. 아, 레이놀즈 교수님이 돌아오셨군요. 저분이 시범을 지휘하실 겁니다."

장교들은 뒤쪽 자리에 앉아 있었다. 레이놀즈 교수는 마이크를 설치한 연단 쪽으로 나섰다. 앤드루스 이병은 고급장교와 저명인사들로 구성된 청중 쪽이 아니라, 따로 한데 모여 있는 사람들 쪽으로 걸어가서 자리를 잡았다. 전문 도박사처럼 생겼으며 실제로도 도박사인 남자가 한 명 보였고, 옆자리에는 빨간 머리의 아름다운 일란성 쌍둥이가 앉아 있었다. 그 옆에는 14세의 흑인 소년이 의자에 몸을 파묻고 있었다. 잠든 것처럼 보였다. 다음 자리에는 그 이상 똑바로 깨어 있을 수 없어 보이는 안나 윌킨스 부인이 뜨개질하는 손을 멈추지 않으며 주변을 둘러보고 있었다. 두 번째 줄에는 대학생들과 후줄근한 중년 남성이 한 명 보였다.

탁자 위에는 주사위노름용 케이지, 카드 한 벌, 연습장 여러 권, 가이거 계수기, 납으로 만든 휴대용 가방이 놓여 있었다. 레이놀즈 교수는 탁자에 기대서서 입을 열었다. "우리는 그 원리가 명확히 파악되지 않은 일련의 현상을 통틀어 초감각적 지각 능력(Extra-Sensory Perception), 줄여서 ESP라고 부릅니다. 텔레파시, 투시, 투청, 예지, 염력 등이 전부 이런 범주에 포함됩니다. 이런 능력은 실제로 존재합니다. 측정도 가능하지요. 그런 재능을 가진 사람들이 존재한다는 것 자체는 이미 자명한 사실입니다. 그러나 그 원리는 아무도 모릅니다. 제1차 세계대전 동안, 인도에 있던 영국인들은 텔레파시 능력에 군사 기밀을 도둑맞았지요." 교수는 청중의 얼굴에 떠오른 의심을 확인하고 덧붙였다. "지금도 8백 킬로미터 밖에 있는 첩보원들이 '귀를 기울이고' 있을 가능성도 있습니다. 여러분의 뇌를 헤집어 특급 기밀을 꺼내는 중일 수도 있지요."

좌중에 의심하는 기색이 더욱 역력해졌다. 4성 공군 장성이 입을 열었다. "잠깐, 레이놀즈 교수. 그 말이 사실이라면, 막을 방도는 있는 건가?"

"없습니다."

"내가 원하는 답은 아니로군. 방을 납으로 둘러싸면 막을 수 있나?"

"그것도 시도는 해봤습니다, 장군님. 소용없더군요."

"고주파 방해전파를 쏘면? 아니면 '뇌파'와 일치시키면?"

"가능성은 있지만, 소용없으리라 생각합니다. ESP가 군사적으로 중요한 요소가 되면 아예 모든 사실을 서로 알고 있다고 간주하고 작전행동을 해야 할지도 모릅니다. 다시 우리 프로그램으로 돌아가지요. 이곳에 있는 사람들은 원격으로 물질을 조종하는 능력인 염력의 재능을 가진 분들입니다. 내일 실험은 실패할지도 모르지만, 그래도 수많은 의심하는 도마를…" 레이놀즈 교수는 뒷줄에 앉은 한 남자를 향해 미소를 지으며 말을 이었다. "조금이라도 설득할 수 있다면 시도할 가치는 있어 보이는군요."

레이놀즈 교수의 시선을 받은 남자가 자리에서 일어섰다. "핸비 소장님!"

육군 소장 한 명이 주변을 둘러보고는 말했다. "왜 그러나, 위더스 박사?"

"실례지만 이만 가봐야겠습니다. 책상 위에 긴급한 업무가 한가득입니다. 저런 장난질이 대체 저와 무슨 관계가 있습니까."

핸비 소장이 몸을 뒤척였다. 다른 4성 장군 한 명이 위더스 박사의 소맷자락을 붙들고 다독였다. "위더스 박사, 워싱턴의 내 책상 위에도 서류는 잔뜩 쌓여 있네. 하지만 대통령 각하께서 직접 파견하셨기 때문에 여기 얌전히 앉아 있는 것 아닌가. 부디 자리에 앉아주겠나? 판단을 내리려면 회의적인 시각도 필요하니 말이야."

위더스 박사는 분을 삭이지 못한 채로 자리에 앉았다. 레이놀즈 교수가 말을 이었다. "일단 염동력 말고 ESP부터 시작해보겠습니다. 사실 이두 가지는 제법 다른 분야입니다." 교수는 빨간 머리 소녀 한 명을 돌아보며 말을 이었다. "제인, 이리 올라와주겠니?"

소녀가 대답했다. "저는 조앤이지만, 물론이죠."

"그래, 조앤. 라모트 대장님, 여기 연습장에 뭔가 그려주실 수 있으십니까?"

공군 대장은 눈살을 찌푸리며 물었다. "뭐든 괜찮나?"

"너무 복잡하지 않게 부탁드립니다."

"알겠네, 박사." 라모트 대장은 잠시 생각하더니 웃고 있는 소녀를 그린 다음 눈을 휘둥그레 뜬 늑대를 그 옆에 추가했다. 그리고 고개를 들었다. "됐나?"

조앤은 다른 연습장을 붙들고 열심히 끼적이고 있었다. 레이놀즈 교수는 조앤의 연습장을 라모트 대장에게 가져갔다. 그림은 상당히 비슷했다. 단 하나, 조앤이 늑대의 어깨에 별 네 개를 붙여놓은 것이 다를 뿐이었다. 장군은 새침하게 앉아 있는 아이를 바라보고는 말했다. "믿을 수밖에 없군. 다음은 뭔가?" 장군은 건조한 목소리로 물었다.

"방금 시연해 보인 현상은 투시 능력으로도, 텔레파시로도 설명할 수있습니다." 레이놀즈 교수가 말했다. "이젠 직접적인 텔레파시를 시연해보이겠습니다." 그는 두 번째 쌍둥이를 불러 올린 다음 말했다. "위더스 박사님, 부디 도와주시겠습니까?"

위더스 박사는 아직도 부루퉁한 표정이었다. "뭘 도와달라는 거요?"

"똑같은 일을 해주시면 됩니다. 다만 이번에는 제인이 당신 어깨너머에서 그림을 지켜보고, 조앤은 당신의 그림을 따라 그리려 시도할 겁니다. 이번에는 좀 더 어려운 그림을 부탁드리지요."

"뭐…, 좋소." 위더스 박사는 연습장을 받아들고 제인이 바라보는 가운데 라디오 회로를 그리기 시작했다. 박사는 라디오 기술자의 마스코트인, 펜스 너머를 기웃거리는 꼬마 '클렘'을 서명 대신 그려넣었다.

"그 정도면 충분하겠군요!" 레이놀즈 교수가 말했다. "끝났니, 조앤?"

"네, 교수님." 레이놀즈 교수는 조앤의 연습장을 가져왔다. 회로도는 정확했다. 그러나 조앤은 '클렘'의 한쪽 눈에 윙크를 추가해놓았다.

✳

레이놀즈 교수는 경탄으로 가득한 청중의 수런거림을 잠재우며 말했다. "카드 시연은 관두고 염력으로 바로 넘어가겠습니다. 혹시 주사위 가지고 다니는 분 계십니까?" 아무도 나서지 않았다. 교수는 말을 이었다. "여기 부대의 물리학 연구소에서 제공한 주사위가 있습니다. 주사위노름용 케이지 또한 그쪽에서 확인하고 봉인을 마친 물건이고, 여기 이 꾸러미도 마찬가지입니다." 포장을 뜯자 열두 개의 주사위가 굴러 나왔다. "앤드루스, 자연수 맞히기로 해보겠습니까?"

"노력해보겠소, 교수."

"라모트 대장님, 주사위 두 개를 골라서 여기 케이지에 넣어주시면 감사하겠습니다."

장군은 그 말에 따른 다음, 케이지를 앤드루스에게 건넸다. "무슨 수를 굴릴 텐가, 병사?"

"6-5 정도면 장군님 마음에 드실까요?"

"시도해보게."

"조금 더 흥미롭게 만들까 싶은데, 5를 굴릴 위치를 지정해주실 수 있으신가요, 장군님?" 앤드루스는 순진한 표정으로 눈을 크게 뜨고 기다렸다.

라모트 대장은 웃음을 머금었다. "정신 나갔군, 자네." 장군은 5달러 지폐를 한 장 꺼냈다. 앤드루스는 그 위치를 확인하고, 케이지를 흔든 다음 그대로 던졌다. 주사위 하나는 지폐 위에 멈췄다. 5였다. 다른 주사위는 의자에 부딪혀 튕겨 나왔다. 6이었다.

"제가 딴 것으로 해도 되겠지요?"

"두 번 속지는 않겠네. 다른 자연수로 해보지."

"명령에 따릅지요, 각하." 앤드루스는 지폐를 주워 든 다음, 6-1, 5-2, 4-3을 굴리고 다시 거꾸로 나갔다. 그리고 6을 연속으로 몇 번 굴린 다음 1 더블을 내보였다. 그러나 다음에 주사위를 굴리니 1-2가 나왔다. 앤드루스는 아담한 노부인을 바라보며 말했다. "부인, 그렇게 주사위를 굴리고 싶으시면 그냥 이리 내려와서 직접 해보시는 게 어떻소?"

"어머나, 앤드루스 씨! 친절하기도 하셔라."

레이놀즈 교수가 다급하게 끼어들었다. "차례가 곧 올 겁니다, 윌킨스 부인."

"여기 신사분들이 무슨 말씀을 하시는 건지 도통 모르겠네요." 윌킨스 부인은 다시 뜨개질을 시작했다.

해먼드 대령은 빨간 머리 쌍둥이들 옆에 앉았다. "너희 혹시 재뉴어리 쌍둥이 아니니?"

"맞아요, 그건 공연용 예명이지만요!" 한 소녀가 발랄하게 대답했다.

"진짜 성은 '브라운'이에요." 다른 소녀가 말했다.

"브라운 자매로군." 해먼드 대령이 고개를 끄덕였다. "혹시 우리 장병들을 상대로 공연해줄 수 있겠니?"

"레이놀즈 교수님은 그런 공연을 싫어하셔요." 먼저 말한 소녀가 예의 바르게 대답했다.

"저분은 내가 설득하마. 이곳 기지는 위문협회 사람들이 들어올 수 없어서 그래. 보안 규정이 너무 까다롭거든. 괜찮겠니, 조앤?"

"저는 제인이에요. 교수님이 허락해주신다면 괜찮아요."

"착한 아이들이로구나!" 해먼드 대령은 윌킨스 부인이 염력을 시연하고 있는 곳으로 돌아갔다. 주사위 케이지에서 6이 무더기로 쏟아져 나왔다. 뜨개질하는 손은 여전히 멈추지 않은 채였다. 위더스 박사는 우울한 표정으로 그 모습을 바라보았다. 해먼드 대령이 물었다. "어떻습니까, 박사?"

"거북한 광경이기는 하군요." 위더스 박사가 인정했다. "하지만 아직 분자 수준일 뿐입니다. 기본 입자까지 영향을 끼칠 수 있다는 증거는 없습니다."

"저 스케치는요?"

"저는 물리학자이지 심리학자가 아닙니다. 그러나 기본 입자, 즉 전자나 중성자나 양성자에는 방사능의 법칙에 따라 설계한 도구를 사용하지 않으면 당연히 영향을 끼칠 수 없을 겁니다." 레이놀즈 교수에게도 들릴 만한 목소리였다. 위더스 박사의 말에 레이놀즈 교수는 이렇게 반응했다. "수고하셨습니다, 윌킨스 부인. 자, 그럼 여러분, 다른 실험을 해보겠습니다. 노먼!"

흑인 소년이 눈을 떴다. "네, 교수님?"

"이리 올라와라. 그리고 이곳의 물리학 연구실 직원들을 불러주시기 바랍니다. 혹시 라듐 다이얼 손목시계 가진 분 안 계십니까?"

직원 기술자 한 명이 가이거 계수기를 확성기에 연결해서 보통 상태의 배경 방사능에서 주기적인 달각 소리를 내도록 만들었다. 박사는 계수기의 튜브 근처에 라듐 다이얼 시계를 놓았다. 달각거리는 소리가 폭풍처럼 몰아치기 시작했다. "불 좀 꺼주십시오." 레이놀즈 교수가 지시했다.

소년이 말했다. "지금 할까요, 교수님?"

"기다려라, 노먼. 다들 여기 손목시계 보이십니까?" 침묵을 깨는 것은 반짝이는 숫자판의 방사능에 반응하는 계수기 소리뿐이었다. "지금이다, 노먼!"

반짝이던 숫자들이 꺼져버렸다. 동시에 소음도 잦아들었고, 천천히 달각거리는 소리만 남았다.

✴

본부 건물에 있던 사람들이 사막 한가운데의 벙커에 다시 모였다. 한참 멀리에 폭탄 시험장이 보였다. 벙커의 콘크리트에는 폭탄 시험장을 향한 쪽으로 잠망경 창이 달려 있었다. 투명한 코팅 보호창은 두께가 30센티미터는 되어 보였다. 레이놀즈 교수는 핸비 소장과 대화를 나누고 있었다. 해군 대위 한 명이 이어폰과 확성 스피커를 통해 보고를 받더니, 총사령관을 돌아봤다. "항공기 배치 완료했습니다."

"고맙네, 딕."

확성기에서 소리가 울렸다. "찰리 기지에서 통제실에 알립니다. 물건은 가져다놨습니다."

해군 대위가 핸비 소장에게 보고했다. "전 기지 준비 완료됐습니다. 발사 시험장 이상 없음."

"카운트다운 시작."

"모든 기지는 마이너스 17분부터 카운트다운을 시작하라. 기록계, 시간을 확인하라. 실제 시험이다. 반복한다, 실제 시험이다."

핸비 소장은 레이놀즈 교수에게 물었다. "거리는 상관없는 건가?"

"동료에게 제반 조건을 전달한 다음에 솔트레이크시티에서 시도한 적도 있습니다." 교수는 자기 시계를 힐긋 내려다보았다. "제 시계가 멎은 모양이로군요."

"항상 그런 느낌이지. 비키니섬에서 처음 실험을 하는 장소에 메트로놈이 있었다는 것 알고 있나? 그것 때문에 미칠 뻔했지."

"상상이 가는군요. 음, 장군님, 제 일행 중에는 신경이 예민한 사람도 있습니다. 만약의 경우에 대처할 방법이 있겠습니까?"

핸비 소장은 쓴웃음을 지었다. "항상 방문객을 위해서 진정제를 구비해놓고 있네. 위더스 박사, 그쪽은 개막 준비 끝났나?"

선임 물리학자는 한 무더기의 장비 위로 몸을 숙이고 있었다. 지쳐 보이는 모습이었다. "저는 오늘은 무립니다. 새털리가 할 겁니다." 박사는 가라앉은 목소리로 중얼거렸다.

새털리가 앞으로 나와서 모든 장성과 VIP들과 레이놀즈 교수 휘하의 사람들을 둘러보며 웃었다. "꽁무니를 뺄 수 없는 관객분들이라. 이럴 때를 대비해 아껴둔 농담이 하나 있지요. 하지만 우선…." 그는 광택이 나는 금속 구체를 들고 ESP 사용자들을 바라보았다. "오늘 아침 투어에서 이렇게 생긴 구체를 보셨을 겁니다. 그건 플루토늄이었죠. 아직 저기 바깥에서 쾅! 하고 터질 시간을 기다리고 있습니다. 그러니까… 11분 남았군요. 여기 구체는 단순한 강철입니다. 실수를 저지른 사람이 없다면 말이죠. 정말 대단한 웃음거리가 되겠군요. 산산조각이 나면서도 웃을 수 있을 것 같아요!"

아무도 웃지 않자, 새털리는 말을 이었다. "하지만 이 구체는 질량이 부족합니다. 따라서 우리는 안전합니다. 이 모형은 레이놀즈 교수님이 모셔온 분들이 집중하는 데 도움이 되도록, 이미지를 잡는 용도로 제작한 겁니다. 이 물건과 원자폭탄은 저와 스탈린만큼이나 조금도 닮은 구석이 없지만, 이게 플루토늄이라면 우리 쪽 원자 기술자들은 '임계 질량 이하'라는 꼬리표를 붙였을 겁니다. 예의 첩보원 사건 이후로는 원자폭탄의 작동 원리를 모르는 사람이 없지요. 플루토늄은 일정한 속도로 중성자를 방출합니다. 여기서 플루토늄의 질량이 작으면, 대부분의 중성자는 외부로 방출됩니다. 하지만 임계점에 이를 정도로 질량이 크다면, 연쇄 반응을 일으키기 충분할 정도의 중성자가 다른 원자핵에 흡수됩니다. 그러니까 재빨리 임계 질량을 만든 다음 꽁무니 빠지게 달아나는 게 중요하다는 거지요! 이 모든 일이 수 마이크로초 안에 일어납니다. 정확한 수치는 보안장교를 자극하지 않고는 알려드릴 수가 없군요.

오늘 우리는 인간의 정신으로 플루토늄의 중성자 방출 속도에 변화를 줄 수 있는지를 확인할 겁니다. 일본의 도시 두 개를 파괴할 정도로 깔끔히 증명된 이론에 따르면, 개별 중성자의 방출 여부는 순전히 운에 달렸지만, 전체 방출량은 별이 하늘을 가로지르는 궤적만큼이나 고정된 수치를 가집니다. 그렇지 않았더라면 원자폭탄은 만들 수도 없었겠지요.

표준 이론, 그러니까 현재 검증된 이론에 따르면, 저 밖에 있는 임계 이하 질량의 물질은 호박 한 덩이만큼이나 터질 가능성이 없습니다. 우리 시험집단은 그 이론을 바꾸려 시도할 것입니다. 정신을 집중해서 중성자의 방출 확률을 높이고, 그에 따라 저기 있는 구체를 원자폭탄처럼 폭발시키려는 겁니다."

"새털리 박사?" 항공 기장을 단 해군 중장이 물었다. "그게 가능하다고 생각하나?"

"당연히 불가능하죠!" 새털리는 초능력자들을 돌아보며 덧붙였다. "여러분께 악의는 없습니다만."

"5분 남았습니다!" 해군 대위가 소리쳤다.

새털리는 레이놀즈 교수에게 고개를 끄덕였다. "여기부턴 맡기겠습니다. 행운을 빕니다."

윌킨스 부인이 목소리를 높였다. "잠깐만요, 젊은이. 그 '중짜'라는 물건 말인데요. 저는…."

"중성자입니다, 부인."

"그렇게 말했는데요. 어쨌든 이해가 잘 안 되네요. 고등학교에서 배우는 내용 같은데, 저는 8학년까지밖에 학교를 안 다녔거든요. 정말 유감이에요."

새털리도 유감스러운 표정이었지만, 그래도 시도는 해보았다. "…그리고 각각의 원자핵이 쪼개지면 이런 작은 중성자가 나올 수 있는 겁니다. 저 멀리 있는 이런 구체에는…." 그는 모형 구체를 들어 보였다. "그러니까, 대충 잡아 50억의 1조 배에 달하는 원자핵이 있으며, 그 모든 원자핵이 제각기…."

"세상에, 정말 큰 수겠네요. 그렇죠?"

"물론입니다, 부인. 그럼 이제…."

"2분!"

레이놀즈 교수가 끼어들었다. "윌킨스 부인, 걱정하지 마십시오. 저 멀리 있는 금속 공에 집중하면서, 빠져나오려 애를 쓰는 중성자들에 집중하면 됩니다. 제가 신호를 내리면, 여러분 모두가… 특히 너 말이다, 노먼, 모두가 그 구체를 머릿속에 그리면서, 시계의 숫자판처럼 불꽃을 내뿜는 모습을 상상하는 겁니다. 더 많은 불꽃을 일으키려 해보세요. 그냥 시도만 하면 됩니다. 실패해도 아무도 비난하지 않을 겁니다. 긴장할 필요 없어요."

윌킨스 부인이 고개를 끄덕였다. "시도해볼게요." 부인은 뜨개질감을 내려놓고 아득히 먼 곳을 바라보는 표정을 지었다.

바로 그 순간, 믿을 수 없을 정도로 밝은 섬광이 두꺼운 방호창을 뚫고 들어와 그들의 눈을 파고들었다. 빛은 벙커 안을 뜨겁게 달구더니 순식간에 잦아들어버렸다.

해군 대위가 소리쳤다. "어떻게 이런 일이!" 어디선가 고함이 들렸다. "사라졌어, 사라졌다고!"

스피커가 시끄럽게 울렸다. "마이너스 1분 37초에 핵분열 발생. 통제실, 뭔가 잘못됐다. 추측으로는 수소 분자 하나가…"

충격파가 밀어닥치며 모든 소리를 잡아먹었다. 조명이 나가고, 비상용 조명이 깜빡거리며 켜졌다. 벙커가 거친 바다의 조각배처럼 흔들렸다. 눈앞은 여전히 번쩍이고, 귓가는 뒤따라온 굉음으로 먹먹하고, 물리학자들은 방호창에 들러붙은 해군 장성들 사이를 비집고 들어가려고 애쓰는 사이에서, 비통한 소프라노가 모든 소음을 뚫고 높이 울렸다. "어머나, 세상에!"

레이놀즈 교수가 소리쳤다. "무슨 일입니까, 부인! 괜찮으신 겁니까?"

"나요? 어머, 그럼, 물론 괜찮죠. 하지만 정말 미안해요. 이럴 생각은 아니었는데,"

"뭘 말입니까?"

"그냥 나올 것 같다는 느낌을 보낸 거예요. 꼬마 중짜들이 이리저리 움찔거리며 나올 준비를 하는 모습을 머릿속에 그렸어요. 하지만 그대로 폭발시킬 생각은 없었답니다. 적어도 교수님이 신호를 주실 때까지는 말이지요."

"아." 레이놀즈 교수는 나머지 사람들을 돌아보았다. "방아쇠를 당긴 사람 또 없습니까?"

아무도 나서지 않았다. 윌킨스 부인은 소심하게 중얼거렸다. "죄송해요, 교수님. 하나 더 가져올 수 있을까요? 이번에는 조금 더 조심해서 할게요."

*

레이놀즈 교수와 위더스 박사는 커피를 앞에 놓은 채로 사관 식당에 앉아 있었다. 물리학자는 자기 커피잔에 눈길도 주지 않았다. 눈가는 촉촉이 젖어 반짝이고 얼굴은 일그러져 있었다. "한도가 없어요! 질량의 90퍼센트를 에너지로 바꿀 수 있단 말입니다. 그게 무슨 뜻인지 알고 있나요? 가정을 하나 세워보자면…, 아니, 됐어요. 모든 폭탄을 완두콩 크기로 만들 수 있다고만 말해두죠. 완충재도 필요 없어요. 폐쇄 회로도. 그저…" 박사는 잠시 말을 멈추었다. "아주 간편하게 운반할 수 있을 겁니다. 조종사 한 명, 투하 준비원 한 명, 그리고 당신 쪽 '조작원' 한 명만 태운 소형 제트기 한 대면… 나를 수 있는 폭탄의 수에도 한도가 없을 테죠. 지구상의 그 어떤 국가도…"

"진정 좀 하시죠." 레이놀즈 교수가 말했다. "지금 우리 쪽에 염력 사용자는 얼마 안 됩니다. 비행기에 태우는 위험을 무릅쓸 수는 없지 않겠습니까."

"하지만…"

"애초에 태울 필요도 없어요. 일단 폭탄을 보여주고, 목표물의 사진을 준 다음에, 전파로 투하 준비원과 통신만 유지하면 되는 거죠. 그렇게 하면 한 번에 여러 건을 시도할 수 있습니다. 게다가 재능 있는 사람을 더 선별할 예정이에요. 내 계산에 따르면 1천8백 명에 한 명 정도는 될 겁니다."

"한 번에 여러 건이라…" 위더스 박사는 교수의 말을 따라 했다. "윌킨스 부인 정도라면 수십 개의 폭탄을 다룰 수 있겠죠? 하나씩 하는 식으로 말입니다."

"그러리라 생각합니다. 시험해봐야겠지만요."

"당연히 해야죠!" 위더스 박사는 자기 눈앞에 커피가 놓여 있다는 사실을 깨닫고 벌컥벌컥 들이켰다. "용서하십시오, 교수님. 궁지에 몰려서 그래요. 생각을 너무 많이 바꿔야 했거든요."

"알고 있습니다. 나는 예전에는 행동심리학자였죠."

미켈러 대위가 들어와서 주변을 둘러보다가 다가왔다. "장군님이 당신들을 찾고 있습니다. 서두르십시오." 그가 작은 소리로 말했다.

대위는 두 사람을 경비가 삼엄한 집무실로 몰아넣었다. 라모트 대장과 케이틀리 중장이 핸비 소장과 함께 기다리고 있었다. 세 사람 모두 근심 어린 표정이었다. 핸비 소장은 두 사람에게 전보용지를 건넸다. 레이놀즈 교수는 '일급 기밀'이라는 인장을 보자마자 용지를 돌려주었다. "장군님, 저는 이걸 볼 보안등급이 안 됩니다."

"닥치고 읽기나 하게."

레이놀즈 교수는 무수한 숫자들은 건너뛰었다.

"…오늘 러시아 대사관이 국무부에 최후통첩을 제출했다. 그들의 요구는 다음과 같다. '미합중국은 지금 즉시 소비에트 연방에서 선임한 정치장교의 감독하에 인민공화국으로 전향하고, 요구하는 군사 협약을 무조건 수용할 것.' 최후통첩에서는 (별첨한 목록의) 주요 미합중국 도시에 원자폭탄이 설치되어 있으며, 동부 시간으로 금요일 16시까지 조건을 맞추기 못하면 건까로 폭탄을 터뜨리겠다고 주장하고 있다."

레이놀즈 교수는 마지막 부분을 다시 읽었다. "금요일 16시." 여기 시간으로 모레 오후 2시였다. 우리나라의 도시에 원자폭탄이 설치되어 있다고? 그런 일을 할 수가 있나? 교수는 문득 라모트 대장이 계속 말하고 있다는 사실을 깨달았다. "이 위협이 진실이라는 전제하에 행동할 수밖에 없소. 우리의 자유로운 국가 체제를 생각해보면 충분히 파고들 만한 약점이니까."

해군 중장이 말했다. "허풍일 수도 있지 않습니까."

공군 대장은 고개를 저었다. "대통령 각하께서 굴복하지 않으시리라는 점은 알고 있을 걸세. 러시아 놈들이 어리석다고 가정하고 행동할 수는 없어."

레이놀즈 교수는 자신이 이런 대화를 듣고 있는 이유를 알 수가 없었다. 라모트 대장이 교수를 바라보며 말을 이었다. "케이틀리 중장과 나는 즉시 워싱턴으로 떠나야 하네. 자네한테 이걸 물어보려고 기다린 걸세. 자네 사람들은 원자폭탄을 터뜨렸지. 폭탄이 터지는 것을 막을 수도 있을 것 같나?"

레이놀즈 교수는 시간 감각이 한없이 늘어지는 것을 느꼈다. 월킨스 부인을, 노먼을, 다른 모든 초능력자를 생각하고 있노라니 1년이 통째로 사라지는 것만 같았다. "그렇습니다." 교수가 대답했다.

라모트 장군은 자리에서 일어났다. "자네가 맡게, 핸비 소장. 그만 가볼까, 중장?"

"잠깐 기다리십시오!" 레이놀즈 교수가 항의했다. "폭탄 하나에 월킨스 부인을 붙이면 억제할 수 있을지도 모릅니다. 하지만 몇 개나 되는 도시에 폭탄이 설치된 겁니까? 스물? 서른?"

"서른여덟 개일세."

"폭탄이 서른여덟 개… 아니, 더 많을 수도 있겠군요. 그게 어디 있는 겁니까? 어떻게 생겼지요? 상황이 얼마나 오래 지속될 예정입니까? 이건 불가능한 일입니다."

"물론 그렇지. 어쨌든 맡기겠네. 적어도 시도는 해보게. 핸비 소장, 우리가 가고 있다고 알려주겠나?"

"물론입니다, 장군님."

"그럼 실례하겠소, 교수. 아니, 작별 인사를 해야 하려나."

레이놀즈 교수는 문득 저들이 폭탄 하나를 '깔고 앉으려' 돌아가는 셈이라는 사실을 깨달았다. 폭탄에 목숨을 잃을 때까지 의무를 다할 생각인 것이었다. 교수는 재빨리 말했다. "시도해보겠습니다. 온 힘을 다해서요."

✳

38개 도시, 43시간, 17명의 초능력자. 수년에 걸친 연구에서 목록을 오르내린 사람들은 그보다 많았지만, 다들 41개 주에 흩어져 있었다. 독재 국가였다면 비밀경찰이 그 소재지를 즉시 파악해서 초음속으로 눈앞에 대령했을 것이다. 그러나 이곳은 미국이었다.

"찾아내! 이곳으로 데려와! 얼른!" 핸비 소장은 레이놀즈 교수의 희망을 명령으로 변환하라고 해먼드 대령을 배정했고, 자신의 보안 담당 장교에게는 임무 대신 전화통을 붙들고 앉아 FBI를 비롯한 여러 정보기관의 연줄을 활용하라고 지시했다. 정보기관은 지역 경찰에 연락해 번거로운 절차를 생략하고 초능력자들을 발견할 수 있도록 해주었다. 찾아내고, 설득하고, 압박하고, 핵무기 실험장 쪽으로 공중 수송해 오는 작업이 계속되었다. 해가 질 때까지 23명이 발견되었고, 11명이 설득 또는 위압을 통해 협조를 약속했고, 2명이 도착했다. 핸비 소장은 레이놀즈 교수에게 전화를 걸었고, 교수는 샌드위치를 먹다가 자리에서 일어나 전화를 받았다. "핸비 소장일세. 대통령 각하께서 조금 전화를 하셨네."

"대통령께서요?"

"라모트 대장이 면담한 모양이야. 각하께서는 아직 믿지는 못하시는 것 같지만, 온 힘을 기울여 시도해도 된다고 승인하셨네. 재래식 방어수단을 방해하지 않는 한도 내에서 말이지. 대통령 보좌관 한 명이 30분 전에 국립공항에서 제트기를 타고 이쪽으로 출발했네. 도착하면 즉시 도움을 주기 시작할 예정이고. 이제 상황이 빠르게 움직이기 시작할 걸세."

하지만 상황은 그리 빠르게 움직이지 못했다. 러시아의 방송국에서 방송을 통해 대중에 사태를 알렸기 때문이었다. 30분 후 대통령의 공식 담화가 이어졌다. 레이놀즈 교수는 너무 바빠서 대통령의 연설을 들을 시간도 없었다. 20명으로 20개 도시를, 그리고 세계를 지켜야 한다. 하지만 무슨 수로? 윌킨스 부인은 한번 본 원자폭탄이라면 억제할 수 있을 것이다. 다른 사람들도 가능성은 충분했다. 하지만 멀리 떨어진 도시에 숨겨진 폭탄을 정신을 통해 찾아내서, 상상하고, 폭발을 억제한다니. 터뜨리는 일이라면 1마이크로초 동안 집중하면 되지만, 폭탄을 발견해 회수할 때까지 억제하려면 수십억 마이크로초를 버텨야 한다. 이런 일이 가능할 리가 있을까?

어떻게 보조해야 할까? 약물도 필요할 것이다. 카페인, 벤제드린. 조용한 환경도 필요할 것이다. 레이놀즈 교수는 해먼드 대령을 돌아보았다. "개인실과 개인 욕실을 제공해주십시오."

"그건 해놨을 텐데요."

"아닙니다. 이층침대에 공용 욕실을 쓰고 있어요."

해먼드 대령은 어깨를 으쓱했다. "어려운 일은 아니지요. 장군들을 좀 쫓아내면 되니까요."

"주방 인력을 24시간 배치해 주십시오. 잠들면 안 되지만, 식사는 필요합니다. 항상 갓 끓인 커피와 콜라와 차를 마실 수 있게 해주십시오. 원하는 것은 뭐든 줘야 합니다. 사설 교환대에 방 전화를 전부 연결해주실 수 있습니까?"

"알겠습니다. 또 필요한 것 있습니까?"

"모르겠습니다. 한번 물어보지요."

다들 러시아 방송에 대해서는 알고 있었지만, 무슨 계획을 꾸미는지는 모르고 있었다. 교수의 말을 들은 그들은 초조한 침묵으로 대답했다. 레이놀즈 교수는 앤드루스를 돌아보았다. "어떤가요, 앤드루스?"

"상당히 벅찬 일이 될 거요, 교수."

"그렇죠. 성공할 수 있겠습니까?"

"성공하게 만들어야 하는 일 아니겠소."

"노먼?"

"세상에, 교수님! 볼 수도 없는 물건을 어떻게 하라는 거예요?"

"오늘 아침에도 윌킨스 부인은 폭탄을 볼 수 없었다. 너도 시계 문자판의 방사능을 직접 보는 건 아니지. 너무 작으니까. 그냥 다이얼을 보고 생각을 하는 것뿐이야. 그렇지?"

소년은 얼굴을 찌푸렸다. "도시 어딘가에 있는 반짝이는 공을 생각하라는 건가요?"

"그래. 아니, 잠깐. 해먼드 대령, 이들은 시각적 이미지가 없으면 시도조차 할 수 없어요. 여기 원자폭탄이 있지 않습니까. 하나라도 직접 봐야 합니다."

해먼드 대령은 얼굴을 찌푸렸다. "투하나 발사용으로 만든 미제 폭탄은, 설치한 다음 전파로 폭발시키는 러시아제 폭탄하고는 생김새가 전혀 다를 겁니다."

"어떻게 생겼을까요?"

"나토의 G-2라면 알지도 모르겠군요. 가능성은 있지요. 사진이라도 구해보겠습니다. 3차원 모형도 만들도록 하지요. 위더스 박사와 소장 각하를 찾아와야겠군요." 대령은 자리를 떴다.

윌킨스 부인이 활기차게 말했다. "교수님, 내가 워싱턴 D.C.를 감시할게요."

"좋습니다, 윌킨스 부인. 과정이 거꾸로이긴 해도 실제로 검증된 사람은 부인뿐이지요. 그러니 워싱턴을 지켜주십시오. 가장 중요한 곳이니까요."

"아니, 아니, 그래서가 아니에요. 나한테 가장 잘 보이는 도시라서 그래요."

앤드루스가 말했다. "부인 말씀도 일리가 있소, 교수. 나는 시애틀을 맡지."

✳

자정 즈음, 레이놀즈 교수는 이제 26명으로 불어난 휘하의 초능력자들을 장교 숙소에 배정했다. 해먼드 대령과 교수는 위층 홀에 설치한 전화 교환대를 교대로 담당했다. 도시를 보호하는 작업 자체는 최종권고 시점을 조금 앞두고 시작할 것이었다. 피로는 초능력의 효과를 감퇴시키며, 때로는 아예 무력화시킬 수도 있었다. 레이놀즈 교수는 그들이 최후의 수면을 충분히 취하고 있기만을 빌었다.

방마다 마이크로폰이 설치되었다. 선택기를 올리면 도청도 할 수 있었다. 레이놀즈 교수는 이 상황이 마음에 들지 않았지만, 해먼드 대령은 이렇게 반박했다. "물론 사생활 침해가 맞습니다. 하지만 원자폭탄에 날아가버리는 것도 어떻게 보면 사생활 침해 아닙니까." 대령은 스위치를 돌렸다. "이거 들리십니까? 우리 꼬맹이 노먼은 코를 골면 톱질하는 소리가 나는군요." 대령은 다시 다이얼을 돌렸다. "앤드루스 이병은 아직도 뒤척이고 있군요. 일단 시작한 다음에는 재울 수 없으니, 계속 감청하고 있어야 할 겁니다."

"그럴 것 같군요."

위더스 박사가 위층으로 올라왔다. "더 필요한 건 없나요?"

"없는 것 같군요." 레이놀즈 교수가 대답했다. "모형 폭탄은 어떻게 되어 갑니까?"

"아침이 되기 전에 끝날 겁니다."

"재현율은 충분한가요?"

"확신할 수 없군요. 러시아 요원들은 분명 이곳에서 구입한 라디오 부속으로 점화 회로를 만들었을 겁니다. 회로 모양이 제법 다양할 수 있어요. 하지만 가장 중요한 부분은… 뭐, 진짜 플루토늄을 사용하고 있으니까요."

"좋습니다. 아침 식사 후에 보여줄 수 있겠군요."

앤드루스의 방문이 열렸다. "안녕하시오, 대령님. 찾았소, 교수."

"뭘 찾았다는 겁니까?"

"폭탄 말이오. 시애틀 아래에. 느낄 수 있소."

"어디 있습니까?"

"아래쪽인데… 아래라는 느낌이 드는군. 그리고 정확히는 몰라도 젖어 있는 느낌이오. 해협에 가라앉힌 건가?"

해먼드 대령이 자리에서 벌떡 일어났다. "항만이야. 방사능에 오염된 해수를 도시에 뿌리려는 생각이군!" 대령은 말하며 동시에 전화를 걸었다. "핸비 소장님을 연결해주게!"

"모리슨입니다. 무슨 일입니까, 해먼드 대령?" 목소리가 대답했다.

"시애틀 폭탄 말일세. 건져내야 하니 인양 작업을 준비하게. 해협일지도 모르고, 어쨌든 수중에 있어."

"음? 어떻게 안 겁니까?"

"레이놀즈 교수의 마법사가 알아냈네. 당장 서둘러!" 대령은 전화를 끊었다.

앤드루스는 걱정스러운 목소리로 말했다. "교수, 보이는 건 아니오. 나는 '투시력'이 있는 건 아니니까. 투시력을 가진 친구를 데려오는 건 어떻소? 그 아담한 브렌타노 부인이라든가?"

"아, 세상에! 그렇지, 투시 능력자. 그런 사람들도 필요하겠군." 위더스 박사가 말했다. "음, 레이놀즈 교수님? 혹시라도…."

"아니, 연락하고 지내는 사람은 없습니다. 있었다면 떠올렸겠죠. 보통 폭탄 수색은 어떤 식으로 합니까? 어떤 장비를 사용하지요?"

"장비라…. 차폐물로 둘러싸인 폭탄은 가이거 계수기로도 찾아낼 수 없습니다. 직접 내부를 열고 들여다봐야 하지요."

"그럼 얼마나 걸리는 겁니까? 예를 들어, 뉴욕이라면!"

해먼드 대령이 대답했다. "위더스 박사, 입 좀 다물어요! 레이놀즈 교수, 그런 투시 능력자들은 어디에 있습니까?"

레이놀즈 교수는 입술을 깨물었다. "수가 그리 많지 않습니다."

"우리 주사위꾼들보다 드물지요." 앤드루스가 덧붙였다. "하지만 그 브렌타노 부인은 데려와야 할 거요. 내가 배수로를 파다가 잃어버린 열쇠도 찾아줬소. 1미터 깊이에 파묻혀 있었는데. 나는 계속 내 방만 뒤지고 있었고."

"그래, 그래요. 브렌타노 부인…." 레이놀즈 교수는 공책을 하나 꺼냈다. 해먼드 대령은 교환대로 손을 뻗었다. "모리슨? 이름을 더 불러줄 테니 기록하게. 이쪽을 예전 목록보다 우선적으로 확보하게."

우선적이라고는 해도 그리 빠르지는 못했다. 혼란이 이어지고 있었기 때문이었다. 대통령은 냉정을 찾고 집에 머물러 있으라고 호소했지만, 3천만 명의 사람들이 길거리로 쏟아져나왔다. 공보관실에는 다음과 같은 뉴스 단신이 흘러들었다. "뉴욕주, 뉴욕. 맨해튼에서 나가는 지하철 노선의 파손으로 인한 지연 사태를 해결하기 위해, 홀랜드 터널로 들어오는 지하철 노선을 반대 방향으로 돌렸습니다. 경찰은 피난 행렬을 통제하려는 모든 시도를 포기했습니다. 불도저가 구겨진 차와 다진고기가 된 인간을 쓸어내며 트라이보로 대교의 통행을 재개하려 애쓰고 있습니다. 위호큰 페리 참사가 확인되었습니다. 아직 탑승객 목록은 도착하지 않았습…. (찰칵) 동부 표준시 3시 53분 조지 워싱턴 대교가 붕괴되었습니다. 중량 한도를 초과했기 때문인지 파괴공작 때문인지는 아직 확인되지 않았습니다. 그 외에도…."

사방에서 비슷한 일이 계속되었다. 덴버-콜로라도스프링스 고속도로에서는 자정 무렵까지 135명의 사망자가 보고되더니 이후론 보고가 아예 멈춰버렸다. 버뱅크 공항에서는 DC-7 여객기가 철조망을 뚫고 들어온 폭도들을 깔아뭉개며 지나갔다. 볼티모어-워싱턴 고속도로는 양방향이 모두 꽉 막혀버렸다. 메모리얼 대교는 통행불가 상태가 되었다. 로스앤젤레스의 다섯 군데 출구는 기어가는 차들이 빽빽하게 들어찼다. 동부 시간으로 오전 4시, 대통령은 계엄령을 선포했다. 그러나 계엄령조차 뚜렷한 효과를 보지 못했다.

아침이 되자 레이놀즈 교수는 31명의 초능력자를 24개 도시에 배치했다. 교수는 속이 뒤틀릴 정도로 고민하다가 결국 각각의 초능력자들이 잘 아는 도시에 그들을 배정하겠다는 결정을 내렸다. 도박사인 이븐머니 카쉬의 단호한 말이 결정에 도움이 되었다. "교수님, 어딜 가야 먹힐지는 내가 잘 안단 말입니다. 나는 미니애폴리스를 맡아야 해요." 교수의 학생 중 하나가 방금 미니애폴리스에서 도착했는데도, 레이놀즈 교수는 결국 도박사의 의견을 받아들였다. 교수는 두 사람을 모두 미니애폴리스에 배정하고 적어도 한 사람은 감을 잡아주기를 기도했다. 투시 능력자도 둘 도착했다. 한 사람은 시카고의 신문 가판대 판매원이라 시카고 수색작업에 투입되었다. 다른 사람은 카니발에서 공연하는 유심론자였는데, 목록을 주고 되는대로 폭탄을 찾아내라는 명령을 내렸다. 브렌타노 부인은 재혼해서 이사한 모양이었다. 노퍽 지역에서 그녀를 찾기 위한 대대적인 수색작업이 진행 중이었다.

제한 시간까지 45분이 남은 오후 1시 15분, 모든 초능력자는 자신이 맡은 도시의 지도와 조감도를 가지고 방에 틀어박혔다. 폭탄 모형의 사진도 배부되었다. 기숙사의 원래 사용자들은 전부 철수했다. 초능력자를 돌보기 위해 배치된 몇 명의 일반인은 소리를 내지 않으려 애썼다. 근처 도로는 전부 폐쇄되었다. 항공기에는 경보를 내려 경로를 바꾸게 했다. 42명의 사람이 조용히 앉아 집중할 수 있는 환경을 조성하는 일이 최우선사항이 되었다.

전화 배선판 앞에는 해먼드 대령, 레이놀즈 교수, 대통령 보좌관인 고든 매클린톡이 붙어 있었다. 레이놀즈 교수가 고개를 들었다. "몇 시나 됐지요?"

"1시 37분." 해먼드 대령이 헐떡이듯 말했다. "23분 남았습니다."

"1시 38분이오." 매클린톡이 이의를 제기했다. "레이놀즈 교수, 디트로이트는 누가 맡고 있소? 아무 방어 없이 놔둘 수는 없을 텐데."

"누굴 쓰란 말입니까? 다들 자기가 제일 잘 아는 도시를 지키고 있습니다."

"그 쌍둥이 여자애들 있잖소. 디트로이트 이야기를 하는 걸 들었는데."

"사방에서 공연했을 테니까요. 하지만 그 아이들의 고향은 피츠버그입니다."

"당장 한 명을 디트로이트로 돌리시오."

레이놀즈 교수는 당신이 직접 디트로이트로 가라고 말하고 싶었다. "함께 일하던 아이들입니다. 신경을 거슬려서 두 도시를 모두 잃고 싶으신 겁니까?"

매클린톡은 그 질문에는 대답하지 않았다. "그리고 클리블랜드는 누가 지키고 있소?"

"노먼 존슨입니다. 그곳에 살고 있고 우리 쪽에서 두 번째로 강력한 조작 능력자입니다."

✳

아래층에서 목소리가 들려 그들의 대화를 끊었다. 한 남자가 가방을 멘 채로 올라오더니 레이놀즈 교수를 알아보고 말했다. "오, 안녕하신가, 교수. 이게 무슨 일인가? 전차 생산이라는 일급 기밀 종사자한테 갑자기 FBI가 들이닥쳐서 끌고 왔단 말이야. 당신이 시킨 짓인가?"

"그렇습니다. 따라오시죠." 매클린톡이 다시 입을 열었지만, 레이놀즈 교수는 그를 데리고 나갔다. "넬슨 씨, 가족은 데려오셨습니까?"

"아니, 아직 다들 디트로이트에 있네. 내 이럴 줄 알았더라면…."

"제발! 제 말을 잘 들어 주십시오." 레이놀즈 교수는 방 하나로 넬슨을 데려가서 디트로이트의 지도를 가리키고, 가상의 폭탄 사진을 보여주면서 상황을 설명했다. "이해가 되십니까?"

넬슨의 턱 근육이 경련을 일으키는 모습이 보였다. "불가능할 것 같은데."

"가능합니다. 폭탄에 대해서… 아니 복수의 폭탄에 대해서 생각하는 겁니다. 그리고 접촉하면서 지그시 눌러서 폭발을 막는 겁니다. 계속 깨어 있으셔야 합니다."

넬슨은 거친 숨을 내쉬었다. "깨어 있겠네."

"저 전화기로 말씀하시면, 필요한 물건은 뭐든 가져다줄 겁니다. 행운을 빕니다." 레이놀즈 교수는 눈먼 투시 능력자가 배정된 방 앞을 지났다. 문이 열려 있었다. "해리, 뭔가 잡힙니까?"

해리는 목소리가 들린 쪽을 돌아보았다. "루프 구역에 있어요. 시카고에 있었으면 직접 걸어갈 수 있었을 위치로군요. 6층 건물입니다."

"그 이상 알아낼 수 있는 건 없습니까?"

"다락방을 확인해보라고 일러주세요. 위로 올라가면 몸이 뜨뜻해지는 느낌이 들어요."

"바로 알리지요!" 서둘러 돌아가보니 핸비 소장도 도착해 있었다. 레이놀즈 교수는 즉시 통신실에 연락했다. "레이놀즈입니다. 시카고 폭탄은 루프 구역의 6층 건물에, 아마도 다락방에 있습니다. 아뇨, 그게 다입니다. 부탁합니다!"

핸비 소장이 문득 입을 열었다. 레이놀즈 교수는 고개를 젓고는 손목시계를 확인했다. 핸비 소장은 아무 말 없이 수화기를 들었다. "부대 지휘관이다. 긴급 통신이 들어오면 전부 이리로 연결하도록." 장군은 수화기를 내려놓고 손목시계를 바라보았다.

끝나지 않을 것 같은 15분 동안, 그들은 침묵 속에서 기다렸다. 전화 소리가 침묵을 깨자, 소장은 다시 수화기를 들고 말했다. "핸비 소장이다. 긴급 사태인가?"

"아닙니다, 각하. 워싱턴에서 연락이 들어왔습니다."

"음? 워싱턴이라고 했나?"

"네, 각하. 지금 바꿔드리겠습니다, 장관님."

핸비 소장은 한숨을 쉬었다. "핸비 소장입니다, 장관. 괜찮으신 겁니까? 워싱턴은… 무사한 겁니까?"

중계 장치를 통해 모두가 대화를 들을 수 있었다. "그럼, 물론일세. 최종 기한은 지났고. 하지만 이걸 알려주고 싶었네. 라디오 모스크바에서는 전 세계에 우리 도시들이 잿더미가 되었다고 지껄이고 있다네."

핸비 소장은 머뭇거렸다. "모든 도시가 괜찮은 겁니까?"

"아, 당연하지. 총사령부로부터 보고를 받고 있는데, 그쪽에서는 목록에 있는 모든 도시에 회선을 연결해놓고 있다네. 전부 안전해. 자네 쪽 서커스 괴물들이 성공한 건지 여부는 알 수 없지만, 어쨌든 그 방송은 거짓…." 순간 회선이 죽어 버렸다.

핸비 소장의 얼굴도 그에 맞춰 잿빛으로 변했다. 그는 수화기를 흔들며 말했다. "연결이 끊겼어!"

"이쪽 문제가 아닙니다, 장군. 저쪽 문제입니다. 잠깐 기다려 보십시오."

그들은 기다렸다. 잠시 후 통신병의 목소리가 들렸다. "죄송합니다, 각하. 응답이 없습니다."

"계속 시도해보게!"

1분을 살짝 넘겼을 뿐이지만 그보다 훨씬 오랜 것처럼 느껴지는 시간이 흐른 후, 통신병의 목소리가 들렸다. "저쪽에 다시 연결됐습니다."

"자네인가, 핸비 소장?" 목소리가 말했다. "저번에 그랬던 것처럼 또 전화 문제가 있는 것 같군. 어쨌든, 그 ESP 사용자들 말일세. 물론 감사를 비롯해 이것저것을 표하고는 있지만, 신문에는 아무것도 흘러나가지 않도록 관리하기를 권하겠네. 오해를 살지도 모르니까."

"알겠습니다. 명령인 겁니까, 장관님?"

"아, 아니야, 명령은 아닐세! 하지만 일단 내 집무실에서 승인을 받도록 조처해주게."

"알겠습니다." 핸비 소장은 수화기를 내려놓았다.

매클린톡이 입을 열었다. "마음대로 끊으면 어떻게 합니까, 장군. 우리 쪽 상관이 이 작전을 계속하려 하는지를 확인해야 하는데."

"그 이야기는 내 집무실로 돌아가는 길에 하도록 합시다." 소장은 그를 이끌고 방에서 나가면서, 레이놀즈 교수를 슬쩍 돌아보며 심각한 얼굴로 윙크를 보냈다.

6시가 되자 모든 문밖에 쟁반이 놓였다. 사람들은 대부분 저녁과 함께 커피를 시켰다. 윌킨스 부인은 차를 주문했다. 부인은 문을 열어놓은 채 지나가는 사람들과 잡담을 나누기까지 했다. 신문 판매원 해리는 밀워키를 수색하고 있었다. 시카고 폭탄의 제보 결과는 따로 들어오지 않았다. '동방의 공주'라는 무대명을 가진 엑스테인 부인은 덴버의 이동주택에서 '느낌'을 감지했고, 지금은 뉴올리언스 지도를 뚫어지라 바라보는 중이었다. 통보한 시각이 아무 일 없이 지나가자 혼란도 잦아들기 시작했다. 통신 상태도 나아지고 있었다. 미국인들은 서로 얼굴을 마주 보며 빌어먹을 빨갱이들이 허풍을 떤 거라고 투덜대기 시작했다.

해먼드 대령과 레이놀즈 교수는 새벽 3시에 커피를 추가로 주문했다. 커피를 따르는 레이놀즈 교수의 손이 덜덜 떨렸다. 대령이 말했다. "교수님도 이틀 밤을 꼬박 새우지 않았습니까. 저쪽 긴 의자에 가서 눈 좀 붙이시지요."

"대령님도 마찬가지잖습니까."

"교수님이 일어나면 제가 자지요."

"잘 수가 없습니다. 저 사람들이 졸음에 굴복하면 무슨 일이 벌어질까를 생각하면 잠이 안 오거든요." 교수는 줄지어 늘어선 문 쪽으로 손짓하며 말했다.

"나도 마찬가지입니다."

오전 7시. 앤드루스가 문을 열고 나왔다. "교수, 저쪽에서 찾아냈소. 폭탄 말이오. 사라졌소. 손에 쥐어 보니 아무것도 잡히지 않는 그런 느낌이오."

해먼드 대령이 수화기를 붙들었다. "시애틀 연결해주게. FBI 지소로."

통화를 기다리는 두 사람을 보며, 앤드루스가 물었다. "이제 뭘 해야 겠소, 교수?"

레이놀즈 교수는 생각하려 애썼다. "휴식을 취하는 건 어떻습니까?"

"이 사태가 끝날 때까지는 무리요. 톨레도는 누가 맡고 있지? 그 도시도 잘 아는데."

"어…, 반스군요. 젊은 쪽입니다."

회선이 연결됐다. 해먼드 대령은 자신의 신원을 밝히고 질문을 던졌다. 그리고 부드럽게 수화기를 내려놓았다. "정말로 찾아냈군." 거의 속삭이는 목소리였다. "호수에 있었답니다."

"젖어 있었다고 했잖습니까." 앤드루스가 말했다. "자, 그럼 톨레도 말인데…"

"음, 톨레도 폭탄이 감지되면 말씀해주십시오. 그런 다음에 반스를 쉬게 하겠습니다."

7시 35분에 매클린톡, 뒤이어 핸비 소장이 뛰어들어왔다. "레이놀즈 교수! 해먼드 대령!"

"보좌관님! 조용히 하십시오! 집중을 깰 생각이십니까."

매클린톡은 목소리를 낮춰 말했다. "그래, 그렇지… 내가 좀 흥분한 거요. 그런데 중요한 일이오. 시애틀에서 폭탄이 발견되었고…"

"압니다. 앤드루스 이병이 말해줬습니다."

"응? 어떻게 아는 거요?"

"그건 됐고." 핸비 소장이 끼어들었다. "중요한 점은, 폭탄이 이미 격발되었다는 사실을 확인했다는 걸세. 자네 쪽 사람들이 도시들을 지키고 있다는 사실이 확인된 셈이지."

"애초에 의심할 여지가 있었습니까?"

"음, 사실 조금 의심하기는 했다네."

"하지만 이젠 전부 사라졌소." 매클린톡이 덧붙였다. "이제 내가 작전을 인계받겠소." 그는 배선판 위로 몸을 숙였다. "통신? 이쪽으로 백악관 회선을 연결하게."

"잠깐만요." 레이놀즈 교수가 천천히 말했다. "작전을 인계받는다니, 무슨 소립니까?"

"흠? 당연히 대통령 각하를 대행해 지휘하겠다는 거요. 이 작자들이 한순간이라도 집중을 끊지 않도록 만들어야지!"

"그래서 뭘 제안하실 생각입니까?"

핸비 소장이 서둘러 말했다. "신경 쓸 것 없네, 박사. 그저 여기서 워싱턴과 연락을 계속할 뿐이니까."

✳

그들은 함께 보초를 서기 시작했다. 레이놀즈 교수는 내내 매클린톡이 혐오스러워 견딜 수 없을 지경이었다. 그는 커피를 마시다 말고 벤제드린 알약을 하나 더 먹어야겠다고 마음먹었다. 그는 휘하의 사람들이 알약을 충분히 먹고 있기를 바라면서도, 동시에 너무 많이 먹지는 않았으면 좋겠다는 생각을 했다. 어차피 모든 사람이 알약을 먹고 있었다. 그런 물건은 건드리지도 않는 윌킨스 부인만 제외하고. 말을 걸어 확인하고 싶었지만 그러면 안 된다는 사실을 잘 알고 있었다. 폭탄은 저마다 정신의 실오라기 하나에 매달려 버티고 있었다. 아주 잠시라도 신경이 분산되면 터져버릴 것이었다.

외부 통신이 들어왔다. 핸비 소장이 전화를 받았다. "의회가 휴회에 들어갔다는군. 그리고 대통령 각하께서 소비에트 연방에 역 최후통첩을 전달하셨다네. 모든 폭탄의 위치를 밝히고 격발 장치를 제거하지 않으면, 이쪽에서도 폭탄을 사용할 거라는 내용일세." 다시 불빛이 반짝였다. 전화를 받은 핸비 소장의 얼굴이 환해졌다. "두 개를 더 찾았다네. 하나는 시카고인데, 정확하게 자네 초능력자가 말한 곳이었어. 다른 하나는 캠든이라네."

"캠든요? 어떻게?"

"당연히 지역의 공산주의자 놈들을 잡아들인 결과지. 캠든으로 다시 데려와서 심문했는데, 그게 마음에 안 들었던 모양일세. 자기가 폭탄에서 1킬로미터쯤 떨어진 곳에 있다는 사실을 알고 있었거든. 캠든은 누구 담당인가?"

"딤위디 씨입니다."

"건막류 앓는 노인 말인가?"

"그렇습니다. 퇴직한 우체부죠. 소장님, 도시마다 폭탄이 하나씩 있다고 가정해도 되겠습니까?"

매클린톡이 대구했다. "당연히 안 되지! 계속 사람을 붙여 둬야…."

핸비 소장이 그의 말을 잘랐다. "CIA에서는 그렇게 가정하고 있네. 뉴욕과 워싱턴만 빼고. 폭탄이 그 이상 있었다면 차라리 다른 도시를 추가했을 걸세."

레이놀즈 교수는 딤위디에게 휴식을 지시하러 방을 나섰다. 사람이 피와 살로 이루어져 있다는 것을 깨닫지 못하는 매클린톡은 분통을 터뜨리며 씩씩대고 있었다.

딤위디는 딱히 놀란 모습이 아니었다. "조금 전에 압력이 사라지더군. 그러더니… 솔직히 털어놓자면 좋아버린 게 아닌가 해서 겁이 났다네. 내가 폭발시켜 버렸을지도 모른다는 끔찍한 생각이 들었는데, 다음 순간 아니라는 게 느껴졌지."

레이놀즈 교수는 그에게 휴식을 취하고 다른 곳을 도울 준비를 하라고 일렀다. 그들이 결정한 곳은 필라델피아였다. 딤위디가 한때 살았던 적이 있었기 때문이었다.

경계는 계속됐다. 엑스테인 부인은 세 군데를 지목했으나 폭탄은 발견되지 않았다. 따라서 해당 도시들에서는 인원을 뺄 수 없었다. 그러다 그녀는 자신의 '시각'이 사라졌다고 불평을 시작했다. 매클린톡의 의견을 듣고 싶지 않았던 레이놀즈 교수는 직접 그녀의 방으로 가서 한숨 자라고 일렀다.

점심을 담은 쟁반이 도착했다 사라졌다. 레이놀즈 교수는 어떻게 조작 능력자를 배치하고 휴식을 취하게 할지를 고민하느라 끙끙대고 있었다. 43명의 초능력자에 35개 도시. 한 도시에 두 사람씩만 배치할 수 있다면! 혹시 모든 도시를 지킬 수 있는 능력자는 없을까? 아니, 그런 위험을 무릅쓸 수는 없었다.

반스가 일어나서 톨레도를 다시 맡았다. 덕분에 앤드루스의 손이 비었다. 클리블랜드를 맡겨야 할까? 노먼은 지금까지 조금도 쉬지 못했고, 앤드루스는 기차를 타고 클리블랜드를 지나간 적이 있었다. 흑인 소년의 능력은 대단했지만 히스테리컬한 성격이었다. 반면 앤드루스는… 레이놀즈 교수는 앤드루스라면 일주일 내내 잠을 자지 않고도 버틸 수 있으리라 생각했다.

안 돼! 기차를 타고 지나가기만 한 사람한테 클리블랜드를 맡길 수는 없다. 하지만 딤위디가 필라델피아를 맡아주면, 메리 기포드가 잠에서 깨어난 다음에 휴스턴을 맡길 수 있을 테고, 그러면 행크를 재울 수 있을 테니 일어나면 인디애나폴리스로 돌리고, 그러면….

체스 게임이었다. 모든 병사가 여왕이고, 절대 실수하면 안 되는 체스였다.

*

매클린톡은 교환 스위치를 이리저리 돌리며 소리를 듣고 있었다. 갑자기 그가 소리쳤다. "잠든 사람이 있소!"

레이놀즈 교수는 번호를 확인했다. "물론 그렇지요, 쌍둥이가 있는 방입니다. 번갈아 담당하거든요. 21번과 30번과 8번과 19번에서도 코 고는 소리가 들릴 겁니다. 그건 괜찮습니다. 비번인 거니까요."

"흠, 좋소." 매클린톡은 끼증을 어누르지 못하는 표정이었다. 레이놀즈 교수는 다시 목록으로 시선을 돌렸다. 갑자기 매클린톡이 코웃음을 쳤다. "12번 방은 누구요?"

"음? 잠깐만요… 노먼 존슨이로군요. 클리블랜드죠."

"그러니까 지금 집중 중이란 말이오?"

"그렇습니다." 레이놀즈 교수는 소년의 천식 섞인 숨소리를 들으며 안도했다.

"잠들었잖소!"

"아닙니다."

그러나 매클린톡은 이미 복도를 달려가고 있었다. 레이놀즈 교수는 서둘러 그를 쫓아갔다. 해먼드 대령과 핸비 소장도 그 뒤를 따랐다. 레이놀즈 교수가 막 따라잡은 순간, 매클린톡은 12번 방의 문을 거칠게 열어젖히고 들어갔다. 노먼은 평소와 같은 모습으로 의자 위에 널브러져 있었다.

매클린톡은 그 앞으로 달려가 소년의 따귀를 때렸다. "당장 일어나!"

레이놀즈 교수가 매클린톡을 붙들었다. "이 바보 자식이!"

노먼은 눈을 뜨더니, 울음을 터뜨렸다. "사라져버렸어요!"

"진정해라, 노먼. 다 괜찮다."

"아뇨, 아니에요! 사라졌다고요. 엄마도 함께 사라졌어요!"

매클린톡이 노먼에게 쏘아붙였다. "집중해라, 꼬마! 당장 다시 붙들어!"

레이놀즈 교수가 매클린톡을 돌아보았다. "당장 꺼져. 얻어맞고 싶지 않으면 당장 나가라고."

핸비 소장과 해먼드 대령이 문가에 와 있었다. 소장이 거칠지만 나직한 목소리로 끼어들었다. "목소리 낮추게, 교수. 그 아이는 데려오고."

배선반 앞으로 돌아와 보니 외부 회선이 다시 번쩍였다. 레이놀즈 교수는 소년을 진정시키려 애쓰고, 핸비 소장은 전화를 받았다. 핸비 소장은 침울한 표정으로 귀를 기울이더니 말했다. "그 아이 말이 맞소. 클리블랜드 폭탄이 터졌소."

매클린톡이 쏘아붙였다. "잠들었다니까. 총살시켜야 해."

"닥쳐." 핸비 소장이 말했다.

"하지만…."

레이놀즈 교수가 말했다. "그곳 말고는 없습니까, 장군?"

"또 있을 이유가 있나?"

"이렇게 수선을 떨었지 않습니까. 집중이 흐트러졌을 만한 사람이 열 명은 됩니다."

"아, 확인해보겠네." 핸비 소장은 다시 워싱턴에 전화를 걸더니, 이내 한숨을 내쉬었다. "아니, 클리블랜드뿐일세. 운이 좋았군."

"소장, 저놈이 잠든 거요." 매클린톡이 항변했다.

핸비 소장은 그를 노려보았다. "보좌관님, 당신은 대통령 권한대행이 기는 해도 실질적인 군사 권한은 전혀 없소. 내 사령실에서 꺼지시오."

"하지만 나는 대통령 각하의 직접 명령으로…."

"당장 꺼지라고 했소! 워싱턴으로 돌아가든, 클리블랜드로 가든 맘대 로 하시오."

매클린톡은 어안이 벙벙해진 모습이었다. 핸비 소장이 덧붙였다. "당 신은 악당도 못 될 작자요. 머저리니까."

"대통령 각하께 이 사태를 전부 전달할 거요."

"이런 실수가 한 번만 더 일어나면, 대통령 각하께서도 보고를 들을 만큼 오래 살지 못하실 테지. 썩 나가시오."

저녁 무렵이 되자 상황은 빠른 속도로 악화되기 시작했다.

27개의 도시에 여전히 폭탄이 남아 있었고, 폭탄이 발견되는 속도보 다 레이놀즈 교수의 초능력자가 소모되는 속도가 더 빨랐다. 이브머니 카쉬는 잠자고 일어났는데도 임무에 복귀할 수 없었다. 그는 주사위를 굴리며 말했다. "방금 봤습니까? 제 능력이 우물 파는 사람의 발만큼이 나 차갑게 식었어요. 저는 이젠 무럽니다." 그 이후로 레이놀즈 교수는 재배치될 사람들의 능력을 확인하기 시작했다. 몇몇 사람은 잠시 수면을 취하는 정두로는 회복할 수 없을 정두로 지쳐 있었다. 능력이 고갈된 것 이다.

자정이 되자 19개 도시에 11명이 남았다. 불안하기는 해도 쌍둥이도 갈라놓을 수밖에 없었다. 그리고 성공했다.

윌킨스 부인은 워싱턴과 볼티모어 양쪽을 맡고 있었다. 볼티모어에 배치할 사람이 남지 않자 그녀가 자진해서 떠맡은 것이었다.

그러나 이제 재배치할 사람은 완전히 동나버렸고, 조작 능력자 중에서 세 사람(넬슨, 앤드루스, 윌킨스 부인)은 조금도 휴식을 취하지 못한 상태였다. 레이놀즈 교수 또한 걱정에 전전긍긍하기에도 너무 지친 상태였다. 그들 중 한 사람이 한계에 도달하면 미국의 도시가 하나 사라지리라는 것조차, 단순한 사실로 받아들이고 있을 뿐이었다. 클리블랜드에서 폭탄이 터지자 다시 혼란이 일어나기 시작했다. 도로가 다시 막혔다. 혼란 때문에 폭탄을 찾아내기도 힘들어졌다. 하지만 레이놀즈 교수가 할 수 있는 일은 아무것도 없었다. 엑스테인 부인은 여전히 시각이 사라졌다고 투덜대면서도 계속 작업에 매달렸다. 신문 판매원 해리는 밀워키에서는 아무 성과도 내지 못했지만, 그렇다고 다른 도시로 돌려봤자 아무 소용도 없었다. 다른 도시들은 그에게 완전히 '암흑'의 영역이었기 때문이었다. 밤새 엑스테인 부인은 휴스턴에서 폭탄을 발견했다. 그녀의 말에 따르면 땅속 상자 안에 있다고 했다. 관인가? 그렇다고 했다. 묘비도 보이니까. 그러나 묘비명까지 읽어내지는 못했다.

이렇게 해서 최근 휴스턴에서 최후를 맞이한 사람들의 안식을 방해하는 작업이 시작되었다. 하지만 레이놀즈 교수가 메리 기포드를 찾아간 것은 일요일 오전 9시가 되어서였다. 휴식을 취하거나, 가능하다면 윌밍턴으로 배치를 옮기라고 말하기 위해서였다. 그러나 교수는 의식을 잃고 쓰러진 메리를 발견하고 침대로 올려주었다. 휴스턴의 폭탄이 발견되었다는 사실을 그녀도 느꼈을지를 궁금하게 여기며.

11개 도시에 8명의 능력자가 남았다. 윌킨스 부인은 네 개 도시를 붙들고 있었다. 그녀 외에 여러 도시를 맡을 수 있는 사람은 아무도 없었다. 레이놀즈 교수의 멍해진 머리에 문득 지금까지 버틴 것도 기적이라는 생각이 떠올랐다. 실험실에서 거둔 최고의 실적을 터무니없을 정도로 훌쩍 뛰어넘은 결과였다.

교수가 돌아오자 해먼드 대령이 고개를 들었다. "교대는 한 겁니까?"

"아뇨, 메리 기포드도 쓰러졌습니다. 사태가 끝나기 전까지 도시 대여섯 군데는 잃을 각오를 해야 할 겁니다."

"그중 몇 군데는 이미 거의 비어 있을 겁니다."

"그렇다면 다행이로군요. 추가로 발견된 폭탄은 아직 없습니까?"

"없습니다. 교수님은 좀 어떻습니까?"

"죽은 지 3주는 된 기분이로군요." 레이놀즈 교수는 지친 몸을 의자에 던졌다. 잠든 사람들을 깨워서 다시 능력을 확인해봐야 할지를 고민하고 있을 때, 아래층에서 소음이 들렸다. 교수는 계단 쪽으로 나갔다.

헌병대 대위 한 명이 계단으로 올라왔다. "이쪽으로 데려오라는 말을 들었습니다만."

레이놀즈 교수는 대위가 데려온 여성을 바라보았다. "도로시 브렌타노!"

"이제 도로시 스미스예요."

교수는 떨리는 몸을 억누르며 지금 필요한 사항을 설명했다. 도로시는 고개를 끄덕였다. "비행기 타고 오면서 확인했어요. 연필 있나요? 받아적어요. 세인트루이스…, '바틀렛 선즈, 중개인'이라는 간판이 달린 강가 창고예요. 다락방을 찾아보세요. 휴스턴…, 아니, 이건 찾았군요. 볼티모어…, 부두에 정박한 배 안에 있어요. 증기선 골드코스트호예요. 또 어느 도시가 남았죠? 찾을 폭탄이 없는 동네를 더듬고 다니느라 시간을 낭비했어요."

레이놀즈 교수는 이미 워싱턴에 응답을 요청하며 소리치고 있었다.

마지막까지 남은 사람은 윌킨스 부인이었다. 도로시가 포토맥강에서 하나를 찾아냈지만, 윌킨스 부인은 날카로운 목소리로 계속 찾아보라고 일렀다. 그녀는 워싱턴에 폭탄이 네 개나 있다는 사실을 내내 알고 있던 것이었다. 도로시는 11분 안에 모든 폭탄을 찾아냈다.

3시간 후, 레이놀즈 교수는 한숨도 잠을 이루지 못한 채로 기숙사 식당으로 내려왔다. 식사하며 러시아 폭격 소식을 전하는 라디오의 장광설에 귀를 기울이는 초능력자 몇 명이 보였다. 교수는 라디오를 멀찍이 피해 걸음을 옮겼다. 옴스크와 톰스크와 민스크와 핀스크를 폭격하든 말든 무슨 상관인가. 오늘 그는 다른 어디에도 신경 쓰고 싶지 않았다. 우유를 홀짝이며 앞으로 커피는 두 번 다시 마시지 않겠다고 다짐하고 있을 때, 미켈러 대위가 들어와 교수의 탁자 위로 몸을 숙였다.

"장군님 호출입니다. 서두르십시오!"

"무슨 일입니까?"

"긴급한 일입니다. 월킨스 부인은 어디 있습니까. 아, 저기군. 도로시 스미스는 누구입니까?"

레이놀즈 교수는 주변을 둘러보았다. "월킨스 부인과 함께 있는 사람입니다."

미켈러 대위는 그들을 핸비 소장의 집무실로 몰아넣었다. 핸비 소장은 그저 이렇게만 말할 뿐이었다. "이쪽으로 앉아주겠나. 숙녀분들도 이리 오십시오. 집중해서 들으세요."

레이놀즈 교수의 눈앞 텔레비전 화면에는 미합중국 대통령이 떠올라 있었다. 그 또한 레이놀즈 교수만큼이나 지쳐 보였지만, 얼굴에는 여전히 웃음을 머금고 있었다. "레이놀즈 교수인가요?"

"그렇습니다, 대통령 각하!"

"이쪽 숙녀분들이 월킨스 부인과 스미스 부인이시고요?"

"그렇습니다."

대통령은 나직한 목소리로 말했다. "국가를 대표해서, 그리고 개인적으로도 여러분 세 사람과 나머지 동료분들께 감사를 표하겠습니다. 하지만 지금은 다른 일이 하나 더 있습니다. 스미스 부인, 아직 폭탄이 남아 있습니다. 러시아에 말입니다. 부인의 기묘한 재능으로 그곳의 폭탄을 찾아낼 수 있겠습니까?"

"그거야, 저는… 시도는 해볼 수 있겠죠!"

"윌킨스 부인, 그 러시아제 폭탄이 여기 도착하기 전에 멀리서 폭발시킬 수 있겠습니까?"

놀랍게도 윌킨스 부인의 눈은 여전히 반짝이고 있었다. 재잘거리는 목소리도 그대로였다. "어머나, 대통령 각하!"

"가능하겠습니까?"

그녀는 아련하게 허공을 바라보며 말했다. "도로시와 같이 어디 조용한 방에 들어가야겠네요. 그리고 홍차도 한 주전자 가져다주세요. 아주 커다란 주전자로요."

긴급 공수

Sky Lift

조호근 옮김

✦ 1953년 11월 〈이미지네이션(Imagination)〉에 발표

"토치 우주선 조종사 전원! 즉각 제독 집무실로 집합하라!" 지구 위성 기지에 호출 명령이 울렸다.

조 애플비는 그 소리를 들으려고 샤워기를 껐다. "설마 나도 들어가는 건 아니겠지." 흥겨운 목소리였다. "나는 휴가 중이니까. 그래도 마음이 바뀌기 전에 얼른 뜨기는 해야겠는데."

애플비는 서둘러 옷을 입고 복도를 따라 걸음을 옮겼다. 그는 지금 기지의 외부 고리에 있었다. 하늘에 뜬 채로 천천히 회전하는 거대한 바퀴가 중력과 유사한 힘을 생성해 그의 발을 붙들었다. 자기 방에 도착한 순간, 스피커가 호출을 반복했다. "토치 우주선 조종사 전원, 즉각 제독 집무실로 집합하라." 그리고 이렇게 덧붙였다. "애플비 중위, 즉각 제독 집무실로 집합하라." 애플비의 입에서 무례한 단음절의 단어가 튀어나왔다.

제독의 집무실은 이미 북적거리고 있었다. 전부 토치 우주선 조종사였다. 항공 의무관 한 명과, 로켓 우주선 조종사의 군복을 입은 베리오 제독 본인만이 예외였다. 베리오 제독은 고개를 들고 말을 이었다. "…이런 상황이다. 프로세르피나 기지를 구하려면 명왕성까지 긴급 공수작전을 성공시켜야 한다. 질문 있나?"

아무도 입을 열지 않았다. 애플비는 질문하고 싶은 마음이 간절했지만, 베리오 제독에게 자신이 지각했다는 사실을 되새겨주고 싶지 않았다. "좋다, 제군. 이것이야말로 토치 우주선 조종사가 필요한 작전이다. 자원자를 받겠다."

'좋았어!' 애플비는 생각했다. '열의 넘치는 친구들이 맡으라고 하고 끝내자고.' 아직 지구로 가는 다음 셔틀을 잡을 수 있을지도 모른다는 생각이 들었다. 제독이 말을 이었다. "자원자는 방에 남도록. 나머지는 해산한다."

'끝내주는군.' 애플비는 생각했다. '그래도 문으로 바로 달려가면 곤란하니까 진정하자고. 우아하게 행동하는 거야. 키 큰 친구 둘 사이에 파묻혀서 나가는 거지.'

하지만 아무도 방을 떠나지 않았다. 애플비는 사기를 당한 기분이 들었지만, 탈출 행렬을 선도할 만큼 낯이 두껍지는 못했다. 제독은 진지한 목소리로 말했다. "고맙다, 제군. 부디 사관실에서 기다려주겠나?" 애플비는 입속말을 웅얼거리며 사람들 사이에 파묻혀 집무실을 나섰다. 물론 언젠가는 명왕성에 가고 싶기는 했다. 당연한 소리 아닌가! 하지만 지구에서 보낼 휴가증이 주머니에 들어 있는 지금은 무슨 수를 써서라도 피하고 싶었다.

애플비는 토치 우주선 조종사답게 초장거리라는 개념을 내심 깔보는 편이었다. 한 세대 위의 조종사들은 행성 간 여행을 로켓 우주선 조종사의 사고방식에 따라 연 단위로 생각하는 경향이 있었다. 꾸준히 가속하는 토치 우주선은 며칠이면 충분한데 말이다. 로켓 우주선이 목성까지 왕복하려면, 궤도 조건이 최적이라도 5년이 넘는 시간이 필요하다. 토성은 그 두 배고, 천왕성은 다시 그 두 배고, 해왕성은 그보다도 멀다. 명왕성 여행을 시도한 로켓 우주선은 없었다. 왕복하려면 90년 이상이 걸릴 테니까. 그러나 토치 우주선 덕분에 그런 곳에도 교두보가 건설되었다.

프로세르피나 기지가 바로 그 결과물이었다. 극저온 실험실, 우주 방사선 측정 기지, 시차 관측소, 물리학 실험실…, 그 모든 것들이 입에 담기도 힘든 추위 속에 굳건히 선 다섯 채의 돔 안에 들어 있었다.

프로세르피나 기지에서 거의 65억 킬로미터 떨어진 곳에서, 애플비는 동료 한 명을 따라 사관실로 들어갔다. "이봐, 제리. 내가 대체 무슨 일에 자원한 거야?"

제리 프라이스가 애플비를 돌아보았다. "아, 지각생 조 애플비 아니신가. 좋아, 알려주지. 대신 한잔 사라고."

제리가 알려준 바에 따르면, 프로세르피나에서 전염병 확산 사태를 알리는 무전이 들어왔다고 했다. "라르킨병이야." 그 말에 애플비는 휘파람을 불었다. 라르킨병은 화성에서 발생한 것으로 짐작되는 변종 바이러스가 일으키는 질병이었다. 환자는 적혈구 수치가 급격하게 감소하다 순식간에 목숨을 잃었다. 유일한 치료법은 증세가 가라앉을 때까지 대량 수혈을 계속하는 것뿐이었다. "그러니까 혈액은행을 통째로 신속하게 명왕성까지 배달할 사람이 필요하다는 말씀이지."

애플비는 얼굴을 찌푸렸다. "우리 아버지는 항상 말씀하셨는데. '얘야, 입 얌전히 다물고, 절대로 나서서 자원은 하지 말거라.'"

제리는 느긋하게 웃었다. "우리야 엄밀하게 말하자면 자원이라고는 할 수 없지."

"이번 비행은 얼마나 걸리는 거야? 18일 정도 되나? 지구에 약속을 잔뜩 잡아뒀는데."

"1g에서는 18일이겠지. 하지만 이번에는 가속도를 올릴 거야. 그쪽에 혈액 제공자가 떨어져가는 모양이니까."

"얼마나? 1.5g 정도?"

제리는 고개를 저었다. "내 짐작으로는 2g 정도."

"2g라고!"

"그게 뭐 대수라고? 그보다 훨씬 높은 중력에서도 잘들 살아남던데."

"잠시 들어갔다 나오면 그렇겠지. 하지만 며칠 동안은 곤란해. 2g면 자리에서 일어나기만 해도 심장에 무리가 간다고."

"징징대지 마. 설마 자넬 고르겠어. 영웅 노릇이라면 내 쪽이 더 어울리잖아. 자네는 얌전히 휴가나 가서, 굳게 입을 다물고 고독한 황무지를 날아가는 이 자비의 천사님 생각이나 해달라고. 그러니 한 잔 더 사는 게 어때."

애플비는 제리의 말이 옳다고 생각했다. 조종사는 두 명이면 충분하니 다음 지구행 셔틀을 탈 가능성은 아직 넉넉했다. 애플비가 작은 검은색 수첩을 꺼내 전화번호를 확인하고 있는데, 당번병이 도착했다. "애플비 중위님이십니까?" 애플비는 고개를 끄덕였다.

"제독 각하께서 치하를 내리며 즉시 집합할 것을 명령하셨습니다, 중위님."

"바로 가지." 애플비는 제리와 눈을 마주하며 말했다. "누가 영웅 노릇을 한다고?"

제리가 말했다. "자네 사교 업무라도 내가 대신해줄까?"

"누구 맘대로!"

"그럴 줄 알았지. 행운을 비네, 친구."

베리오 제독과 항공 의무관 앞에는 나이 많은 중위가 한 명 더 있었다. 베리오 제독이 입을 열었다. "자리에 앉게, 애플비. 크루거 중위하고는 아는 사인가? 이 친구가 선임 조종사를 맡을 걸세. 자네가 부조종사고."

"알겠습니다, 각하."

"애플비, 크루거 중위는 우리 쪽에서 가장 경험이 많은 토치 우주선 조종사일세. 그리고 자네는 가속 저항성이 유달리 뛰어나다는 건강검진 기록 때문에 선발한 걸세. 이번에는 초가속 비행이 될 테니까."

"얼마나 가속하는 겁니까, 각하?"

베리오 제독은 머뭇거렸다. "3.5배일세."

3.5g라고! 그건 가속이 아니라 자살이다. 애플비의 귓가에 의무관이

항의하는 소리가 들렸다. "죄송합니다, 각하. 저는 중력가속도의 세 배 이상은 승인할 수 없습니다."

제독은 얼굴을 찌푸렸다. "엄밀히 말하자면 이건 선장이 결정할 문제지. 그러니까 크루거 자네가 말이야. 하지만 3백 명의 생명이 이 비행에 달려 있다는 사실을 잊지 말게."

크루거 중위가 입을 열었다. "박사님, 그래프를 보여주십시오." 의무관은 책상 위로 종이 한 장을 건넸다. 중위는 애플비와 함께 볼 수 있는 위치로 그 종이를 옮겼다. "상황은 이렇네, 애플비…."

그래프는 높은 지점에서 시작해서 천천히 하강하다가, 변곡점에 도착하는 순간부터 빠른 속도로 떨어졌다. 의무관은 그 변곡점을 손가락으로 짚었다. "여기가 혈액 제공자들이 환자나 다름없는 혈액 부족 증상을 겪게 되는 지점일세. 여길 지나면 새로운 혈액 공급원이 없는 이상 가망이 없어."

"이 그래프는 어떻게 얻어낸 겁니까?" 애플비가 물었다.

"임상에서 확인된 라르킨병의 증상을 289명의 집단에 대입해서 얻어낸 결과일세."

애플비는 그래프를 가로지르는 수직선마다 가속도와 시간이 적혀 있다는 사실을 발견했다. 가장 오른쪽에는 '1g-18일'이라고 적혀 있었다. 통상 비행이고, 이렇게 하면 전염병 사태가 완전히 끝난 다음에야 도착할 것이었다. 가속도를 2g로 올리면 시간은 12일 17시간으로 줄어들지만, 기지 근무자의 절반이 목숨을 잃을 것이었다. 나아지기는 했어도 여전히 고약했다. 제독이 3.5g라는 모험을 원하는 이유는 명백했다. 수직선이 바로 변곡점을 지나고 있었으니까. 9일 15시간이 걸릴 것이었다. 이렇게 하면 기지 근무자 대부분을 구할 수 있었다. 하지만 3.5g라니, 맙소사!

시간 효율은 역제곱으로 감소한다. 18일 안에 도착하려면 1g, 9일 안에 도착하려면 4g의 가속이 필요하다. 그러나 4.5일 안에 도착하려면 16g라는 환상적인 가속이 필요하다. 그런데도 누군가가 굳이 '16g-4.5일' 지점에 선을 하나 그려 놓은 모양이었다. "잠깐요! 이건 로봇 토치 우주선 계획이잖아요. 바로 이겁니다! 당장 하나 보낼 수 있습니까?" 애플비가 물었다.

베리오 제독은 부드럽게 대답했다. "물론이지. 하지만 성공 확률이 얼마나 되겠나?"

애플비는 즉시 입을 다물었다. 로봇 조종은 내행성계 비행에서도 종종 길을 잃었다. 65억 킬로미터를 날아가서 전파 조종이 가능한 영역에 도달할 가능성은 상당히 낮았다. "시도는 해볼 걸세. 성공하면 즉각 연락해주지." 베리오 제독은 이렇게 약속하고, 크루거를 돌아보았다. "크루거, 시간이 별로 없네. 자네 결정을 따르겠네."

크루거는 의무관을 돌아보았다. "박사님, 0.5g를 추가하면 안 되는 이유가 뭡니까? 원심가속기의 높은 중력가속도에서 상당히 오래 살아남은 침팬지에 대한 보고서를 본 기억이 있습니다만."

"침팬지는 인간이 아닐세."

애플비가 문득 물었다. "그래서 침팬지가 얼마나 오래 버텼는데요, 선생님?"

"3.25g에서 27일을 버텼지."

"정말로요? 실험이 끝나고 나서는 상태가 어땠습니까?"

"상태를 측정할 수 없는 상태가 되었다네." 의무관은 못마땅한 듯 신음을 흘렸다.

크루거는 그래프로 시선을 돌리고, 애플비를 힐끔 바라본 다음, 제독을 향해 말했다. "중력가속도 3.5배로 비행하겠습니다, 제독 각하."

베리오 제독은 그저 이렇게 말할 뿐이었다. "잘 알겠다. 속히 의무실로 가도록. 시간이 별로 없으니까."

47분 후, 두 사람은 정찰용 토치 우주선 샐러맨더호에 탑승했다. 때마침 근처 궤도에 있던 우주선이었다. 애플비와 크루거와 처리반은 기지 중심부를 나와서 튜브를 타고 토치 우주선용 에어로크까지 이동했다. 철저한 전신 세척과 열 가지를 넘는 처치와 주사 덕분에, 애플비는 나른하고 몽롱한 상태였다. 새삼 발진 과정이 자동이라 다행이라는 생각이 들었다.

모든 요소가 높은 가속도를 견디도록 설계된 우주선이었다. 조종 장치는 두 조종사의 수조형 조종석 바로 위, 손을 들지 않고도 손가락으로 조작할 수 있는 위치에 달려 있었다. 항공 의무관과 조수 한 명이 크루거가 한쪽 수조에 들어가는 것을 도왔고, 다른 두 명의 의료 기술진이 애플비를 도왔다. 그중 한 명이 물었다. "속옷은 빳빳합니까? 주름이 잡히진 않았지요?"

"그런 것 같은데요."

"제가 확인하지요." 애플비는 확인을 마치고 같은 자세로 며칠을 버텨야 하는 사람에게 필요한 준비를 진행했다. "입 왼쪽 꼭지는 물입니다. 오른쪽 꼭지 두 개는 포도당하고 유동식입니다."

"고형물은 없나요?"

의무관이 공중에서 몸을 돌리며 대답했다. "필요하지도 않을 거고, 원하지도 않을 거고, 애초에 먹어서도 안 된다네. 그리고 삼킬 때는 최대한 조심하게."

"가속은 예전에도 해본 적 있습니다."

"물론 그렇겠지. 그래도 조심하게."

수조는 초대형 욕조 같은 형태로, 물보다 밀도가 높은 물질이 가득 차 있었다. 그 위로 신축성 있는 시트가 덮이고, 가장자리는 개스킷으로 밀폐되었다. 가속하는 동안 조종사들은 몸에 딱 붙는 시트와 함께 떠 있게 될 것이었다. 샐러맨더호는 여전히 자유낙하 궤도에 있었다. 무중력 상태인 지금, 시트는 수조의 액체가 떨어져 나오지 않도록 붙들어주는 역할을 맡고 있었다. 보조원들은 시트 가운데에 애플비의 위치를 잡아준 나음 심성 있는 네이프로 꼬깅하고, 애플비의 신체에 딱 맞게 특수제하한 가속용 경추보호대를 뒤통수에 씌웠다. 의무관이 애플비에게 다가와서 상태를 점검했다. "자네 괜찮은가?"

"물론이죠."

"뭘 삼킬 때는 항상 주의하게." 의무관은 애플비에게 당부하고, 크루거를 돌아보았다. "다 됐네, 선장. 하선 허가를 내려주겠나?"

"물론입니다. 고맙습니다, 박사님."

"행운을 빌겠네." 의무관은 기술자들과 함께 배를 떠났다.

조종실에는 창문이 없었다. 사실 필요하지도 않았다. 애플비의 얼굴 앞쪽 공간에는 온갖 화면과 기구와 레이더와 데이터 표시창이 떠올라 있었다. 이마 쪽에는 유도 관측 장치 역할을 하는 접안렌즈가 하나 보였다. 승객용 튜브가 떨어져 나가며 녹색 불빛이 반짝였다. 크루거는 그들 맞은편에 달린 거울을 통해 애플비와 눈을 마주쳤다. "보고해주겠나, 애플비 중위."

"7.04분 남았습니다. 정상 진행 중. 토치 예열 완료, 대기 중. 점화 준비 이상 없습니다."

"방위를 확인하는 동안 대기하도록." 크루거의 시선이 자신의 유도 관측 장치 안으로 사라졌다. 그러고는 즉시 말했다. "재확인 바란다, 애플비."

"알겠습니다, 선장님." 애플비가 손잡이 하나를 돌리자 접안렌즈가 위치로 내려왔다. 애플비는 불러들인 세 가지 성도가 정확하게 조준점에서 일치하는 모습을 확인했다. "최고입니다, 선장님."

"발진 허가를 요청하도록."

"샐러맨더에서 관제실에. 프로세르피나행 토치 우주선 발진 허가를 요청한다. 자동점화 유도 입력 완료. 이상 없음."

"관제실에서 샐러맨더에. 발진을 허가한다. 행운을 빈다!"

"허가를 받았습니다, 선장. 3.00분 전!" 애플비는 비참한 기분으로, 원래라면 지구까지 절반은 갔을 것이라는 생각을 떠올렸다. 왜 이런 지원 구출 작전은 항상 군인 몫인 거야? 그러나 카운트다운이 마지막 30초에 돌입하자, 애플비는 사라진 휴가 따위는 완전히 잊어버렸다. 비행을 향한 갈망이 온몸을 사로잡았다. 어디든 상관없어, 날아갈 수만 있다면! 토치가 점화하는 순간 애플비는 미소를 지었다.

다음 순간 엄청난 압력이 애플비의 몸을 짓눌렀다.

3.5g에서 애플비의 체중은 285킬로그램이 되었다. 모래가 든 포대가 몸 위로 떨어져 가슴을 짓누르는 느낌이었다. 머리를 보호대에 처박은 채로 꼼짝도 못 하는, 무력한 느낌이 들었다. 애플비는 긴장을 풀려고, 자신의 몸을 받치는 액체에 무게를 분산하려고 안간힘을 썼다. 단거리 발사 때는 긴장해도 되지만 장기간 가속은 긴장을 풀지 않고는 견딜 수 없다. 애플비는 얕은 호흡을 천천히 반복했다. 들어오는 공기는 순수한 산소였기 때문에, 폐에 심각한 부하가 걸릴 리는 없었다. 그러나 숨을 쉬는 것만으로도 힘들었다. 짓눌려 비좁아진 혈관으로 피를 보내려고 안간힘을 쓰는 심장이 느껴졌다. '정말 끔찍하잖아!' 이걸 버틸 수 있을지 모르겠다고, 애플비도 인정할 수밖에 없었다. 예전에 잠시 4g를 겪어본 적이 있었는데도 그게 얼마나 끔찍한 경험이었는지는 지금껏 잊고 있었다.

"애플비! 애플비!"

애플비는 눈을 뜨고 고개를 흔들려 시도했다. "네, 선장." 애플비는 거울 속에서 크루거의 얼굴을 찾았다. 애플비의 핼쑥하고 늘어진 얼굴은 급가속 때문에 밀려 올라가 억지 웃음을 짓고 있었다.

"방향을 확인하게!"

애플비는 팔에 힘을 뺀 채로, 납처럼 무거운 손가락을 계기판 위에서 억지로 움직였다. "정확합니다, 선장."

"좋아. 달 기지에 연락해."

뒤편의 지구 기지는 이미 토치의 화염에 휩싸여 보이지 않았지만, 달은 아직 이물 쪽에 있었다. 애플비는 달 기지 관측소를 호출해서 지구 기지에서 전송한 발진 데이터를 받아 들었다. 애플비가 숫자와 시각을 읽으면 크루거는 그 내용을 컴퓨터에 입력했다. 애플비는 문득 작업하는 동안에는 견디기 힘든 압력조차 잊어버릴 수 있다는 사실을 깨달았다.

지금까지 느껴본 중에 최고로 끔찍한 기분이었다. 목 근육이 욱신거리기 시작했고, 왼쪽 허벅지 아래쪽에 옷 주름이 잡혀 있는 느낌이 들었다. 애플비는 수조 안에서 몸을 움찔거리며 주름을 펴려고 애썼지만, 더 나빠지기만 할 뿐이었다. "우주선 상태는 어떻습니까, 선장?"

"괜찮아. 자네는 쉬어, 애플비. 내가 먼저 깨어 있을게."

"알겠습니다, 선장." 애플비는 휴식을 취하려 시도했다. 그러나 샌드백 무더기에 파묻힌 것이나 다름없는 상황에서 쉴 수 있을 리가 없었다. 뼈는 계속 욱신거렸고 옷 주름은 끈덕지게 애플비를 괴롭혔다. 목 통증은 갈수록 심해졌다. 아무래도 발사 순간에 목을 삔 모양이었다. 애플비는 고개를 이리저리 돌려보았지만, 취할 수 있는 자세는 두 가지뿐이었다. 고약한 자세와 더 고약한 자세. 애플비는 눈을 감고 잠을 청했다. 하지만 10분 후에도, 지금까지 그 어느 순간보다도 정신이 말짱한 상태였다. 머릿속에 떠오르는 생각은 세 가지뿐이었다. 목의 통증, 다리 아래의 이물감, 그리고 짓눌러오는 중력.

애플비는 자신을 달래듯 생각을 가다듬었다. 이봐, 친구. 앞으로 한참 가속할 거라고. 긴장을 풀지 않으면 아드레날린 탈진으로 쓰러질 거야. 책에서 그러잖아. "이상적인 조종사는 여유 있고 느긋한 사람이다. 낙관적인 성격을 유지하며 걱정에 사로잡히지 않아야 한다." 잠깐, 거기 느긋하게 앉아 있는 전문가 당신! 3.5g의 가속도에서도 그런 말을 할 수 있겠어?

또 무슨 생각을 하는 거야, 이 한심한 녀석! 애플비는 가장 좋아하는 주제인, 그 따스한 마음이 축복받아 마땅한 여인들 쪽으로 생각을 돌렸다. 수백만 킬로미터를 비행하며 외로움이 찾아올 때마다, 애플비는 이런 자기 최면을 시도하며 시간을 보내곤 했다. 그리고 즉시 이런 환상 속 하렘이 과거에도 제대로 먹혀들지 않았다는 사실을 떠올렸다. 환상을 제대로 떠올리기조차 힘들었기 때문에, 애플비는 머릿속 하렘을 지우고 비참하게 시간을 죽이기 시작했다.

그리고 문득 땀에 흠뻑 젖은 채 잠에서 깨어났다. 끔찍한 악몽을 꾸었

나. 터무니없는 가속으로 명왕성으로 직행하는 악몽이었다.

이런 세상에! 꿈이 아니잖아!

압력은 더 고약해진 느낌이었다. 머리를 움직이자 찌르는 듯한 고통이 몸 한쪽을 타고 내려왔다. 입에서는 헐떡이는 숨소리가 흘러나왔고, 비 오듯 쏟아지는 땀은 눈으로 흘러내렸다. 훔쳐내려고 손을 들려 시도했지만, 팔은 반응하지 않고 손끝에는 아무 느낌도 없었다. 애플비는 팔을 조금씩 몸 위로 움직여 간신히 눈가를 찍었다. 별로 도움이 되지 않았다.

애플비는 총합 가속계의 경과시간 눈금을 확인하고는 자기 담당 시간이 언제부터인지를 기억하려 애썼다. 발사 후 6시간 30분이 흘렀다는 사실을 이해하는 데만도 조금 시간이 걸렸다. 애플비는 뒤이어 비번 시간이 한참 전에 끝났다는 것을 깨닫고 깜짝 놀랐다. 거울에 비친 크루거의 얼굴에는 여전히 높은 가속도가 만든 웃음이 떠올라 있었다. 눈은 감고 있었다. "선장!" 애플비는 소리쳤다. 크루거는 꿈쩍도 하지 않았다. 애플비는 알람 버튼을 만지작거리다가 생각을 고쳤다. 저 한심한 친구도 잠은 자야지!

하지만 잡일은 누구든 처리해야 한다. 애플비는 머릿속에 자욱한 안개를 몰아내려 애썼다. 가속계의 수치는 정확하게 3.5g를 가리키고 있었다. 토치의 계기는 전부 가동 범위 내였다. 방사능 계측기에 떠오른 누출 수치는 위험 수준의 10퍼센트에도 미치지 못했다.

총합 가속계는 아무것도 없는 우주 공간에서는 외부 정보 없이 추측 항법으로 경과 시간, 속도, 거리를 표시한다. 이 계측기 아래로는 세 개의 창이 추가로 붙어 있고, 거기에는 토치 우주선 조종용 테이프에 기록된, 사전에 계산해 입력한 수치가 떠오른다. 애플비는 두 가지 수치를 비교해서 사전 계산대로 비행 중인지를 확인했다. 토치가 가속을 시작한지 아직 7시간도 지나지 않았지만, 속도는 거의 시속 320만 킬로미터에 달했고, 지금까지 날아온 거리만 해도 960만 킬로미터가 넘었다. 세 번째 줄의 화면에는 태양의 여장을 제외한 보정치가 떠올랐지만, 애플비는 이쪽은 무시했다. 지구 궤도 근처에서 태양의 힘은 중력가속도의 1천 분의 2 정도다. 사전 계산의 오차 범위에 들어가는 눈곱만한 오차일 뿐이었다. 애플비는 그냥 테이프의 계산치와 추측항법의 측정치가 맞아떨어지는지만 확인했다. 지금 확인하고 싶은 것은 바깥 모습이었다.

이제 지구와 달 모두가 우주선 후방의 원뿔형 간섭 영역 안에 들어가 버렸다. 애플비는 레이더 발신 장치가 화성 관측소를 겨냥할 때까지 다이얼을 돌린 다음, '함선의 지금 위치는?'이라는 뜻의 신호를 보냈다. 딱히 답신을 기다리지는 않았다. 화성까지 전파가 가 닿으려면 18분은 걸릴 테니까. 대신 유도 관측 장치 쪽으로 시선을 돌렸다. 세 개의 상이 살짝 어긋나기는 했지만, 수정이 필요할 정도로 큰 오차는 아니었다.

자신의 행동을 항해 기록기에 읊어주고 나니 몸 상태가 더 나빠진 기분이 들었다. 갈비뼈가 아팠다. 숨을 쉴 때마다 늑막염에 걸린 듯한 고통이 가슴을 쑤셨다. 혈액순환이 제대로 되지 않는 손발은 온통 '핀과 바늘로 쑤시는' 것 같았다. 손을 꼼지락거리자 벌레가 기어 다니는 느낌이 들었고, 애플비는 걱정에 휩싸였다. 그는 움직임을 멈추고 치솟아오르는 속도계의 숫자 쪽으로 주의를 돌렸다. 매초 시속 120킬로미터씩 증가하고 있으니, 1시간에는 시속 40만 킬로미터씩 증가하는 셈이었다. 애플비는 처음으로 로켓 우주선 조종사들이 부러워졌다. 어딜 가든 한세월이 걸리지만 적어도 편안한 자세로 갈 수는 있으니까.

토치 발사체가 없었더라면 인류는 화성을 넘어서기 힘들었을 것이다. $E = mc^2$라는 공식에 따라 질량은 곧 에너지이며, 0.5킬로그램의 모래는 150억 마력시와 동일하다. 원자력을 사용하는 로켓 우주선은 그 에너지의 소수점 아래 몇 자리 수준만 사용할 수 있지만, 신형 토치 엔진은 80퍼센트 이상을 출력으로 전환한다. 토치 엔진의 에너지 전환실은 작은 태양이나 다름없다. 여기서 쏟아져 나오는 입자의 속도는 광속에 근접한다.

애플비는 토치 우주선 조종사로서 항상 자부심을 가지고 있었지만, 지금 이 순간에는 아니었다. 가벼운 경련은 머리를 쪼갤 듯한 두통으로 발전했다. 무릎을 굽히고 싶이 죽을 지경인데도 방법이 없었다. 위장 속 내용물 때문에 욕지기가 올라왔다. 크루거는 이런 상황에서도 잘만 자는 것처럼 보였다. 빌어먹을 인간 같으니! 사람이 대체 어떻게 이런 상황에서 견딜 수 있단 말인가? 8시간밖에 지나지 않았는데 지쳐 탈진해 버린 느낌이었다. 대체 어떻게 9일을 버티라는 거지?

한참 후에, 시간 감각이 엉망이 되기 시작해서 명확히 특정할 수 없는 시간이 흐른 후에, 누군가가 그의 이름을 부르는 소리가 들렸다. "애플비! 애플비!"

평화롭게 죽게 놔둘 수도 없나? 애플비는 눈을 이리저리 굴려 거울을 찾았다. 그리고 눈의 초점을 맞추려 노력했다. "애플비! 교대해줘. 완전히 지쳤어."

"알겠습니다, 선장."

"점검 좀 해봐, 애플비. 나는 계속 실수만 하고 있어."

"벌써 했습니다, 선장."

"응? 언제?"

애플비는 경과 시간 다이얼로 시선을 돌렸다. 그리고 한쪽 눈을 감고 수치를 읽었다. "어, 6시간 전에요."

"뭐? 지금이 몇 신데?"

애플비는 대꾸하지 않았다. 짜증을 삭이며 크루거가 얼른 잠들기를 바랄 뿐이었다. 선장은 진지한 투로 덧붙였다. "아무래도 내가 블랙아웃 됐던 모양이로군, 중위. 상황이 어때?" 그는 끈덕지게 물고 늘어졌다. "빨리 대답해."

"응? 아, 다 괜찮습니다. 계획대로 진행 중입니다. 선장, 혹시 제 왼쪽 다리가 뒤틀려 있습니까? 저한테는 안 보여서요."

"뭐? 아, 지금 자네 다리에 신경 쓸 때가 아냐! 측정치는 어떻지?"

"어느 측정치요?"

"어느 측정치라니? 정신 차려, 중위! 지금 임무 중이잖아."

정말 말이 잘 통하는 작자로군. 애플비는 끓어오르는 머리로 생각했다. 저런 식으로 굴 생각이라면, 그냥 눈을 감고 무시하는 편이 나아 보였다.

크루거는 같은 말을 반복했다. "측정치를 읽어봐, 중위."

"아, 정말. 그렇게 간절히 듣고 싶으면 그냥 항해 기록을 재생하면 되잖습니까!" 애플비는 이 말에 크루거가 폭발할 것이라 생각했지만, 반응은 전혀 없었다. 눈을 떠 보니 크루거의 눈은 감겨 있었다. 애플비는 선장이 기록을 재생했는지 기억할 수 없었다. 자신이 기록을 남겼는지도 기억이 나지 않았다. 슬슬 재점검할 시간이 되었다는 생각이 들었지만, 끔찍할 정도로 목이 말랐다. 우선 물을 좀 마셔야 했다. 최대한 조심해서 목으로 넘겼는데도 한 방울이 기도로 넘어갔다. 격렬한 기침 때문에 온몸에 고통이 퍼졌고, 너무 지쳐버려서 쉴 수밖에 없었다.

애플비는 정신을 차리고 다이얼을 살폈다. 12시간이 흘렀고… 아니, 잠깐만! 1일 12시간이잖아, 이럴 리가 없는데. 그러나 속도는 이미 시속 1천6백만 킬로미터 이상이었고, 지구에서의 거리도 1억4천만 킬로미터를 넘었다. 벌써 화성 궤도를 지나친 것이다. "선장! 일어나요! 크루거 중위!"

크루거의 얼굴은 웃음 띤 가면처럼 보였다. 애플비는 먹먹하게 당황한 속에서 상황을 파악하려 시도했다. 유도 관측 장치를 살펴보니 균형은 잡혀 있었다. 우주선이 스스로 출렁이며 원래 자세로 돌아왔거나, 크루거가 오차를 수정한 것이었다. 혹시 내가 수정했나? 애플비는 기록을 불러와서 직접 확인해보기로 마음먹었다. 애플비는 버튼 사이를 더듬거리다 마침내 기록을 되감는 버튼을 찾아냈다.

정지 버튼을 누른 기억이 나질 않는 것을 보니 발사 직전까지 되감긴 다음 재생을 시작한 것으로 보였다. 아무 말 없는 부분은 빠르게 넘어가고, 말소리가 들리는 부분은 속도가 느려졌다. 애플비는 자신의 최초 점검 기록에 귀를 기울이다가, 화성의 포보스 기지가 아무 문제도 없다고 응답한 내용을 발견했다. 여기에 목소리 하나가 대꾸하는 것도. "불은 어디 있지?"라고.

그래, 균형은 크루거가 몇 시간 전에 수정한 모양이었다. 로그는 이어지는 침묵을 빠르게 넘긴 다음 다시 느려졌다. 크루거가 누군가에게 보내는 편지를 구술하고 있었다. 그러나 편지는 끝을 맺지 못했고, 내용은 뒤죽박죽이었다. 한번은 크루거가 "애플비! 애플비!"하고 소리치고, 애플비가 "아, 좀 닥쳐!" 하고 말하는 소리도 들렸다. 자신은 전혀 기억이 나지 않는데도.

뭔가 해야만 하는 일이 있다는 생각이 들었지만, 너무 지쳐서 생각을 가다듬을 수도 없고 온몸은 끔찍하게 아프기만 했다. 아예 아무런 감각도 없는 양쪽 다리만 예외였다. 애플비는 눈을 감고 모든 생각을 멈추려 애썼다. 다시 눈을 떠보니 경과 시간은 사흘째에 접어들고 있었다. 눈을 다시 감으니 눈꺼풀 아래로 눈물이 비집고 나왔다.

종소리가 쉬지 않고 울렸다. 애플비는 그 소리가 전체 호출음이라는 사실을 깨달았지만, 당장 그걸 멈추고 싶다는 것 말고는 아무 관심도 생기지 않았다. 손가락이 먹먹해서 스위치를 찾기가 힘들었다. 그러나 간신히 스위치를 누르고 움직인 데 따른 피로를 달래려 다시 쉬려 하는 순간, 크루거가 그를 부르는 목소리가 들렸다. "애플비!"

"음?"

"애플비, 자네 다시 잠들면 또 호출기를 누를 거야. 내 말 들리나?"

"그래요…." 그러니까 크루거가 한 짓이라 이거지. 빌어먹을 작자 같으니!

"애플비, 할 말이 있어. 나는 이제 버틸 수가 없겠어."

"버티긴 뭘 버텨요?"

"초가속 말이야. 이젠 못 견뎌. 이러다간 죽을 거야."

"아, 젠장!" 또 호출기를 누른 건가?

"니는 죽이고 있어, 애플비. 잎이 보이길 않아. 눈의 핏줄이 디진 기야. 애플비, 가속을 멈춰야겠어. 다른 방법이 없어."

"아, 그러면 알아서 하지 그럽니까?" 애플비는 짜증 섞인 목소리로 말했다.

"이해가 안 되나, 애플비? 자네가 내 의견에 동의를 표해야 해. 시도는 했지만 성공하지 못했다고. 우리 둘이 함께 항해 기록에 남겨야 한단 말이지. 그럼 다 끝날 거야."

"뭘 기록에 남겨요?"

"뭐? 젠장, 애플비. 집중 좀 해봐. 오래 말하기도 힘들어. 자네는 그러니까, 압박이 견딜 수 없을 정도로 강해져서 내게 가속을 중지할 것을 건의했다고 말해야 해. 내가 자네 말을 승인하면 다 괜찮아질 거야." 힘겹게 속삭이는 크루거의 목소리는 거의 들리지 않을 정도였다.

애플비는 크루거가 무슨 소리를 하는 건지 이해할 수가 없었다. 애초에 크루거가 두 사람을 초가속 상태로 밀어넣은 이유조차 기억이 나지 않았다. "서둘러, 애플비."

계속 잔소리나 해대고! 자는데 깨우더니 하는 게 잔소리뿐이야. 빌어먹을, 알아서 하라지. "아, 잠이나 더 자요!" 애플비는 말하고 곯아떨어졌다가 다시 호출음 소리에 화들짝 놀라 깼다. 이번에는 스위치가 어디 있는지 알고 있었기 때문에 간단히 끌 수 있었다. 크루거가 호출기를 다시 울렸고, 애플비는 다시 껐다. 크루거는 시도를 포기했고 애플비는 정신을 잃었다.

애플비는 무중력 상태에서 정신이 들었다. 상황을 확인하려 애쓰는 동안에도 몸은 여전히 무중력의 쾌감을 즐기고 있었다. 그래, 샐러맨더호에 탑승해서 명왕성으로 가는 중이었다. 벌써 목적지에 도착한 것일까? 아니, 다이얼에 따르면 4일 몇 시간 정도가 흘렀을 뿐이었다. 자동조종 테이프가 망가졌나? 자동조종 장치가 나갔나? 다음 순간, 마지막으로 깨어났던 때의 기억이 떠올랐다.

크루거가 토치를 끈 것이다!

이제 크루거의 얼굴에서도 피부가 밀려 올라간 웃음은 보이지 않았다. 이목구비가 늙고 지쳐 보였다. 애플비는 소리쳤다. "선장! 크루거 선장!" 크루거의 눈꺼풀이 떨리며 입술이 움직이는 것이 보였지만, 애플비의 귀에는 아무 소리도 들리지 않았다. 애플비는 수조에서 기어 나와 크루거 앞으로 이동해서 둥실 뜬 채로 움직임을 멈추었다. "선장, 내 말 들립니까?"

크루거의 입술이 다시 움직이며 속삭였다. "그럴 수밖에 없었어. 내가 우리 목숨을 구한 거야. 돌아가는 건 자네 혼자서도 할 수 있겠지, 애플비?" 크루거는 눈을 떴지만, 눈동자는 허공만 바라보고 있었다.

"선장, 잘 들으십시오. 다시 점화할 겁니다."

"뭐? 안 돼, 애플비. 안 돼!"

"반드시 해야 하는 임무 아닙니까."

"안 돼! 이건 명령이다, 중위."

애플비는 멍하니 크루거를 바라보다가, 그대로 탈진한 선장의 턱에 주먹을 날렸다. 크루거의 머리가 힘없이 흔들렸다. 애플비는 수조 사이로 들어가 3방향 스위치를 찾아낸 다음, '조종사 및 부조종사'에서 '부조종사 전용' 쪽으로 돌렸다. 이제 크루거는 우주선을 조종할 수 없었다. 애플비는 크루거를 힐끔 바라보고, 그의 머리가 고정대 위에 똑바로 올려져 있지 않은 것을 발견했다. 애플비는 크루거의 몸을 테이프로 제대로 고정해주고는 자기 수조 안으로 돌아갔다. 그리고 머리 위치를 바로잡고, 자동조종 테이프를 재시작하는 스위치를 찾아 더듬거렸다. 이 비행을 반드시 끝내야 하는 이유가 있었는데 그게 뭐였더라…. 아무리 노력해도 기억을 떠올릴 수가 없었다. 스위치를 누르자 엄청난 압력이 애플비를 짓눌렀다.

압력과 함께 어지러운 감각이 습격해오는 바람에, 애플비는 잠에서 깨어났다. 애플비는 어지럼증이 계속되는 몇 초 동안 헛구역질을 했다. 마침내 세상이 빙빙 돌기를 멈추자, 애플비는 나이얼을 확인했다. 샐러맨더호가 방금 가속에서 감속으로 전환하려고 방향을 바꾼 모양이었다.

28억 킬로미터니 대충 절반쯤 온 셈이었다. 속도는 시속 480만 킬로미터를 넘었고, 이제부터는 감속 구간이었다. 문득 선장에게 보고해야 할 것 같은 기분이 들었다. 그와 다툰 기억은 이미 사라져 있었으니까. "선장! 이봐요!" 크루거는 꿈쩍도 하지 않았다. 애플비는 다시 그를 부르다가, 이내 호출 장치를 사용했다.

시끄러운 호출음이 깨운 것은 크루거가 아니라 애플비의 기억이었다. 애플비는 정신이 아득해지는 것을 느끼며 호출음을 껐다. 하나하나 떠오르는 사소한 사실을 곱씹어보니 수치와 상실감과 당황이 육신의 고통을 뒤덮었다. 항해 기록기에 녹음해야 한다는 생각은 들었으나 무슨 말을 해야 할지 결정할 수가 없었다. 지친 육체와 바닥을 찍은 정신 때문에, 애플비는 결국 포기하고 휴식을 취하려 애썼다.

다시 깨어났을 때는 뭔가 마음속을 좀먹는 느낌이 들었다…. 선장을 위해서 뭔가 해야만 하는 일이 있었다…. 화물 로봇하고 관계가 있는 일이었는데….

그거야! 로봇이 조종하는 토치가 명왕성에 도착했다면 끝낼 수 있을 텐데! 어디 보자…, 발진 후 경과시간은 이미 5일을 넘었다. 좋아, 혹시라도 그게 목적지에 도착했다면….

애플비는 기록을 되감으며 녹음된 전문에 귀를 기울였다. 전문이 들어와 있었다. "지구 기지에서 샐러맨더호에게. 정말 유감이지만, 로봇이 랑데부에 실패했다는 사실을 알린다. 이제 믿을 건 자네들뿐이다. 베리오 제독."

무력함과 실망이 자아낸 눈물이 애플비의 볼을 타고 흘러내렸다. 3.5배의 중력에 이끌려서.

크루거가 죽었다는 사실을 깨달은 것은 8일째가 되어서였다. 악취 때문은 아니었다. 자기 몸에서 풍기는 숙성된 체취와 구분할 수가 없었으니까. 감속을 시작한 이후로 선장이 몸을 뒤척이지 않아서도 아니었다. 시간 감각이 너무 엉망이 되어 있어서 그 사실을 알아차리지조차 못했으니까. 애플비는 크루거가 자신을 향해 잠에서 깨어나라고, 자리에서 일어나라고 소리치는 꿈을 꾸었다. "얼른, 애플비!"라는 소리까지 들렸다. 그러나 압력이 애플비의 몸을 계속 짓눌러댔다.

꿈이 너무 생생해서, 애플비는 깨어난 다음에도 대답하려 시도했다. 그러다가 애플비는 문득 거울에 비친 크루거의 모습을 보았다. 크루거의 얼굴은 별로 달라진 부분이 없었지만, 온몸을 파고드는 메스꺼운 섬찟함이 그가 죽었다는 사실을 알려주었다. 그래도 애플비는 호출기를 눌러서 크루거를 깨우려다 즉시 포기했다. 보라색으로 변한 손가락은 말을 듣지 않았고, 허리 아래쪽으로는 아무것도 느껴지지 않았다. 애플비는 자신도 죽어가는 것은 아닐까 생각하다가, 차라리 그랬으면 좋겠다고 생각을 고쳐먹었다. 그리고 이미 일상이 되어버린 무기력 속으로 다시 빨려 들어갔다.

9일이 지나 자동 조종 장치가 토치를 끈 다음에도, 애플비는 즉시 정신을 차리지 못했다. 자신이 조종실 안을 떠다니고 있다는 자각이 천천히 스며들었다. 몸부림치다 자기 자리를 벗어난 모양이었다. 기분 좋게 나른하고 상당히 배가 고팠다. 애플비는 결국 허기에 정신이 들었다.

주변 상황을 보니 지난 사건들이 대충 짐작이 갔다. 애플비는 자기 수조로 돌아가서 계기판을 점검했다. 이런 세상에! 우주선이 자유낙하 상태가 된 지 2시간이 지났다. 계획에 따르면 테이프가 끝나기 전에 진입 경로를 계산하고, 무중력 상태에 들어와서 계산 결과를 수정하고, 새로 테이프를 출력해 지연 없이 입력하고, 자동 조종 장치의 조종에 따라 진입해야 했다. 그런데 지난 2시간 동안 아무것도 하지 않은 것이었다.

애플비는 수조와 계기판 사이로 몸을 밀어넣다가, 그제야 다리가 완전히 마비되었다는 사실을 깨달았다. 별 상관은 없었다. 자유낙하 상태든 수조 안에서든, 다리는 딱히 필요가 없으니까. 손도 제대로 움직이지 않았지만 적어도 쓸 수는 있었다. 크루거의 시체를 발견하고 순간 충격을 받기도 했지만, 애플비는 이내 마음을 가라앉히고 작업을 시작했다. 지금 위치는 짐작조차 가지 않았다. 명왕성은 수백만 킬로미터 바깥에 있을 수도, 바로 눈앞에 있을 수도 있었다. 그래, 어쩌면 그쪽에서도 그를 발견하고 접근경로 자료를 보내고 있을지도 몰랐다. 애플비는 무선을 확인해보기로 마음먹었다.

그리고 즉시 그들의 전문을 발견했다.

"프로세르피나에서 샐러맨더호에게. 도착해서 정말 다행이다. 여기 엔진 정지에 참고할 자료를 보낸다…." 뒤이어 시간과 거리 및 자세 관련 수치와 도플러 데이터가 이어졌다.

다음 전문은 이랬다. "최신의 더 정확한 수치를 보낸다, 샐러맨더호. 서두르도록!"

마지막 전문은 몇 분 전에야 도착했다. "샐러맨더호, 엔진을 끄지 않는 이유가 뭔가? 컴퓨터가 망가졌나? 우리 쪽에서 접근 궤도를 계산해 주어야 하나?"

토치 우주선 조종사가 아닌 다른 사람도 궤도를 계산할 수 있다는 개념 자체가 머릿속에 들어오지 않았다. 애플비는 서둘러 계산하려 애썼지만 손이 제대로 움직이지 않았다. 숫자를 잘못 입력해서 계속 수정해야 했다. 문제가 손가락뿐이 아니라는 사실을 깨닫는 데만도 30분이나 걸렸다. 며칠 전까지만 해도 체커 게임의 규칙만큼이나 손쉬웠던 궤도 계산이, 지금 애플비의 머릿속에서는 혼란스럽기만 느껴졌다.

애플비는 이제 궤도 계산을 할 수가 없었다.

＊

"샐러맨더호에서 프로세르피나에게. 명왕성 정지 궤도에 진입할 탄도 계산을 요청한다."

답문이 순식간에 도착했기 때문에, 애플비는 저들이 자신의 승인을 기다리지 않았다는 사실을 깨달았다. 애플비는 최대한 조심스레 테이프를 잘라 자동 조종 장치에 입력했다. 바로 그 순간 애플비는 가속도를 확인했다. 4.03g였다.

중력의 4배 가속도로 진입하라니.

애플비는 통상적인 방식으로 진입하리라고 생각하고 있었다. 사실 3시간을 낭비하지 않았더라면 그럴 수 있었을 것이었다.

하지만 너무하지 않은가! 저걸 견딜 수 있을 리가 없다. 애플비는 자리에 들어가서 보호대를 차고, 버튼을 눌러 자동 조종 장치에 조작을 맡기며 아이처럼 욕설을 내뱉었다. 기다리는 몇 분 동안, 애플비는 계속 짜증 섞인 목소리로 투덜거렸다. 조금 나은 궤도를 넘길 수도 있었을 텐데. 젠장, 내가 직접 할 걸 그랬어. 항상 힘든 일은 전부 나한테만 떠넘기지. 우리 착한 애플비, 모두가 애용하는 펀치백! 저 소리는… 그래, 저기 있는 크루거도 마찬가지야. 멍청하게 웃기만 하고 작업은 전부 나한테 떠넘기지. 크루거가 그렇게 빌어먹게 열의를 보이지만 않았어도….

가속이 온몸을 강타하며, 애플비는 블랙아웃에 빠졌다.

애플비를 맞이하러 나온 셔틀은 샐러맨더호에서 사망자 한 명, 빈사 상태의 환자 한 명, 그리고 수혈용 혈액으로 가득한 화물칸을 발견했다.

✳

보급선이 도착해 샐러맨더호를 회수할 조종사들을 내려놓고 애플비를 태웠다. 애플비는 한동안 의무실에 머물러 있다가, 퇴역해서 달 기지로 가라는 명령을 받았다. 이송되는 날, 애플비는 의무관의 보조를 받으며 베리오 제독을 찾아갔다. 제독은 퉁명스러운 목소리로 애플비가 훌륭하게, 아주 훌륭하게 임무를 수행했다고 치하했다. 면담이 끝나자 의무관은 애플비가 일어서는 것을 도왔다. 애플비는 방을 나서지 않고 말을 꺼냈다. "저기, 제독 각하?"

"왜 그러나?"

"어, 그게, 좀 이해가 안 되는데, 그게, 이해가 안 되는 게, 어, 뭐냐면, 제가 그, 루나시티의 노인전문 치료소로, 어, 가야 하는 이유가 뭔가요? 어, 거긴 노인들이 가는 곳이잖아요? 저는, 그게, 항상 그렇게 알고 있었는데, 어, 그러니까, 제가 잘못 아는 건가요?"

의무관이 끼어들었다. "이미 말해줬지 않나, 애플비. 물리요법은 그곳이 최고라고. 자네를 위해 특별히 허가를 받아준 걸세."

애플비는 어찌할 바를 모르는 얼굴이었다. "그게 정말인가요, 제독님? 어, 노친네 병원에 간다니, 어, 조금 기분이 이상한데요."

"저 친구 말이 맞네."

애플비는 수줍게 웃었다. "알겠습니다, 제독님, 어, 각하님께서 그렇다고 하신다면야."

방을 나서는 두 사람을 향해 제독이 말했다. "박사, 잠깐 기다리게. 당번병, 애플비 씨를 돕도록."

"애플비, 갈 수 있겠나?"

"어, 물론이죠! 다리도 훨씬 나아졌고요. 봐요." 애플비는 방을 나가서 젊은 당번병에게 몸을 기댔다.

베리오 제독이 말했다. "박사, 솔직히 말해주게. 애플비가 회복할 수 있겠나?"

"불가능합니다, 각하."

"지금보다 나아지긴 하겠나?"

"조금은 나아질지도 모르지요. 달은 중력이 낮아서 몸속에 남은 힘을 마지막까지 끌어내기가 쉬우니까요."

"그러면 정신은 돌아올 수 있겠나?"

의무관은 머뭇거렸다. "말하자면 이런 겁니다, 각하. 초가속은 신체의 노화 속도를 올립니다. 근섬유가 파괴되고, 모세혈관이 파열되고, 심장은 평소보다 몇 배는 힘겨운 일에 시달립니다. 그리고 뇌에 전달되는 산소량이 부족해서 산소결핍증도 일어나지요."

제독은 성난 듯 책상을 내리쳤다. 의무관은 부드러운 목소리로 말했다. "너무 심려치 마십시오, 각하."

"젠장, 저 친구한테 무슨 일이 일어난 건지 생각해보게. 활력으로 가득해서 통통 뛰어다니는 꼬맹이였는데, 지금 꼴을 봐! 그대로 노인으로 늙어버리지 않았나."

"이렇게 생각해보십시오. 한 명을 희생해서 270명을 구하신 겁니다." 의무관이 달래듯 말했다.

"한 명을 희생했다고? 크루거를 말하는 거라면, 그 친구는 훈장을 받았고 아내에게도 연금이 지급될 걸세. 그 정도면 군인으로서 기대할 수 있는 최선 아닌가. 나는 크루거를 생각하고 말한 게 아니야."

"저도 그렇습니다." 의무관이 대답했다.

우주의 초급 스카우트

A Tenderfoot in Space

조호근 옮김

✦ 1958년 5월, 6월 〈보이스 라이프(Boys' Life)〉에 연재

1

"앉아, 닉시." 소년이 나직한 소리로 말했다. "조용히 하고."

작은 잡종견은 소년의 왼쪽 뒤편에 자리를 잡고 기다렸다. 찰리가 기분이 나쁘다는 것이 명확히 느껴지니, 그 이유가 궁금하기는 했다. 하지만 찰리의 명령은 일단 망설이지 않고 수행해야 했다.

소년은 경찰이 그들을 지켜보고 있는지를 확인하려 했다. 머리가 땅했다. 소년도 닉시도 온종일 아무것도 먹지 못했기 때문이었다. 소년과 닉시가 이 슈퍼마켓 앞에 멈춘 것은 식료품을 사기 위해서가 아니었다. 소년의 수중에는 한 푼도 남지 않았으니까. 둘의 발길을 붙든 것은 창문에 붙은 '심부름꾼 구함' 벽보였다.

바로 그 순간, 유리에 비친 경관의 모습이 소년의 눈에 들어왔다.

소년은 머뭇거리며 흐릿한 생각을 가다듬으려 애썼다. 안으로 들어가서 일자리가 있는지 물어야 할까? 아니면 내색하지 않고 경관을 지나쳐야 할까? 그냥 산책을 나온 척하면서?

소년은 계속 걸음을 옮기며 경관의 시선을 피하기로 마음먹었다. 그리고 닉시에게 바싹 붙어 따라오라고 수신호를 보낸 다음 창문에서 몸을 돌렸다. 개는 꼬리를 쫑긋 세우고 따라왔다. 찰리와 함께라면 어디라도 상관없었다. 닉시가 기억하는 한, 찰리는 언제나 닉시의 소유였다. 찰리가 없는 삶은 상상조차 할 수 없었다. 사실 찰리가 첫눈에 반하지 않았더라면 작은 강아지 시절의 닉시는 열흘도 채 넘기지 못했을 것이다. 불우한 태생의 형제자매 중에서도 가장 못생긴 아이였기 때문이었다. 닉시의 어미는 오하이시 경연대회의 챔피언 출신인 다이애나였다. 아비가 누군지는 아무도 몰랐다.

그러나 닉시는 이웃집 소년이 자신의 첫 주인에게 애원해서 자신의 목숨을 구했다는 사실은 까맣게 모른 채 자랐다. 닉시의 삶의 원칙은 단순했다. 충분히 먹고, 충분히 자고, 나머지 시간은 찰리와 어울려 놀 것. 이번 외출은 찰리의 계획이었지만, 닉시는 외출이라면 뭐든 좋았다. 음식 부족이 조금 걸리기는 하지만, 닉시는 이런 실수에서는 무조건 찰리를 용서했다. 어차피 소년이란 부주의한 존재일 수밖에 없고, 현명한 개는 그 사실을 받아들이는 법이니까. 지금 닉시의 마음을 괴롭히는 일은 찰리가 즐거운 마음이 아니라는 것뿐이었다. 소풍에는 언제나 즐거운 마음으로 임해야 하는 법인데.

푸른 제복을 입은 남자를 지나치는 순간, 닉시는 남자가 자기들 쪽에 흥미를 보인다는 사실을 깨닫고 쿵쿵 냄새를 맡았지만, 딱히 비우호적인 느낌은 없었다. 그러나 찰리가 초조하고 바짝 긴장하고 있으니, 닉시 또한 경계를 늦출 수 없었다.

제복을 입은 남자가 찰리에게 친절하게 말을 걸었다. "잠깐 거기 멈춰봐라, 꼬마야…."

찰리는 걸음을 멈추었다. 닉시도 멈추었다. "저 말씀이세요, 경찰관 아저씨?"

"그래. 그 멍멍이 이름이 뭐냐?"

닉시는 찰리가 갑자기 긴장했다는 사실을 깨닫고 공격할 준비를 했다. 지금까지 찰리를 보호하려고 다른 사람을 물었던 적은 없었지만…,

그래도 일단 태세는 갖추었다. 양어깨 사이의 털이 꼿꼿이 섰다.

찰리가 대답했다. "어…, '바둑이'예요."

"그러냐?" 낯선 사람은 날카로운 목소리로 외쳤다. "닉시!"

닉시는 사람들의 감정을 읽어내는 귀와 코와 내면의 감각에 집중하느라 눈은 다른 쪽으로 돌리고 있었다. 그러나 낯선 사람이 자신의 이름을 부르자, 너무 깜짝 놀라서 그만 고개를 돌려 돌아보고 말았다.

"저 아이 이름이 '바둑이'라고 했지?" 경관은 나직하게 말했다. "그럼 내 이름은 산타클로스겠구나. 하지만 네 이름은 찰리 본이지. 이제 집으로 돌아갈 때다." 경관은 헬멧 속 통신기에 대고 말했다. "넬슨, 본 씨네 실종자 확보했다고 보고해. 차 한 대 보내고. 지금 그 신장개업한 슈퍼마켓 앞에 있어."

닉시는 찰리의 감정을 파악하는 데 약간의 혼란을 겪었다. 슬프면서 동시에 기쁜 감정이 느껴졌다. 낯선 남자는 살짝 행복하지만 대부분 무심했다. 닉시는 일단 기다리며 상황을 주시하기로 마음먹었다. 순찰차를 얻어타는 일은 즐거웠다. 닉시는 항상 드라이브를 좋아하니까. 그러나 찰리는 별로 즐겁지 않은 모양이었고, 그 점이 살짝 기분에 거슬렸다.

둘은 지역 치안판사 사무실로 이송되었다. "네가 찰리 본이냐?"

닉시의 소년은 우울한 기분으로 아무 말도 하지 않았다.

"똑바로 말해라, 얘야." 나이 든 남자가 말했다. "아니라면 닉시를 훔친 개로 간주할 테니 말이다." 남자는 종이 한 장을 들고 읽었다. "작은 갈색 잡종견을 데리고 있음. 수컷이고 훈련 상태 좋음. '닉시'라고 부르면 반응함. 어떠냐?"

닉시의 소년은 간신히 들리는 목소리로 대답했다. "찰리 본 맞아요."

"그래, 좀 낫구나. 너희 부모님이 데리러 오실 때까지 여기 있거라." 판사는 얼굴을 찌푸렸다. "네가 왜 도망쳤는지 이해가 안 가는구나. 너희 가족은 금성으로 이민 가는 거 아니냐?"

"맞아요, 판사님."

"우주 비행을 싫어하는 남자애는 네가 처음이구나." 판사는 소년의 옷깃에 붙은 배지를 가리켰다. "그리고 보이스카우트라면 당연히 정직하리라 생각했는데 말이다. 복종하는 것은 물론이고. 대체 무슨 생각을 한 거냐, 애야? 우주 비행이 두려운 거냐? 스카우트는 용감해야 할 텐데. 물론 겁을 먹으면 안 된다는 뜻은 아니지. 누구나 두려울 때가 있으니까. 용감하다는 건 겁을 먹어도 도망치지 않는다는 뜻이란다."

"저는 겁을 먹은 게 아니에요." 찰리는 딱딱한 목소리로 대꾸했다. "금성에는 가고 싶어요."

"그럼 너희 가족이 떠나기 직전에 가출한 이유가 뭐냐?"

찰리로부터 따스한 기쁨과 슬픔의 감정이 동시에 뿜어져 나와서, 닉시는 소년의 손을 핥아주었다. "닉시가 함께 갈 수 없으니까요!"

"아." 판사는 소년과 개를 바라보았다. "미안하다, 애야. 내가 판단할 수 있는 문제가 아니었구나." 그는 손가락으로 책상 위를 두드렸다. "찰리… 스카우트의 명예를 걸고, 너희 부모님이 오실 때까지 도망치지 않겠다고 약속해줄 수 있겠니?"

"어…, 네, 판사님."

"알겠다. 조, 여기 둘을 우리 집으로 데려다놓게. 우리 마누라한테 이 아이들이 요즘 제대로 먹고 다녔는지 확인해보라고 일러주고."

＊

집으로 돌아가는 여정은 제법 길었다. 닉시는 드라이브를 즐겼다. 찰리의 아버지는 기쁘고 화나고, 어머니는 기쁘고 슬프고, 찰리 본인은 기쁘고 슬프고 근심으로 가득하기는 했지만 말이다. 집에 도착한 닉시는 재빨리 모든 방을 돌아다니며 별다른 문제는 없는지, 혹시라도 새로운 냄새가 들어오지는 않았는지를 확인했다. 그러다 닉시는 찰리에게 돌아갔다.

그새 가족 전원의 감정이 바뀌어 있었다. 아버지는 화가 났고, 어머니는 슬픔에 잠겼으며, 찰리 본인은 끔찍하게 우울하면서도 고집을 풍기고 있어서 닉시는 그 옆으로 가서 무릎으로 뛰어올라 얼굴을 핥아주려 했다. 찰리는 닉시를 옆으로 내려놓고는, 닉시 목 뒤쪽의 늘어진 살가죽을 손가락으로 긁어주기 시작했다. 닉시는 즉시 얌전해졌다. 무슨 문제가 닥쳐도 소년과 함께라면 맞서 나갈 수 있으리라는 사실에 만족한 채로. 그러나 다른 두 사람이 행복하지 못하다는 사실이 마음에 걸렸다. 찰리는 닉시의 소유였다. 저 두 사람은 찰리의 소유였다. 보통은 저들도 행복한 편이 상황이 나았다.

찰리의 아버지가 말했다. "침대로 가라, 찰리. 내일 아침까지 생각할 시간을 주마. 내일 다시 대화해보자."

"네, 아빠. 안녕히 주무세요."

"엄마한테 굿나잇 키스 해드려라. 그리고 한 가지 확인해봐야겠다. 네 방문을 잠그지 않아도 내일 아침에 네 얼굴을 볼 수 있을까?"

"네, 아빠."

닉시는 평소처럼 침대 발치로 올라가서 발을 굴러 공간을 마련하고, 몸을 둥글게 말아 꼬리를 코 위에 놓은 다음, 그대로 잠에 빠져들기 시작했다. 그러나 닉시의 소년은 잠들지 못하고 있었다. 소년의 슬픔이 한숨과 흐느낌이라는 가슴 저미는 형태로 흘러나왔다. 그래서 닉시는 자리에서 일어나 침대 반대편 끝으로 움직여서는 찰리의 눈물을 핥아 없앴다. 그리고 자신을 끌어안는 찰리의 팔을 얌전히 받아들였다. 이제 눈물은 바로 닉시의 목으로 흘러내렸다. 싫어하는 상황일 뿐 아니라, 별로 편안한 자세도 아니고 너무 덥기도 했다. 그러나 그 정도는 감내할 가치가 있었다. 찰리의 흐느낌이 천천히 잦아들다가, 이내 잠들어 고른 숨소리를 내기 시작했으니까.

닉시는 잠시 기다리다 얼굴을 한 번 핥아서 찰리가 푹 잠들었는지를 확인한 다음, 다시 침대 반대편의 자기 자리로 옮겨갔다.

＊

찰리의 아버지와 어머니는 대화를 나누고 있었다. "찰스, 저 아이에게 뭔가 해줄 수 있는 일이 없을까?"

"젠장, 노라. 지금 우리가 금성에 가져가는 돈도 너무 적은 상황이야. 일이 잘못되기라도 하면 우리도 구호단체에 의지해야 할 판이라고."

"그래도 남는 돈이 있기는 하잖아."

"너무 적다니까. 내가 그 생각을 해보지 않은 줄 알아? 저 쓸모없는 개의 탑승료가 거의 찰리만큼 나간단 말이야! 논의할 여지도 없어! 당신까지 왜 물고 늘어지는 거야? 나라고 이런 결정이 마음에 드는 줄 알아?"

"아냐, 여보." 노라는 생각에 잠겼다. "닉시의 체중이 얼마나 되지? 나는… 그러니까, 정말로 열심히 노력하면 5킬로그램은 더 뺄 수 있을 것 같은데."

"뭐? 살아 있는 해골이 되어서 금성에 도착하고 싶은 거야? 의사가 권고한 한도 내에서는 최대한 감량한 상태잖아. 나도 그렇고."

"그래도… 혹시라도 우리끼리 분배해서 닉시의 무게만큼 살을 뺄 수 있다면… 그 아이가 세인트버나드인 것도 아니잖아! 우리 표를 샀을 때보다 몸무게를 줄이면 교환해줄지도 몰라."

찰스는 불퉁한 표정으로 고개를 저었다. "그건 그런 식으로 돌아가는 게 아니야."

"무게가 전부라고 말한 사람은 당신이잖아. 당신 체스 세트도 짐에서 뺐으면서."

"15킬로그램의 체스 세트나, 도자기나, 치즈를 가져갈 돈은 되겠지만, 15킬로그램짜리 개는 실을 수 없어."

"왜 안 되는지 이유를 모르겠는데."

"설명해줄게. 분명 가장 중요한 것은 중량이야. 우주선에서는 항상 중량을 제일 먼저 고려하지. 하지만 나는 단순히 72킬로그램으로 계산이 끝나는 게 아니야. 당신도 54킬로그램이 다가 아니고, 찰리도 50킬로그램으로 끝나지 않지. 우리 체중이 다가 아니라는 거야. 우리는 먹고 마시고 숨도 쉬어야 하는데다, 움직일 공간도 필요하잖아? 살아 있는 인간을 수송하려면 짐칸에 같은 무게의 화물을 실을 때보다 훨씬 많은 중량이 필요한 거야. 인간의 경우에는 복잡한 공식을 적용해. 선적 중량은 승객 몸무게의 두 배고, 여기에 우주에서 지내는 날수에다가 1.8킬로그램씩 곱해서 더하는 거지. 금성에 도착하려면 146일이 걸려. 따라서 승객 개인의 계산 중량은 실제 체중을 더하기 전에도 263킬로그램이 되는 거지. 하지만 개의 경우는 이 배수가 더 높아. 매일 1.8킬로그램이 아니라 2.2킬로그램씩을 곱하거든."

"그건 불공평한 것 같은데. 저런 작은 멍멍이가 사람만큼 많이 먹을 리가 없잖아? 사실 우리 닉시는 사룟값도 거의 안 드는데."

남편은 코웃음을 쳤다. "닉시는 자기 사료뿐 아니라 찰리의 접시에 올라오는 음식도 절반은 먹어치우잖아. 어쨌든 개가 체중 대비 섭취량이 많다는 것은 명백한 사실이야. 게다가 개의 폐기물은 재처리하지 않는다는군. 심지어는 수경재배용으로도 말이야."

"왜? 아, 알겠네. 한심한 이유기는 하지만."

"승객들이 좋아하지 않는 거지. 어쨌든 됐고, 개는 매일 2.2킬로그램이라는 게 규칙이야. 그래서 닉시의 요금이 얼마나 되는지 알고 싶어? 3천 달러가 넘어!"

"세상에!"

"내 표가 3천8백 달러가 조금 넘는 정도고, 당신 표는 3천4백 달러고, 찰리의 표는 3천3백 달러야. 그런데 팔아봤자 지금껏 쓴 동물병원 비용도 안 나오는 저 빌어먹을 똥개를 데려가는 데 3천 달러가 든단 말이지. 우리가 그만큼 돈이 남는다면, 어차피 남지도 않지만… 그 돈을 개에다 쓰느니, 차라리 고아를 한 명 입양해서 그 아이를 데려가는 편이 인도적인 일일 거야. 사람으로 북적이지 않는 행성에서 기회를 잡을 수 있도록…

빌어먹을! 찰리도 어차피 1년만 지나면 개 따위는 잊어버리지 않겠어?”

“그건 모르겠네.”

“그럴 거야. 나도 어릴 적에 개를 포기해야 했던 적이 있으니까. 죽거나 다른 문제가 생겨서, 제법 여러 번 포기했지. 나는 전부 극복해냈어. 찰리도 닉시를 다른 데 입양시키거나… 아니면 잠재우거나, 둘 중 하나를 선택해야 할 거야.” 찰스는 입술을 씹었다. “금성에 가서 새로 강아지를 구해주자고.”

“그게 닉시가 될 수는 없어.”

“이름을 닉시라고 붙이면 되지. 똑같이 사랑할 거야.”

“그래도… 찰스, 개를 데려가는 데 그렇게 돈이 많이 든다면, 애초에 금성에 어떻게 개가 있는 거지?”

“음? 아마 첫 탐사대가 정찰견을 데려갔겠지. 어쨌든 금성으로 동물은 항상 잔뜩 수송하잖아. 우리가 탈 우주선에도 젖소를 잔뜩 실을 예정이고.”

“그럼 정말 돈이 많이 들겠네.”

“그렇기도 하고, 아니기도 해. 당연하지만 냉동수면 상태로 수송하고, 상당수가 두 번 다시 깨어나지 못하거든. 하지만 죽은 소는 그대로 도축해서 거주지 사람들에게 괜찮은 가격에 고기로 팔 수 있잖아. 그리고 살아남은 소들이 송아지를 낳으면 손해를 벌충할 수 있는 거야.” 찰스는 자리에서 일어섰다. “노라, 그만 자자. 애석한 일이지만, 우리 아들도 남자답게 결정을 내릴 때가 된 거야. 그 개를 입양시킬 건지, 아니면 잠재울 건지.”

“그래, 여보.” 그녀는 한숨을 쉬었다. “이만 자러 가.”

✳

아침 식사 시간에 닉시는 평소의 자리를 차지했다. 그러니까 찰리의 의자 옆에 배를 깔고 누워서, 주의를 끌지 않고 찰리가 건네는 음식 조각을 받아먹었다는 뜻이었다. 닉시는 아주 오래전에 식사 시간의 규칙을 배웠다. 짖지 말 것. 낑낑대지 말 것. 음식을 달라고 조르지도 말고, 무릎에 앞발을 올리지도 말 것. 그런 일을 벌이면 자신의 애완동물의 애완동물들이 힘들어하니까. 닉시는 지금의 상황에 만족하고 있었다. 닉시는 강아지 시절부터 세상을 있는 그대로 받아들이는 법을 배웠다. 좋은 점에는 즐거워하고, 사소한 문제가 생기면 참고 견디는 것이다. 신발을 씹으면 안 되고, 사람에 달려들면 안 되고, 대부분의 낯선 사람들이 집에 접근하는 것도 용인해줘야 한다(물론 엄격하고 꾸준한 감시를 계속할 필요는 있지만). 이런 간단한 규칙 몇 가지만 지키면 모두가 행복해질 수 있다. 저마다 나름대로 살아가는 것이다.

닉시는 자신의 소년이 이렇게 아름다운 아침인데도 행복하지 못하다는 사실을 깨닫고 있었다. 그래서 소년의 감정을 조심스레 살피면서, 개 특유의 공감 능력을 살려 세심하게 소년의 마음을 어루만져보고는, 자신의 성숙한 관점에서 볼 때 머지않아 사라질 감정이라는 판단을 내렸다. 소년이란 때로 슬픔에 빠지는 법이다. 현명한 개로서는 그럴 때도 있다고 받아들일 수밖에 없었다.

커피잔을 비운 찰스가 냅킨을 한쪽으로 치우며 입을 열었다. "그래, 결정했니?"

찰리는 대답하지 않았다. 닉시는 찰리의 슬픔이 갑자기 더 공격적이고 격렬하지만, 딱히 나을 바는 없는 감정으로 변하는 것을 감지했다. 닉시는 귀를 쫑긋 세운 채 상황을 살폈다.

"찰리." 아버지가 말했다. "어젯밤에 선택권을 줬다. 결정을 내렸어?"

"네, 아빠." 찰리는 아주 나직한 목소리로 대답했다.

"그래? 그럼 말해봐."

찰리는 식탁보에 시선을 고정하고 있었다. "아빠랑 엄마는 금성으로 가세요. 서랑 닉시는 여기 남을게요."

닉시는 찰리의 아버지 가슴에 고이는 분노를 느낄 수 있었나…. 그리고 분노를 제어하는 모습도. "다시 가출할 생각을 하는 거냐?"

"아뇨, 아빠." 찰리는 불퉁한 목소리로 말을 이었다. "저를 공립학교에 넣어주시면 되잖아요."

"찰리!" 찰리의 어머니였다. 닉시는 자신에게 쏟아지는 온갖 감정의 물결을 이해하려 애썼다.

"그래." 마침내 찰스가 입을 열었다. "네 우주선 요금이면 공립학교의 3년 치 학비는 될 거야. 그 이후로도 네가 18세가 될 때까지 지원해주겠다고 동의하면 되는 일이겠지. 하지만 나는 그렇게 하지 않을 거다."

"어? 왜요, 아빠?"

"낡은 사고방식이라 생각할지도 모르겠지만, 내가 이 집안의 가장이기 때문이야. 내게는 단순히 가족의 의식주뿐 아니라 전체적인 생활을 책임질 의무가 있어. 네가 혼자 힘으로 살 수 있을 정도로 크기 전까지는, 나는 절대 네게서 눈을 떼지 않을 거야. 그리고 내 의무에 따르는 권리 중에는 우리 가족이 살 곳을 정할 권리도 있어. 지금 금성에서 권유받은 일자리는 이곳에서 얻을 수 있는 어떤 것보다도 낫기 때문에, 나는 금성으로 갈 거야. 내 가족도 함께 갈 거고." 찰스는 머뭇거리며 손가락으로 식탁을 두드렸다. "너도 개척 행성에서라면 더 기회가 많을 것 같지만… 성년이 되어서 생각이 바뀐다면 지구로 돌아오는 비용은 대 주마. 하지만 지금은 함께 가는 거야. 알겠지?"

찰리는 우울한 얼굴로 고개를 끄덕였다.

"좋아. 네가 너희 엄마나… 나보다도 그 개를 더 신경 쓰고 있어서 사실 상당히 놀랐다. 하지만…."

"그런 건 아니에요, 아빠. 하지만 닉시는…."

"조용. 너는 모르는 모양이지만, 나도 어떻게든 해보려고 애를 썼어. 악의로 개를 떼어놓으려 하는 게 아니란 소리야. 돈이 있었다면 개한테도 표를 샀겠지. 그런데 어젯밤에 너희 엄마 이야기 덕분에 세 번째 가능성이 떠올랐어."

찰리는 번쩍 고개를 들었다. 닉시도 동시에 고개를 들었다. 갑자기 소년의 마음속에 솟아오른 희망 때문에 깜짝 놀랐기 때문이었다.

"닉시에게 표를 사줄 수는 없지만… 화물로 배송하는 건 가능할지도 몰라."

"어? 그럼, 당연히 그렇게 해야죠, 아빠! 아, 물론 우리에 가둬야 한다는 건 알고 있지만… 그래도 매일 내려가서 먹을 걸 주고 다독여주고 다 괜찮을 거라고 말해줄 거예요. 그리고…."

"진정 좀 해! 그런 식의 화물을 말하는 게 아니야. 우리 형편으로는 우주선으로 가축을 나를 때 사용하는 방식으로밖에 데려갈 수 없어. 그러니까…, 냉동 수면 상태로 말이다."

찰리는 입을 다물지 못했다. 소년은 간신히 한마디를 입 밖으로 꺼냈다. "하지만 그건…."

"위험한 일이지. 내가 기억하는 게 맞다면, 금성에 도착해서 잠에서 깨어날 확률은 반반 정도일 거야. 하지만 그런 위험을 감수하고 싶다면… 글쎄, 어쩌면 낯선 사람에게 맡기는 것보다는 나을지도 모르지. 수의사한테 데려가서 잠재우는 것보다는 분명 네 마음에 들 테고 말이야."

찰리는 대답하지 않았다. 닉시는 찰리 안에서 온갖 감정이 갈등하며 폭풍처럼 휘몰아치는 것을 느끼고는, 식당의 규칙을 깨기로 마음먹었다. 닉시는 자리에서 일어나 소년의 손을 핥았다.

찰리는 개의 귀를 붙들면서 우울한 목소리로 말했다. "알았어요, 아빠. 위험을 감수할게요. 닉시와 제가 함께 지낼 방법이 그것밖에 없다면요."

✳

닉시는 출발 전 며칠을 그리 즐겁게 보내지 못했다. 너무 많은 것이 변했기 때문이었다. 개다운 개라면 당연히 흥분을 즐기기 마련이지만, 집은 평화와 고요가 깃들어야 하는 공간이다. 집에서는 모든 것들이 실서정연해야 한나. 음식과 불은 항상 같은 자리에 있고, 물어 올 신문은 항상 같은 시간에 배달되고, 감시해야 하는 우유 배달부도 지정된 시간에 오고, 가구도 모두 제자리에 있어야 한다. 그러나 그 일주일 동안은 모든 것이 변해버렸다. 아무도 시간을 맞추지 못하고, 아무것도 제대로 정리되지 않았다. 괴상한 사람들이 집 안으로 쳐들어왔는데도(항상 주의를 기울여야 하는 문제다), 닉시는 들어온 이들에게 응분의 대가를 치르게 하기는커녕 제대로 된 항의조차 허락받지 못했다.

찰리와 찰리의 어머니 노라가 '다 괜찮을 거다'라고 열심히 달래고 있으니 받아들일 수밖에 없었다. 아무리 봐도 명백하게 안 괜찮은데도. 닉시는 영어 단어 수십 개 정도를 정확하게 알아들을 수 있었지만, 이 가족의 거의 모든 소유물이 팔려나가거나 버려지는 상황을 알아듣게 설명할 도리는 없었다. 설령 알아들었다고 해도 안심할 리는 없었을 테고. 견생에는 변하지 않는 것이 있는 법이다. 닉시는 이 가족이 그런 영원한 것 중에서도 첫째간다는 사실을 조금도 의심치 않고 살아왔다.

떠나기 전날이 되자 집 안은 침대를 제외하면 완전히 텅 비어버렸다. 닉시는 빠른 걸음으로 집 안을 돌아다니며 낯익은 물건들이 놓여 있던 자리를 킁킁거렸다. 혹시라도 자기 눈이 잘못된 것인지 코를 써서 확인하는 것이었다. 그리고 결과에 낙심해서 낑낑거리는 소리를 흘렸다. 이런 물리적 변화보다 더 거북한 것은 감정의 변화였다. 자신의 소유인 세 명의 인간 모두가 온전히 즐겁다고만은 할 수 없는 흥분의 기운을 풍기고 있었기 때문이었다.

그날 저녁에는 스카우트 모임에 가도 된다는 허락이 떨어져서 닉시도 조금이나마 초조함을 덜 수 있었다. 닉시는 보이스카우트 하이킹에 항상 참가해 왔다. 예전에는 모든 모임에 참석했지만, 지난겨울에 벌어진 사소한 사건 이후로는 야외 모임에만 참석할 수 있게 되었다. 닉시는 사람들이 너무 수선을 피운다고 생각했다. 그저 코코아를 조금 쏟고 컵을 조금 깼을 뿐인데. 게다가 어차피 그 고양이 잘못이었고.

그러나 이번 모임은 찰리가 지구에서 참석하는 마지막 스카우트 모임이었기 때문에, 특별히 허가를 받을 수 있었다. 닉시는 그 사실을 모르면서도 아주 기꺼이 특권을 즐겼다. 특히 모임이 끝나고 나서 파티가 열렸고, 핫도그와 팝콘을 마음껏 먹을 수 있었으니 말이다. 스카우트 단장인 매킨토시 씨가 찰리에게 탈퇴 확인서를 건넸다. 찰리의 스카우트 등급과 공로기장을 보증하고 금성의 스카우트단에 가입시켜달라고 청원하는 서류였다. 사람들이 손뼉을 치자, 닉시도 끼어들어 그보다 더 크게 짖으려고 애썼다.

단장이 다시 입을 열었다. "네 차례다, 립."

립은 상급 순찰대 반장이었다. 립은 자리에서 일어나 말했다. "다들 조용. 좀 조용히 하라고, 이 정신 나간 야만족 녀석들아! 찰리, 네가 떠나게 되어 다들 유감이라는 점은 굳이 설명할 필요가 없겠지. 그래도 우리는 모두 네가 금성에서 끝내주는 시간을 보내기를 바라고 있어. 보이 스카우트 22단에 가끔 엽서를 보내서 금성 이야기를 해주면 더욱 좋을 테고. 게시판에 모두가 볼 수 있도록 붙여놓을게. 어쨌든, 다들 작별 선물을 주고 싶었어. 그런데 매킨토시 씨가 그러시는데, 중량 제한이 아주 끔찍해서 우리가 무슨 물건을 줘도 배송료가 물건 가격보다 더 나오거나, 아니면 아예 가져갈 수도 없을 거라고 하시더라고. 그러면 딱히 선물을 주는 의미가 없겠지.

그러다 마침내 우리가 할 수 있는 일이 하나 떠올랐어. 닉시…."

닉시가 귀를 쫑긋 세웠다. 찰리는 부드럽게 말했다. "가만히 있어, 닉시."

"닉시는 거의 너만큼이나 오래 우리와 함께해왔지. 계속 주변을 돌아다니며 여기저기에 축축한 코를 들이밀고, 지금 초급인 단원들보다도, 심지어 일부 2급 단원보다도 오래 우리와 함께했어. 그래서 우리는 닉시에게도 탈퇴 확인서를 써주기로 했어. 네가 금성에서 가입하는 스카우트단에서도 닉시가 훌륭한 스카우트 단원이라는 점을 알아주도록 말이야. 지금 줘, 케니."

스카우트단의 서기가 탈퇴 확인서를 건넸다. 찰리의 서류와 내용은 같지만, 이름이 '닉시 본, 초급 스카우트'라고 적혀 있었고, 교묘하게 공로기장 부분은 언급하지 않았다. 서기와 단장과 순찰대 반장의 서명 아래로, 나머지 단원 모두가 동의하며 서명한 것이 보였다. 찰리는 서류를 닉시에게 보여주었고, 닉시는 코를 대고 킁킁거렸다. 모두가 박수갈채를 보내자 닉시도 즐겁게 자신을 향한 박수에 합류했다.

"하나 더 있어." 립이 덧붙였다. "이제 닉시도 정식으로 스카우트 단원이 됐으니까, 자기 기장을 달아야지. 모두 볼 수 있게 앞으로 내보내줘."

찰리는 그 말에 따랐다. 닉시가 펄럭이는 귀와 커다란 발밖에 보이지 않는 강아지였을 때, 스카우트 단원들은 찰리가 개 사육 공로기장을 받도록 함께 애썼고, 그 기장 덕분에 닉시는 훨씬 수월하게 찰리네 가족의 일원이 될 수 있었다. 이후 찰리는 공로기장 취득 과정의 기초 훈련에 관심이 생겼다. 그들은 함께 개 훈련소에 다녔고, 이제 닉시는 간단한 육성부터 복잡한 수신호에 이르는 온갖 명령에 익숙해졌다.

찰리는 지금 그런 신호 중 하나를 사용했다. 닉시는 소년의 손짓에 맞춰 앞으로 걸어나가서, 차렷 자세처럼 꼿꼿이 몸을 세우고 가슴 앞에 앞발을 가지런히 모으고 앉았다. 립은 닉시의 목줄에 초급 단원 기장을 달아주었고, 닉시는 수신호에 맞춰서 오른발을 경례하듯 들고 한 번 짧게 짖었다.

박수갈채가 우렁차게 울렸고, 닉시는 동참하고 싶은 마음에 몸을 움찔거렸다. 그러나 찰리가 '조용히 대기' 수신호를 보냈고, 닉시는 그 신호에 맞춰 박수 소리가 잦아들 때까지 조용히 경례 자세를 유지했다. 그리고 계속 침묵을 지키며 찰리의 곁으로 돌아와 앉았지만, 속으로는 흥분에 온몸이 떨리고 있었다. 방금 의식이 무슨 뜻이었는지 제대로 알아차리지는 못했지만, 어차피 수많은 초급 단원이 혼란에 빠지게 마련이니 큰 문제는 아니었다. 그러나 자신이 사람들의 주목과 친구들의 인정을 받았다는 점은 닉시도 잘 알고 있었다. 견생 최고의 날이라 할 수 있었다.

그러나 개 한 마리가 일주일 동안 겪기에는 흥분이 너무 과했던 모양이다. 찰리한테서 떨어져서 운반용 케이지에 들어가 화이트샌즈까지 비행하게 되자, 닉시의 흥분은 그만 임계점을 넘어버렸다. 찰리가 화이트샌즈 공항의 화물 보관소로 닉시를 찾으러 온 순간, 너무 안도한 나머지 강아지처럼 실수를 저질러버린 것이다. 닉시는 이후 한동안 끔찍한 수치심에 사로잡혔다.

닉시는 공항에서 우주항으로 이동하는 동안 잠잠해졌다가, 우주항의 어느 방으로 들어가자 다시 부산을 떨기 시작했다. 동물병원의 기분 나쁜 경험이 떠오르는 방이었기 때문이었다. 냄새도, 흰 가운을 걸친 사람도, 올라가면 반드시 얌전히 있어야 하고 이내 고통이 찾아오는 침대도 전부 똑같았다. 닉시는 침대를 앞두고 돌처럼 굳어버렸다.

"이리 와, 닉시!" 찰리가 엄격한 목소리로 말했다. "그러면 안 돼. 닉시, 이리 올라와!"

닉시는 나직하게 한숨을 쉬고는, 앞으로 나가 검사대 위로 뛰어올랐다. 그리고 떨리는 몸을 가누며 얌전히 서 있으려 애썼다.

"누우라고 해라." 흰 가운을 입은 남자가 말했다. "뒷다리의 큰 혈관에 주사를 놓아야 하니까."

닉시는 찰리의 명령에 따라 누웠고, 뒷다리 한쪽의 털을 깎고 소독을 하는 동안 몸을 떨면서도 얌전히 버텼다. 수의사가 혈관을 찾기 시작하자, 찰리는 닉시의 어깨에 손을 올려서 진정시키려 애썼다. 닉시는 이빨을 한번 드러내기는 했지만 으르렁거리지는 않았다. 소년의 마음속 공포가 심장 박동을 타고 닉시에게 전달되어, 닉시도 함께 겁을 먹고 있는데도.

순간 약물이 뇌에 도달했고, 닉시는 그대로 축 늘어졌다.

찰리의 공포가 꼭대기까지 치솟았지만, 닉시는 느끼지 못했다. 닉시의 작고 굳센 영혼이 다른 어딘가로, 그의 친구가 닿을 수 없는 곳으로, 시공간의 굴레를 벗어난 곳으로 떠나버렸기 때문이었다. 인간의 영혼이든 개의 영혼이든, 그 영혼을 포장하는 육신이 의식을 잃을 때 가는 곳으로.

찰리가 새된 소리로 물었다. "괜찮은 거예요?"

"음? 물론이지."

"어… 닉시가 죽은 줄 알았어요."

"심장 뛰는 소리를 들려줄까?"

"어, 아뇨. 괜찮다고 말씀해주셨으니 됐어요. 앞으로도 괜찮겠죠? 무사히 살아남게 되겠죠?"

의사는 찰리의 아버지를 슬쩍 바라보고 다시 소년을 돌아보다가 문득 찰리의 옷깃에 붙은 기장에 눈길을 주었다. "스카우트 별 단원이구나?"

"어, 네, 선생님."

"곧 독수리 단원이 되겠지?"

"그건… 노력할 거예요, 선생님."

"좋아. 잘 들어라, 얘야. 너희 개를 저쪽 선반에 올려놓으면, 한두 시간 안에 정상 수면 상태로 돌아갈 테고 내일쯤이면 자기가 의식을 잃었다는 것도 모른 채 팔팔하게 돌아다니게 될 거다. 하지만 저 아이를 냉동실로 데리고 들어가서 냉동수면 과정을 시작하면…." 그는 어깨를 으쓱했다. "사실 오늘만 해도 벌써 젖소를 80마리나 재웠단다. 40퍼센트만 살아나도 배송에 성공했다고 할 수 있지. 나는 최선을 다하는 거란다."

찰리는 창백한 얼굴이었다. 의사는 아이의 아버지와 소년을 번갈아 보았다. "얘야, 아이들을 위해 개를 구하는 사람을 알고 있단다. 네가 허락만 내리면, 이 아이의 육체가 자연에서 받을 수 없는 충격을 견디지 못할지도 모른다는 걱정은 할 필요도 없게 된단다."

찰스가 말했다. "어떻게 하겠니?"

찰리는 결정을 내릴 수 없어 고통스럽게 입을 다물고 서 있었다. 마침내 찰스가 날카롭게 말했다. "찰리, 앞으로 20분 안에 이민국에 들어가야 해. 어쩔 거야? 대답해라."

찰리는 아버지의 목소리도 듣지 못하는 듯했다. 소년은 소심하게 손을 내밀어, 초점 없이 허공을 바라보는 개의 몸을 간신히 건드렸다. 그리고 다음 순간, 휙 손을 빼며 목이 메어 소리쳤다. "아니에요. 우린 함께 금성에 갈 거예요!" 그러고는 몸을 돌려 방에서 뛰쳐나갔다.

수의사는 어쩔 수 없다는 듯 양손을 벌려 보였다. "노력은 했습니다만."

"저도 압니다, 선생. 고맙습니다." 찰스는 침중하게 대답했다.

✳

찰리네 가족은 통상의 이민 절차를 거쳤다. 날개가 달린 셔틀 로켓을 타고 내측 위성기지로 이동해서, 못생기고 날개도 없는 연결 로켓을 타고 외측 기지로 이동하고, 마지막으로 거대한 구형 화물선인 헤스페로스호로 옮겨탔다. 이동하고 갈아타는 데만 이틀이 걸렸다. 이후 찰리네 가족을 데리고 지구와 금성을 연결하는 타원 항로의 절반을 21주에 걸쳐 이동할 우주선이었다. 여행 시간은 명확하게 고정되어 있었다. 중력의 법칙과 양쪽 행성 궤도의 크기와 형태로부터 도출한 수치라 변할 수가 없었다.

처음에는 찰리도 끔찍하게 흥분했다. 지구의 강력한 손아귀에서 벗어나기 위한 끝내주는 고중력 가속은 기대한 대로 충격적이었다. 지구의 여섯 배에 해당하는 중력은 익숙해진 이들에게도 충격이 되었다. 몇 분후 셔틀 로켓이 자유낙하 궤도에 진입하자 찾아온 무중력 상태 역시, 찰리가 기대한 만큼 괴롭고 혼란스럽고 흥분되는 경험이었다. 너무 격렬해서, 항구토제를 먹지 않았더라면 분명 점심을 전부 토해버렸을 것이었다.

우주에서 본 지구는 천연색 스테레오 영상으로 본 모습과 똑같았다. 그러나 햄버거 사진과 진짜 햄버거를 비교했을 때처럼, 진짜 쪽이 훨씬 만족스러웠다. 외측 위성기지에서는 방금 명왕성에서 돌아온, 명성 높은 노드호프 선장의 실물을 보기도 했다. 찰리는 텔레비전과 신문 사진으로 눈에 익은 근엄하고 주름살 많은 얼굴을 바라보며 영웅도 다른 사람들과 마찬가지로 인간일 뿐이라는 사실을 깨달았다. 그 순간, 소년은 자신도 우주 비행사로서 유명한 모험가가 되겠다고 마음을 먹었다.

반면 헤스페로스호는 실망스러웠다. 외측 기지를 떠날 때의 '발진'은 지구 중력의 10분의 1에서 슬쩍 밀듯이 부드럽게 이루어졌다. 지구를 떠나는 셔틀의, 영혼을 뒤흔들고 뼈를 깎아내고 귀를 먹먹하게 만드는 발진과는 비교도 할 수 없었다. 게다가 엄청 넓은데도 끔찍하게 붐볐다. 선장은 5개월 후에 금성에 닿도록 항로를 조정한 다음, 우주선을 회전시켜 승객들에게 인공 중력을 선사했다. 덕분에 찰리는 그동안 즐기는 법을 익혔던 무중력의 감각을 잃어버리게 되었다.

찰리가 견딜 수 없는 지루함에 사로잡히기까지는 정확히 닷새가 걸렸다. 그리고 앞으로 남은 여정은 5개월이었다. 찰리는 부모님과 함께 비좁은 선실을 사용하며, '밤'이 되면 부모님의 침대 사이에 걸어놓은 해먹에서 잠을 청했다(우주선에서는 그리니치 표준시를 사용했다). 해먹을 걸면 방 안에 남는 공간이 전혀 없었다. 심지어 해먹을 접어 넣어도 한 사람씩 옷을 갈아입어야 할 정도였다. 유일한 오락 공간은 식당뿐이었는데, 그곳도 항상 끔찍하게 붐볐다. 찰리가 있는 구역에는 관측창도 하나뿐이었다. 처음에는 사람으로 북적였지만, 며칠이 지나자 애들조차 근처에 가지 않게 되었다. 항상 같은 풍경이었으니까. 수많은 별이 빛날 뿐이었으니까.

선장의 지시에 따라, 승무원들은 승객의 '선내 관광' 신청을 받기 시작했다. 찰리는 2주째에 들어서야 기회를 얻을 수 있었다. 우주선 내부의 공개된 구역을 오르락내리락하고, 동력실을 슬쩍 구경하고, 신선한 공기와 일부 식량을 공급해주는 수경재배 농장은 조금 더 오래 구경하고, 성스러운 땅에서도 가장 성스러운 장소인 통제실을 문 너머로 10초 동안 엿보기도 했다. 지루함을 주체하지 못하는 기색이 역력한 하급사관이 옆에서 설명을 곁들이며 따라다녔다. 하지만 투어는 2시간 만에 전부 끝나버렸고, 찰리는 다시 끔찍하게 북적이는 자기 구역에 틀어박히는 신세가 되었다.

상부 전면에는 특등 손님을 위한 객실이 있었다. 사관실만큼이나 널찍한 개인 전용실을 사용하고, 장교 라운지의 사치를 마음껏 누리며 여행하는 손님들이었다. 찰리는 거의 한 달 동안이나 우주선에 그런 이들이 있다는 사실조차 모르고 있었다. 그러나 그 사실을 발견한 찰리는 이내 의분을 터뜨렸다.

아버지가 찰리를 붙들고 일렀다. "돈을 냈으니 그럴 권리가 있어."

"네? 하지만 우리도 돈은 냈잖아요, 아빠. 왜 저 사람들만 저런…."

"사치스러운 여행을 할 만큼 돈을 낸 거야. 저 일등석 표는 우리보다 세 배는 비싸니까. 우리는 이민자 특가로 교통비와 음식과 잘 곳을 얻어냈을 뿐이고."

"공정하지 않은 것 같아요."

찰스는 어깨를 으쓱했다. "우리가 돈을 내지 않은 것을 달라고 할 수는 없지 않을까?"

"어…, 그럼요. 아빠, 그런데 저 사람들은 어떻게 저렇게 돈이 많은 거예요? 우리는 돈이 없어서 저렇게 사치스러운 여행을 할 수 없다는 거잖아요."

"좋은 질문이로구나. 아리스토텔레스부터 시작해서 여러 철학자가 그 답을 알아내려 애써왔단다. 언젠가는 네가 말해줄 수 있을지도 모르지."

"네? 그게 무슨 소리예요, 아빠?"

"질문으로 대꾸하면 못 쓴다. 찰리, 나는 지금 너를 새로운 행성으로 데려가고 있어. 거기서 노력하면 부자가 될 수 있을지도 모르지. 그런 다음에 부자들이 가난한 사람들은 손도 못 대는 사치를 누리는 이유를 내게 설명해주는 건 어떨까."

"하지만 우린 가난하지 않잖아요!"

"그래, 가난하지 않지. 하지만 부자도 아니야. 어쩌면 네게 부자가 될 동기는 생겼을지도 모르겠구나. 적어도 한 가지는 분명하니까. 금성에서는 네 주변 어디에나 기회가 있을 거야. 이런 이야기는 그만하자꾸나. 그러지 말고 저녁 식사 전에 게임 한판 어때?"

찰리는 우주선에서 기깅 출룹힌 구역에 들어갈 수 없나는 사실이 여전히 마음에 들지 않았다. 소년은 지금껏 승객이든 시민이든 아래쪽 계급으로 분류되어본 경험이 한 번도 없었다. 이런 기분은 별로 마음에 들지 않았다. 찰리는 금성에 가서 부자가 되겠다고 결심했다. 사상 최대의 우라늄 광맥을 발견할 것이다. 그러면 원할 때는 언제나 일등석을 타고 금성과 지구 사이를 오갈 수 있을 것이다. 그러면 저 위에 틀어박힌 속물들한테 본때를 보여주는 셈이겠지!

문득 찰리는 이미 유명한 우주 비행사가 되겠다고 마음먹었다는 사실을 기억해냈다.

뭐, 둘 다 할 수도 있으니까. 우주 항공사를 사들여야지…. 그리고 우주선 중 하나를 개인용 요트로 사용하는 거야. 그러나 헤스페로스호가 여정의 절반을 지날 때쯤, 찰리는 이런 생각을 까맣게 잊어버렸다.

이민자들은 우주선 승무원과 거의 마주칠 수도 없었지만, 찰리는 슬림이라는 별명을 가진 날씬한 이민자 담당 조리사와 친해졌다. 요리사들 사이에서 흔히 찾아볼 수 있는 외모 때문에 붙은 별명이었다. 온종일 자신이 만든 음식을 맛보느라 배가 불룩 튀어나왔기 때문이었다.

다른 우주선들과 마찬가지로, 헤스페로스호 또한 우주 항법사와 기술공을 제외한 다른 모든 분야에서 인력 부족에 시달리고 있었다. 공간이 남으면 승객을 더 태울 수 있는데, 조리사 보조 따위를 고용할 여유가 있겠는가? 높은 임금을 주더라도 보조 없이 생산라인의 기적을 일으킬 수 있는 조리사를 고용하는 편이 경제적이었다. 슬림은 그런 일이 가능한 사람이었다.

하지만 보조가 있어서 나쁠 일은 없었다. 찰리는 요리 공로기장을 받은 데다, 언제나 지시에 따를 줄 알았기 때문에 이내 슬림의 총애를 받는 자원봉사 보조 요원이 되었다. 덕분에 찰리는 남는 시간을 쓸 곳도 생기고, 샌드위치와 과자도 마음껏 먹고, 슬림과 대화를 나누며 온갖 지식을 얻어듣게 되었다. 슬림은 대학은 다니지 않았어도 항상 모든 일에 호기심을 가지는 사람이었다. 그는 지금까지 탑승한 여러 우주선의 도서실에서 읽을 가치가 있는 책은 전부 읽었고, 태양계의 거주 행성에 갈 때마다 두 눈을 크게 뜨고 모든 것을 흡수했다.

"슬림 아저씨, 금성은 어떤 곳이에요?"

"음, 책에 나온 것과 별로 다르지 않던데. 비가 주룩주룩 내리고. 덥고. 우리가 착륙할 보레알리스는 별로 나쁘지 않은 곳이지."

"그건 알아요. 하지만… 진짜로 어떤 곳이냐고요."

"조금만 있으면 직접 느낄 거 아니니? 저쪽 스튜 좀 젓고… 단파 조리기 전원도 올려라. 한때는 금성에 사람이 살 수 없다고들 생각했다는 사실 알고 있어?"

"어? 아뇨, 몰랐어요."

"진짜야. 우주로 나갈 수 없던 시절에는, 과학자들은 금성에 산소도 물도 없다고 생각했다니까. 모래바람이 몰아치고 숨 쉴 공기도 없는 사막이라고 생각했지. 그리고 과학의 논리에 따라 전부 증명해냈고."

"하지만 어떻게 그런 실수를 할 수가 있어요? 그러니까, 저렇게 구름이 가득 덮여 있는데…."

"구름에서 수증기를 발견할 수 없었단다. 분광기로 확인할 수가 없었던 거지. 하지만 이산화탄소는 잔뜩 있었고, 지난 세기의 과학으로 금성에 생명이 살 수 없다는 사실을 증명해냈다고 생각한 거지."

"무슨 과학이 그래요! 옛날 사람들은 정말 아는 게 없었나 봐요."

"우리 선조들을 깎아내리면 안 돼. 그런 사람들이 없었더라면 우린 아직도 동굴에 쭈그려 앉아서 벼룩으로 가득한 몸을 벅벅 긁고 있을 테니까. 사실 옛사람들은 상당히 머리가 좋았단다. 다만 모든 사실을 알지 못했을 뿐이지. 오늘날 우리는 더 많은 것을 알고 있지만, 그렇다고 해서 더 똑똑해진 것은 아니야. 저쪽에 비스킷 좀 이리 가져와라. 나는 이렇게 생각해. 스튜의 내용물을 알고 싶으면 먹어보는 수밖에 없지… 심지어 맛을 봐도 확신할 수 없을 때도 있어. 금성은 상당히 괜찮은 행성이라는 사실이 밝혀졌어. 적어도 오리가 살기에는. 금성에 오리가 살았다면 그랬을 거라는 얘기다. 물론 없지만."

"금성이 마음에 드세요?"

"너무 오래 머물지 않아도 되는 곳이라면 어디든 마음에 들더구나. 좋아, 그럼 굶주린 군중을 먹이러 가보실까."

헤스페로스호의 음식은 고약한 숙소 상태를 벌충해줄 만큼 훌륭했다. 부분적으로는 슬림의 천재적인 능력 덕분이었지만, 우주선의 식량은 무게 단위로 계산하기 때문이기도 했다. 지구에서 식재료를 사들이는 비용은 그걸 지구에서 떠나보내는 비용에 비하면 새 발의 피에 지나지 않았다. 최고급 스테이크조차 우주여객업 경영자의 입장에서는 같은 무게의 쌀보다 아주 조금 더 비쌀 뿐이었다. 게다가 스테이크가 남으면 지구 음식을 갈망하는 개척지 주민들에게 비싼 값에 팔아먹을 수 있었다. 그 덕분에 이민자들도 일등석 손님들만큼이나 훌륭한 음식을 즐길 수 있었다. 뛰어난 서비스나 화려한 주변 환경은 누릴 수 없었지만. 준비를 마친 슬림은 식당으로 이어지는 격벽을 열었고, 찰리는 스카우트 캠프의 배식을 맡았을 때처럼, 식판을 들고 줄지어 선 승객들에게 훌륭한 음식을 배식해주었다. 찰리는 이 일이 마음에 들었다. 자기도 이곳의 승무원이, 즉 우주 비행사가 된 듯한 기분이 들었으니까.

찰리는 닉시를 걱정하지 않으려 애썼다. 걱정할 일은 아무것도 없다고 계속 되뇌고 있었다. 중간점을 통과하고 한 달이 흘러서 금성에 도착할 때까지 6주밖에 남지 않은 시점에서, 찰리는 슬림에게 닉시 이야기를 꺼냈다. "있잖아요, 슬림 아저씨. 이런 쪽으로는 모르는 게 없잖아요. 닉시는 괜찮을 거예요… 그렇죠?"

"거기 주걱 좀 이리 다오. 음, 우주에서 멍멍이를 본 적이 있는지 기억이 안 나는구나. 고양이는 여럿 봤지… 고양이는 우주에 어울리는 동물이니까. 깨끗하고 깔끔하고 쥐를 잡아주기도 하지."

"저는 고양이 별로 안 좋아해요."

"고양이를 키워본 적이 없구나? 그래, 없을 줄 알았다. 네가 아무것도 모르는 대상을 안 좋아하다니, 조금 뻔뻔한 것 아니니? 일단 고양이를 데리고 살아본 다음에 네 생각을 말하렴. 그러기 전까지는… 너는 의견을 가질 권리가 없는 거란다."

"네? 무슨 소리예요. 누구든 자기 의견을 가질 권리는 있다고요!"

"무슨 말도 안 되는 소리냐, 꼬맹아. 자기가 무지한 일에 대해서는 의견을 가질 권리 따위는 없는 거야. 선장이 지금 나를 찾아와서 케이크 굽는 법을 가르치려 든다면, 나는 정중하게 내 일에 참견하려 들지 말라고 일러줄 거다. 마찬가지로, 나도 선장에게 화성의 진입궤도를 계산하는 법을 설명하려 들지 않지."

"슬림 아저씨, 그런 이야기를 하던 게 아니잖아요. 닉시는요? 닉시는 괜찮을 거예요… 그렇죠?"

"같은 이야기다. 나는 모르는 일에 대해서는 의견을 내세우지 않거든. 애석하게도 나는 개에 대해서 아는 바가 없구나. 어릴 적에 키워본 적도 없고. 대도시에서 자랐거든. 이후로는 쭉 우주에만 있었지. 개 없이."

"그만 좀 해요, 슬림 아저씨! 지금 회피하시는 거잖아요. 냉동 수면에 대해서는 알 거 아니에요. 아저씨가 안다는 거 저도 알아요."

슬림은 한숨을 쉬었다. "꼬맹아, 너도 그리고 나도 결국 언젠가 죽을 거다. 너희 멍멍이도 마찬가지지. 그 사실만은 어떻게 해도 피할 수가 없어. 만약 이 배의 반응로가 폭발하기라도 하면, 우리는 천사들이 날아와서 고리를 씌워주기 전까지는 무슨 일이 일어났는지도 모르고 있을 거야. 그런데 너희 개가 냉동 수면에서 깨어날지를 놓고 조바심을 낼 필요가 있겠니? 무사히 깨어나면 애초에 필요 없는 걱정을 한 셈이고… 깨어나지 못하더라도 너로서는 어찌할 도리가 없는데."

"그러니까 깨어나지 못할 거라고 생각한다는 거예요?"

"그런 말은 안 했다. 걱정하는 게 어리석은 일이라고 말했을 뿐이야."

그러나 찰리는 걱정을 멈출 수 없었다. 슬림과 대화를 나눈 덕분에 표면으로 떠오른 걱정은, 금성에 도착하는 날이 가까워질수록 점점 커져만 갔다. 마지막 한 달은 그전의 끔찍한 넉 달을 합친 것보다도 길게 느껴졌다.

반면 닉시에게 시간은 아무 의미도 없었다. 삶과 죽음의 경계에 사로잡힌 닉시는 엄밀히 말해 헤스페로스호에 탑승하고 있다고 말하기 힘들었다. 도리어 아무도 모를, 시간에서 벗어난 장소에 있었다고 해야 옳을 것이다. 우주선의 냉동고에 햄 덩어리처럼 수납된 물건은, 닉시가 아니라 닉시가 남긴 작은 털투성이 시체일 뿐이었다.

이내 선장은 우주선의 속도를 줄여 진입궤도에 맞춘 다음, 금성의 한 개뿐인 위성 기지 옆 정지궤도에 돌입했다. 선적물 이동과 정신이 나갈 것 같은 지루한 기다림이 끝나자, 찰리네 가족은 날개 달린 연락선인 큐피드호를 타고 금성의 구름을 뚫고 들어가 북극점 정착지인 보레알리스에 착륙했다.

그러나 정신이 나갈 것 같은 기다림의 시간은 끝나지 않았다. (닉시를 포함한) 화물은 승객이 모두 내린 다음에야 하역을 시작할 예정이었고, 거대한 헤스페로스호에는 작은 큐피드호와는 비교도 할 수 없을 정도로 많은 사람이 탑승해 있었기 때문이었다. 이민자들은 방역을 위해 입국장에 붙들려 있게 되므로, 화물 보관소에 가서 닉시에 관해 물어볼 수도 없었다. 승객들은 다들 우주선을 타고 오는 5개월 동안 금성의 다양한 위험에 대비하는 예방주사를 맞았다. 도착한 후에도 지구의 질병이 옮겨 오지 않도록 훨씬 철저하게 검사와 관찰을 수행했고, 우주선에서는 불가능한 추가 접종도 있으니 그대로 대기할 수밖에 없었다. 찰리는 시큰거리는 팔을 부여잡고 마음을 좀먹는 초조함을 애써 다스리며 시간을 보냈다.

지금까지 밖을 내다본 것은 한 번뿐이었다. 어두워지지도 밝아지지도 않는, 영원히 구름이 걷히지 않는 하늘이 펼쳐져 있었다. 보레알리스는 금성의 북극점에 있으며, 금성의 자전축은 거의 곧게 서 있다. 눈에 보이지 않는 태양은 지평선에 바짝 붙어 돌면서, 기껏해야 몇 도 정도 위아래로 움직일 뿐 뜨지도 지지도 않았다. 정착지 전체가 영원한 황혼에 휩싸여 있었다.

찰리는 지구의 10분의 9 수준으로 중력이 작다는 사실조차 알아차리지 못했다. 원래라면 느낄 법한 차이였지만, 지구의 중력을 느낀 지도 너무 오래 지나버렸고, 헤스페로스호는 원심력이 가장 강하게 느껴지는 외곽 구역에서조차 3분의 1 수준의 중력을 유지했다. 따라서 찰리는 몸이 가벼워지기는커녕 도리어 무거워진 느낌을 받았다. 이미 소년의 발은 오래전에 원래 몸무게를 잊어버린 것이다.

거기다 금성의 광대한 정글을 지탱하는 높은 이산화탄소 농도(약 2퍼센트 정도) 또한 느낄 수 없었다. 한때는 이산화탄소 농도가 높은 공기를 꾸준히 들이마시면 목숨이 위험하다고 믿은 적도 있었다. 그러나 우주여행이 현실로 다가오기 한참 전인 1950년대에, 이미 여러 실험을 통해 고농도의 이산화탄소가 몸에 해롭지 않다는 사실이 증명되었다. 찰리는 전혀 아무런 느낌도 받을 수 없었다.

종합해보면, 찰리는 어느 지구 열대지방 공항의 숙소 건물에 갇혀 지루하게 시간을 보내는 것이나 크게 다를 것이 없는 상황이었다. 아버지는 전화나 멸균 회의용 공간을 통해 새 고용주와 대화하고 거주지를 조율하느라 바빠서 찰리를 상대할 시간이 없었다. 어머니와도 별로 대화를 할 수가 없었다. 노라는 기나긴 여행에 탈진해서 거의 모든 시간을 누운 채로 보냈기 때문이었다.

도착한 지 9일째 되는 날, 찰리는 입국장의 오락실에 앉아서 타들어가는 마음을 부여잡은 채로 지구에서 다 읽은 책을 다시 읽고 있었다. 갑자기 아버지가 들어오며 말했다. "따라와."

"어? 무슨 일인데요?"

"이제 네 개를 살려내려 시도할 거야. 그 모습을 지켜보고 싶겠지? 아니, 차라리 안 보는 게 좋으려나? 나 혼자 갔다가… 돌아와서 일이 어떻게 됐는지 알려줄 수도 있어."

찰리는 마른침을 삼켰다. "직접 보고 싶어요. 갈 거예요."

두 사람이 도착한 방은 닉시를 삼새웠던 와이브샌스의 방과 비슷한 모양새였다. 다만 탁자가 있어야 할 자리에 사방에 유리를 두른 우리처럼 보이는 장치가 있을 뿐이었다. 상자 바로 옆에는 유리 상자와 연결된 복잡한 장치를 이리저리 조율하는 남자가 보였다. 남자는 고개를 들고 말했다. "무슨 일입니까? 지금 바쁜데요."

"제 이름은 찰스 본이고 이쪽은 제 아들인 찰리입니다. 이 아이가 개의 주인입니다."

남자는 얼굴을 찌푸렸다. "내 메시지 못 받았습니까? 아, 나는 재커 박사입니다. 너무 이르게 왔어요. 지금 막 개를 해동하기 시작했습니다."

찰스가 말했다. "잠깐 여기 있어라, 찰리." 그리고 아버지는 방을 가로질러 가서 낮은 소리로 재커 박사에게 속삭였다.

재커 박사는 고개를 저었다. "밖에서 기다리는 게 나을 겁니다."

찰스는 다시 조용히 말했다. 재커 박사가 대답했다. "이해를 못 하시는군요. 지금은 제대로 된 장비도 없는 상황입니다. 병원 실험용 원숭이한테 쓰는 강제 호흡기를 대신 사용해야 할 지경입니다. 애초에 개한테 쓰는 물건이 아닌데도요."

그들은 잠시 속삭이며 말씨름을 벌였다. 방 바깥에서 확성기를 통해 목소리가 울려와 두 사람의 말을 끊었다. "97-X번 준비 끝났습니다, 박사님. 그 개 말입니다."

재커 박사는 마주 소리쳤다. "들여오게!" 그리고 찰스를 돌아보며 말을 이었다. "좋습니다. 방해는 못 하게 하십시오. 그래도 나는 밖에서 기다리는 편이 낫다고 생각합니다만." 그는 더 이상은 신경 쓰지 않겠다는 듯 돌아섰다.

남자 두 명이 큼지막한 쟁반을 들고 들어왔다. 별로 크지 않은 물체가 쟁반에 놓여 있고, 그 위로 칙칙한 푸른색 천이 덮여 있었다. 찰리가 속삭였다. "저게 닉시예요?"

"그런 것 같구나." 아버지도 낮은 소리로 대답했다. "조용히 하고 잘 지켜봐라."

"가서 보면 안 돼요?"

"움직이지도 입을 열지도 말고 얌전히 서 있어. 안 그러면 의사 선생 한테 쫓겨날 거다."

안으로 들어온 사람들은 아무 말 없이 빠른 속도로 움직이기 시작했다. 무수히 연습해서 숙달된 것처럼, 빠르고 완벽하게 정확한 움직임이었다. 남자 하나가 유리 상자를 열었다. 다른 남자는 쟁반을 안으로 넣고 그 위에 덮은 천을 벗겼다. 죽은 것처럼 축 늘어진 닉시의 모습이 드러났다. 찰리는 숨을 멈추었다.

조수 한 명이 닉시의 작은 몸을 앞으로 당겨 목에 고리를 채운 다음, 단두대처럼 칸막이를 그 위로 씌우고 재빨리 손을 뺐다. 다른 조수가 개를 넣었던 유리문을 서둘러 닫아서 밀봉 상태로 만들었다. 이제 닉시는 몸을 유리 상자 안에 넣고 머리만 칸막이 밖으로 뺀 채로, 유리로 만든 관 안에 단단히 갇힌 모습이 되었다. "순환 시작!"

첫 번째 조수는 이렇게 말하면서, 동시에 계기판에서 눈을 떼지 않은 채로 스위치 하나를 올렸다. 재커 박사는 밖에서 닉시의 몸을 만질 수 있도록 상자 옆에 붙인 고무장갑에 손을 집어넣었다. 의사는 빠른 동작으로 이미 상자 안에 놓여 있던 피하주사를 들어 닉시의 옆구리에 깊숙이 찔러 넣었다.

"강제 호흡 시작."

"심장이 뛰지 않습니다, 박사님!"

서로 경쟁하듯 보고하는 목소리가 울렸다. 재커 박사는 다이얼과 개를 번갈아 보고는 욕설을 내뱉었다. 의사는 다른 바늘을 손에 들었다. 눈은 다이얼에 고정한 채로, 이번 바늘은 조금 더 부드럽게 찌르고, 약도 조금 더 조심스레 밀어 넣었다.

"심실세동 발생."

"말 안 해도 보여!" 재커 박사는 쏘아붙이듯 대꾸하고는, 피하주사기를 내려놓고 호흡 보조기의 리듬에 맞추어 개를 주무르기 시작했다.

다음 순간, 닉시가 고개를 들고 울부짖었다.

＊

재커 박사는 1시간이 더 지난 다음에야 개를 찰리에게 넘겼다. 그동안 케이지는 거의 계속 열려 있고 닉시도 혼자 힘으로 호흡을 유지했지만, 장비는 전부 연결된 채였다. 혹시라도 심장이나 허파가 생명을 유지하는 방법을 다시 배우다 지쳐버릴 경우를 대비한 것이었다. 그러나 그동안에는 찰리도 그 옆에 서서 만지고 다독이고 쓰다듬으며 진정시켜도 된다고 허락을 받을 수 있었다.

마침내 의사가 닉시를 들어 찰리의 품에 안겨주었다. "좋아, 데려가도 된다. 하지만 안정을 취하게 해줘야 한다. 앞으로 10시간 동안은 뛰어 돌아다니면 곤란하다. 그리고 너무 안정시켜도 안 된다. 잠들게 놔두지 말아라."

"왜 안 된다는 겁니까, 선생?" 찰스가 물었다.

"때론 성공했다고 생각했는데 그대로 드러눕더니 영영 일어나지 않는 경우가 생기기 때문입니다. 마치 잠시 맛본 죽음이 마음에 들었다고 말하는 것처럼요. 이 개는 아슬아슬하게 살아 돌아왔습니다. 7분 안에 뇌로 혈액이 공급되지 않으면 끝이었으니까요. 그보다 오래 걸렸다면… 뭐, 뇌가 영구적인 손상을 입어서 차라리 고통을 끝내주는 편이 나을 상황이 되었겠지요."

"그럼 제시간에 살아난 거죠?" 이번에는 찰리가 물었다.

재커는 성난 목소리로 대꾸했다. "그러지 않았다면 내가 개를 데려가도 좋다고 허락을 했을 것 같으냐?"

"죄송해요."

"최대한 안정을 취하되 너무 안정시키지는 않도록 해라. 잠들게 놔두면 안 된다."

찰리는 진지하게 대답했다. "그렇게 할게요, 선생님. 닉시는 괜찮을 거예요. 느낄 수 있어요."

찰리는 밤새 닉시 곁에 붙어서 말을 걸고, 쓰다듬고, 안정을 취하면서도 잠들지는 않도록 애썼다. 어머니도, 아버지도 찰리에게 자러 가라는 말을 꺼낼 수 없었다.

2

닉시는 금성이 마음에 들었다. 코를 간지럽히는 천 가지 새로운 냄새는 하나씩 조사해볼 필요가 있었다. 귓가에 울리는 셀 수 없이 많은 새로운 소리도 하나씩 목록으로 정리해야 했다. 찰리네 가족, 특히 찰리의 정식 보호자인 닉시에게는 모든 새로운 현상을 차근차근 점검하고 자기 사람들에게 안전한지를 판별해야 하는 의무가 있었다. 닉시는 기꺼운 마음으로 임무 수행에 들어갔다.

닉시가 이동용 우리에 실려 화이트샌즈까지 간 이후, 훨씬 먼 거리를 여행해 왔다는 점을 알아차렸을 리는 없을 것이다. 닉시는 자신의 삶에서 5개월이 잘려 나갔다는 사실을 전혀 알지 못한 채로 새로운 삶에 적응했다. 닉시는 찰리네 가족이 배정받은 아파트에 들어가자마자 모든 것을 철저하게 점검했고, 밤마다 전부 제자리에 있고 안전한지를 확인한 다음, 찰리의 침대 발치에 자기 자리를 만들고는 몸을 둥글게 말아 코 위에 꼬리를 올렸다.

닉시는 이곳이 새집이라는 사실을 알고 있으면서도 향수병에 빠지지 않았다. 저번 집도 만족스러운 곳이었고 떠나고 싶다는 생각은 해본 적도 없기는 했지만, 그래도 이번 집이 나았기 때문이었다. 이곳에는 찰리가 있고(찰리가 없는 곳을 집이라 부를 수는 없었다) 끝내주는 냄새도 잔뜩 있을 뿐 아니라, 사람들이 좀 더 친절하기도 했다. 과거에는 화단을 비롯한 여러 사소한 장소에서 까다롭게 구는 사람들이 많았는데, 여기 온 다음부터는 닉시를 꾸짖거나 쫓아내는 사람이 한 명도 없었다. 도리어 반대로, 사람들은 닉시에게 말을 걸고 쓰다듬고 먹을 것을 주지 못해서 안달을 냈다. 사실 인기의 근원은 단순히 산술적인 이유였다. 보레알리스의 주민은 5만5천 명에 이르지만 개는 열한 마리밖에 없었다. 따라서 제법 많은 개척민이 인간의 오랜 친구를 접하지 못해 향수병을 앓고 있었다. 닉시는 이런 사실은 전혀 몰랐지만 별로 개의치 않았다. 이유를 고민하느라 머리를 싸매지 않고 삶을 즐기는 능력이 뛰어난 덕분이었다.

찰리의 아버지 찰스에게도 금성은 만족스러웠다. 금성 화학합성 유한 회사에서 찰스가 맡은 직무는 지구에서 하던 일과 별로 다르지 않았다. 단지 더 많은 돈을 받고 더 많은 책임을 지는 지위에 올랐을 뿐이었다. 회사에서 제공하는 거주공간도 지구에 두고 온 집만큼 편안했다. 찰스는 몇 년 만에 처음으로 가족의 미래를 걱정하지 않고 살 수 있게 되었다.

찰리의 어머니 노라는 금성이 견딜 만한 곳이라고 생각했지만, 제법 오랫동안 향수병에 시달렸다.

찰리는 일단 닉시를 깨우는 과정에서 처음에는 근심을, 뒤이어 기쁨을 겪은 후로는, 금성이 자신의 기대보다 덜 이상하고 제법 흥미로운 곳이라는 사실을 깨달았으며, 향수병도 조금 앓았다. 그러나 머지않아 향수병은 사라졌다. 금성이 새로운 고향이 되었기 때문이었다. 이제 찰리에게는 명확한 꿈이 생겼다. 개척자가 되는 것이다. 소년은 어른이 되면 남쪽으로 가서, 지도에도 없는 깊은 정글에 자신의 농장을 꾸릴 계획을 세웠다.

금성을 한 단어로 표현할 수 있다면 '정글'이 될 것이다. 개척지는 정글의 풍요로운 산물에 의지해 살아갔다. 보레알리스 정착지의 건물이나 우주항이 건설된 토지는 굶주린 정글과 싸워 간신히 확보한 곳이었다. 우선 불로 태워 없애고, 진흙탕을 굳히는 화학물질을 섞어 안정시킨 다음, 그렇게 얻어낸 토양에 독성 물질을 뿌리는 것이다. 그런 다음에도 확보한 땅을 비집고 올라오는 강건한 녹색 생존자를 다시 태우고 자르고 독을 뿌려야 했다.

찰리네 가족은 새로 확보한 땅에 지은 큼지막한 아파트 건물에 살았다. 현관문을 나서면, 고작 30미터 떨어진 곳에서 불에 그슬리고 중독된 토양이 끝나며, 암녹색의 울창한 장벽이 공터의 너비보다도 더 높이 솟아 있었다. 그러나 무심한 정글은 포기하는 법이 없었다. 빛 에너지를 찾으려고 모든 생명력을 투자하는 덩굴손이, 빛을 따라 더듬거리며 끈덕지게 열린 공간으로 비집고 나왔다. 덩굴이 자라는 속도는 엄청났다. 찰스가 아침 식사를 마치고 출근하려고 정문을 나서다 앞길이 막힌 것을 발견하는 날도 있었다. 찰리네 가족이 잠들어 있는 동안 덩굴 하나가 덩굴손으로 몸을 지탱하며 30미터의 죽은 토양을 건너와서, 건물 바로 앞에서 뿌리를 내린 것이었다.

도시의 순찰 경관들은 화염방사총을 장비하고 있으며, 대부분의 업무 시간을 이런 끈질긴 침입자를 제거해 돌려보내는 일에 사용했다. 경찰의 법 집행 능력은 충분했지만, 체포까지 이르는 일은 거의 없었다. 보레알리스는 범죄가 거의 없는 도시였다. 사람들이 날것 그대로의 자연과 사투를 벌이느라 너무 바빠서, 딱히 경관들이 신경 쓸 일을 일으키지 않기 때문이었다.

그러나 정글은 적이자 동시에 친구기도 했다. 정글의 풍요로운 생태계는 이미 금성에 도착해 있는 수천 명의 사람뿐 아니라 수백만, 수십억의 사람들에게도 충분한 식량을 공급해줄 수 있었다. 정글의 토양 아래에는 토탄이 가득했고, 더 깊이 들어가면 수백만 년 동안 풍요롭게 번성한 정글의 선물인 두꺼운 석탄층이 깔려 있었다. 석유도 누군가가 퍼 올리기만을 기다리고 있었다. 제트콥터를 이용한 화산지대의 공중 탐사 결과에 따르면, 인간이 뚫고 들어갈 수 있는 위치에 우라늄과 토륨 광맥이 존재할 가능성도 있었다. 무한한 부를 약속하는 행성이었다. 나약한 자들은 손댈 수 없겠지만.

∗

찰리는 이내 금성이 나약한 자를 위한 곳이 아니라는 사실을 실제 경험으로 깨닫게 되었다. 아버지가 데려간 학교에서, 찰리는 드소토 선생님이 가르치는 학년에 배정받았다. 교실은 딱히 매력적이지는 않았다. 찰리의 표현을 빌자면 암울한 공간이었지만, 딱히 놀랄 일은 아니었다. 보레알리스의 건물은 대부분 그리 멋진 생김새는 아니었으니까. 푸석푸석한 통나무나 정글 식물로 만든 섬유질 합판을 건축 자재로 사용하기 때문이었다.

그러나 학교 자체도 암울했다. 찰리는 예상보다 한 학년 아래로 편입되는 굴욕을 겪었다. 게다가 수업은 딱딱했고 드소토 선생님은 교사 일에 재능이 없었다. 아니, 어쩌면 재미난 수업을 하려는 생각 자체가 없는지도 몰랐다. 화가 치민 찰리는 공부를 게을리했다.

3주 후 어느 날, 드소토 선생님이 방과 후에 찰리를 불렀다. "찰리, 뭐가 문제냐?"

"어? 아니, 왜 그러세요, 선생님?"

"무슨 말인지 알잖니. 내 수업을 들은 지 거의 한 달이 지났다. 그런데 그동안 아무것도 배우지 못했구나. 수업이 싫은 거야?"

"네? 무슨 말씀이세요, 당연 아니죠."

"'당연 아니죠'는 잘못된 표현이다. 어쨌든 그래서, 배우고 싶기는 하다는 말이로구나. 그런데 왜 아무것도 배운 게 없는 거냐?"

찰리는 아무 말 없이 서 있었다. 찰리는 드소토 선생님에게 호러스만 중학교가 얼마나 끝내주는 곳이었는지, 스포츠팀이며 밴드며 학생 연극이며 학생회 등이 얼마나 대단했는지(이 터무니없는 학교에는 학생회조차 없었다!), 학생이 직접 선택하는 학습 계획이 얼마나 훌륭했는지, 봄 소풍이나 깜짝 휴일이 얼마나 즐거웠는지, 그 모든 것을 알려주고 싶었다. 아, 젠장!

그러나 드소토 선생님의 말은 끝나지 않았다. "마지막으로 다닌 학교가 어디냐, 찰리?"

찰리는 선생님을 물끄러미 바라보았다. 설마 찰리의 성적 증명서도 제대로 읽지 않은 걸까? 그러나 찰리는 충실히 설명한 다음 이렇게 덧붙였다. "거기서는 한 학년 위였어요. 아마 같은 학년을 반복하느라 지겨운 것 같아요."

"나도 그렇다고 생각한다. 하지만 같은 학년을 반복한다는 말에는 동의할 수 없구나. 그쪽은 18세 졸업제였겠지?"

"네?"

"지구의 연 단위로 18세가 될 때까지 의무적으로 학교에 다니는 것 아니었느냐는 말이다."

"아, 그거요! 당연이죠. 아니, '당연히 그렇죠.' 누구나 열여덟 살이 될 때까지 학교에 다니잖아요. '미성년의 범죄 성향'을 억제하기 위해서요." 찰리는 자신이 들은 말을 인용했다.

"과연 그럴까. 어쨌든 낙제하는 사람은 없는 모양이로구나."

"네?"

"성적 미달 말이다. 실력이 부족하다고 학교에서 쫓겨나거나 한 학년을 다시 다녀야 하는 사람은 없겠지?"

"당연히 없죠, 드소토 선생님. 같은 연령집단과 어울리지 않으면 사회성 발육이 제대로 이루어지지 않잖아요."

"누가 그런 소리를 하더냐?"

"글쎄요, 다들 아는 일인데요. 유치원 다닐 때부터 같은 소리를 들어 왔어요. 교육의 목적이 그거잖아요. 사회성 함양이요."

드소토 선생님은 의자에 몸을 묻고 코를 문질렀다. 그리고 천천히 입을 열었다. "찰리, 이곳은 그런 부류의 학교가 아니다."

찰리는 기다렸다. 앉으라는 말을 듣지 못해서 짜증이 난 상태였고, 그대로 무시하고 자리에 앉으면 무슨 일이 일어날지 상상하는 중이었다.

"우선 여기는 18세 학칙이 없다. 너는 지금 당장 자퇴해도 된다. 글을 읽을 줄은 알지. 쓰는 법도 어눌하기는 해도 그 정도면 충분할 거다. 계산은 제법 빠르고. 철자법은 엉망이지만, 그거야 네 문제지. 도시의 행정 담당자들은 네가 철자법을 알든 모르든 신경도 쓰지 않는다. 따라서 너는 보레알리스 시에서 제공하는 모든 의무 교육을 마친 셈이다. 그대로 화염방사기를 들고 정글을 개척해서 네 땅을 가지고 싶다면, 너를 막을 사람은 아무도 없다. 네가 원한다면 찰스 본 2세가 능력의 최대치까지 교육을 받았다는 보고서를 교육 위원회에 올려줄 수 있다. 그러면 내일 등교하지 않아도 될 거다."

찰리는 침을 꿀꺽 삼켰다. 찰리가 생각하기에 퇴학이란 최소한 칼싸움 정도는 벌여야 받는 벌이었다. 상상조차 할 수 없는 일이었다. 부모님이 알면 뭐라고 하실까?

드소토 선생님은 말을 이었다. "그러나 금성에는 교육받은 시민이 필요하다. 학습을 계속한다면 누구든 얼마든지 학교에 머물 수 있다. 능력이 된다면 지구로 돌려보내 고급 과정을 수료하도록 주선해주기도 한다. 이곳에는 과학자와 기술자가 필요하니까… 교사도 더 필요하고. 하지만 우리는 힘겹게 새 정착지를 꾸려 가는 중이고, 따라서 공부할 생각이 없는 아이들에게 낭비할 돈 따위는 한 푼도 없다. 이 학교에서는 그런 아이들은 낙제를 시키지. 네가 공부할 생각이 없다고 확신하게 되면, 우리는 순식간에 너를 잘라버릴 거다. 너무 빨라서 화염방사총에 맞은 기분이 들 거다. 이곳은 네가 지구에서 다니던 다 큰 아이를 위한 유치원이 아니다. 너한테 달린 문제다. 마음을 다잡고 공부를 하거나… 안 할 거면 그대로 떠나라. 집으로 가서 너희 부모님과 상의해봐라."

찰리는 그대로 굳었다. "저… 드소토 선생님? 저희 아버지와 면담을 하실 건가요?"

"뭐? 세상에, 그럴 리가! 이건 내가 아니라 너희 부모님이 책임질 문제다. 나는 네가 뭘 하든 신경도 안 쓴다. 이걸로 끝이다. 돌아가도 좋다."

찰리는 천천히 집으로 걸음을 옮겼다. 결국 부모님과 상의하지는 않았다. 대신 찰리는 다음 날도 등교해서 공부하기 시작했다. 몇 주가 지나자, 찰리는 대수학조차 흥미로울 수 있다는 사실을 깨달았다…. 그리고 딱딱한 얼굴의 선생이 무슨 말을 하는지 알아듣기 시작하자 수업도 상당히 흥미로워졌다.

드소토 선생님은 두 번 다시 같은 말을 꺼내지 않았다.

✳

보이스카우트에 재입단하는 일은 더 재밌기는 했지만, 이곳에서도 놀랄 일은 충분했다. 4분대의 대장인 콴 선생님은 따뜻하게 찰리를 맞이해 주었다. "잘 왔다, 찰리. 새로운 시민 중에서 옛 스카우트 출신이 찾아와서 다시 단원의 길을 걷고 싶다고 말할 때마다 항상 뿌듯하더구나." 그는 찰리가 가져온 신임장을 훑어보았다. "기록이 훌륭하구나. 그 나이에 스카우트 별 단원이 되다니. 그대로 계속하면 별이 두 개가 될 수 있을 거야. 지구와 금성 양쪽에서 말이지."

찰리는 천천히 입을 열었다. "그러니까, 제가 여기서는 별 단원이 아니라는 뜻인가요?"

"음? 그런 건 아니야." 콴 대장은 찰리의 재킷에 달린 기장을 건드리며 말했다. "이건 정당하게 얻은 기장이고 다른 단원들이 네 명예를 보장한 거니까. 너는 언제나 별 단원일 거다. 나이를 먹어서 우주선을 몰 수 없게 된 조종사도 언제나 혜성 기장을 달고 다닐 수 있는 것처럼 말이야. 하지만 현실적인 문제는 조금 다르단다. 정글에 나가본 적 있니?"

"아직 없어요, 대장님. 하지만 삼림 생존술은 언제나 점수가 좋았는데요."

"음, 플로리다의 에버글레이드에서 야영해본 적은?"

"그건… 없어요, 대장님."

"괜찮단다. 그저 에버글레이드도 정글이기는 하지만, 이곳의 정글과 비교하면 탁 트인 사막이나 다름없다는 이야기를 하고 싶었던 거란다. 그리고 에버글레이드의 산호뱀이나 늪살모사는 이곳에 있는 일부 생물들과 비교하면 작고 얌전한 애완동물이나 다름없지. 우리 쪽 잠자리는 본 적 있지?"

"어, 학교에서 죽은 건 봤어요."

"죽은 걸 봐두는 게 낫단다. 살아 있는 잠자리의 경우에는, 네가 그쪽을 먼저 발견하는 게 중요하니까…. 특히 암컷이고 알을 낳을 준비가 되어 있다면 말이야."

"어, 저도 그건 알아요. 싸워서 쫓아버리면 쏘지는 않잖아요."

"그러려면 먼저 발견해야지."

"콴 대장님, 잠자리가 정말로 그렇게 큰가요?"

"날개 한쪽 길이가 1미터나 되는 놈도 봤단다. 그러니까 찰리, 나는 이 정글을 탐험하는 방식을 배우느라 수많은 사람이 목숨을 잃었다는 말을 하고 싶은 거란다. 별 단원의 기장에 걸맞을 정도로 똑똑한 사람이라면, 그 불쌍한 친구들이 몰랐던 사실을 자신은 알고 있으리라 자만하지는 않겠지. 그 기장은 그대로 달고 다녀도 좋아. 하지만 마음속으로는 초급으로 돌아가서 다시 시작한다고 생각하고 있어라. 그리고 서둘러 진급하려고 애쓰지 말고."

찰리는 입을 비집고 나오는 말을 꿀꺽 삼켰다. "네, 대장님. 노력할게요."

"좋아. 우리는 짝을 지어 움직인단다. 너는 네 짝을 보살피고, 네 짝은 너를 보살피는 거지. 한스 쿠펜하이머와 짝을 지어주마. 한스는 2급 단원이지만 그렇다고 얕보면 안 된다. 금성에서 태어났고 숲속에 있는 아버지 농장에서 자라난 아이니까. 우리 분대에서 정글 생존술이 가장 뛰어나단다."

찰리는 아무 말도 하지 않았지만, 속으로는 자기도 하루빨리 진짜 정글 생존왕이 되어야겠다고 다짐했다. 2급 단원의 보살핌을 받아야 한다는 사실이 마음에 들지 않았기 때문이었다.

*

그러나 한스는 어울리기 편한 아이였다. 말수가 적고 찰리보다 작은 키에 덩치는 컸지만, 불친절하거나 무뚝뚝한 쪽은 아니었다. 한스는 찰리를 보살핀다는 임무를 있는 그대로 받아들였다. 그러나 나이를 묻자 23세라고 대답했을 때는 찰리도 깜짝 놀라 얼어붙고 말았다.

한동안 할 말을 잃고 있던 찰리는, 이내 이곳 태생인 한스가 금성년으로 나이를 센다는 사실을 깨달았다. 금성의 한 해는 지구의 225일 정도다. 찰리는 한스가 자신과 비슷한 나이라고 판단했고, 그렇게 생각하니 대충 맞아떨어졌다. 찰리는 금성에 도착한 이후 계속 시간 때문에 고생해왔다. 금성의 하루는 지구의 하루와 고작 7분 차이가 날 뿐이었다. 이정도는 손목시계를 조율하면 손쉽게 해결할 수 있다. 그러나 낮과 밤은 과거와는 의미가 달라져버렸다. 금성의 북극점에서는 낮도 밤도 똑같이 부드러운 황혼처럼 보였기 때문이다.

1년에는 여덟 달밖에 없고, 1개월은 정확히 4주로 이루어져 있으며, 가끔 남는 시간을 맞추려고 윤년이 끼어들었다. 그보다 고약한 점은 그런 단위에 아무런 의미가 없다는 것이었다. 계절도 없이 덥고 축축한 여름만 계속될 뿐이었다. 하루의 언제든, 1년 중 언제든 항상 같은 모습이었다. 시계와 달력마저 없었더라면 시간이 비껴간 땅이 되었을 것이다. 찰리는 금성의 시간에 제대로 익숙해질 수가 없었다.

닉시가 시간 감각이 사라진 금성의 하늘을 이상하게 여기는지는 알 수가 없었지만, 적어도 불편해 보이지는 않았다. 지구에서 밤에 잠든 것은 그저 찰리와 맞추기 위해서였고, 계절 쪽으로는 어차피 겨울에는 별 관심도 없었다. 닉시는 스카우트에 재입단하는 일을 찰리보다 더 즐겼는데, 회합이 있을 때마다 사람들이 환영해줬기 때문이었다. 지구 출신의 단원 중에서는 예전에 개를 키웠던 사람들이 있었다. 그러나 이곳에서 개를 키우는 사람은 한 명도 없었고, 닉시는 즉시 분대의 마스코트가 되었다. 찰리가 처음 회합에 데려갔을 때는 거의 탈진할 지경으로 쓰다듬을 당했고, 마침내 콴 대장이 나서서 개도 좀 쉬어야 한다고 지적한 다음에야 사람들이 떨어져 나갔다. 뒤이어 콴 대장이 곁에 쭈그려 앉아서 쓰다듬기 시작하기는 했지만. "닉시라…. 닉시는 물의 정령 아니냐?" 그는 뭔가 생각에 잠긴 얼굴로 이렇게 물었다.

"어, 아마 뜻은 그럴 거예요. 하지만 그 뜻으로 이름을 붙여준 건 아니에요." 찰리가 대답했다.

"그러면?"

"음, 사실은 '챔프'라는 이름을 붙이려고 했어요. 그런데 얘가 강아지일 때 '닉스'라는 사람을 부를 일이 잔뜩 생겨서, 결국 자기 이름이라고 생각하게 된 거예요. 그게 그대로 굳었죠."

"음, 대부분의 개 이름보다는 논리적인 이유로구나. 게다가 이런 축축한 동네에서는 고전적인 의미라도 적절할 수 있지. 목줄에는 뭘 단 거냐? 아하, 알겠다. 네가 예전에 쓰던 초급 기장을 물려준 모양이로구나."

"아뇨, 대장님. 이건 닉시가 딴 기장이에요." 찰리가 지적했다.

"응?"

"닉시도 스카우트 단원이거든요. 지구에 있을 때 우리 분대원들이 투표해서 받아들여줬어요. 다른 단원들이 기장을 준 거예요. 그러니까 닉시도 단원인 거죠."

콴 대장은 눈썹을 슬쩍 올리며 미소를 지었다. 소년 중 한 명이 입을 열었다. "그런 말도 안 되는 소리는 처음 듣는데. 개는 스카우트 단원이 될 수 없어."

찰리도 나름 그 점이 걸리기는 했다. 그래도 분개하며 대답하려 하는 순간, 스카우트 대장이 부드럽게 끼어들며 말했다. "무슨 이유로 그런 소리를 하는 거냐, 알프?"

"네? 아니, 그야! 스카우트 규칙에 걸릴 테니까요."

"그런가? 생각의 전환이 필요하다는 건 분명하지만, 정확히 어느 규칙을 위반하는 건지는 떠올릴 수가 없는데. 누구 규정집 가져온 사람?"

분대 서기가 책을 건넸다. 콴 대장은 알프 라인하르트에게 책을 건넸다. "확인해봐라, 알프. 규칙을 찾아봐."

찰리는 쭈뼛거리며 닉시의 확인서를 내놓았다. 가지고는 왔지만 서기에게 내놓지는 않고 있던 물건이었다. 콴 대장은 그 서류를 읽더니 고개를 끄덕이고 말했다. "문제는 없어 보이는구나." 그리고 다른 이들에게 확인서를 돌려 보이면서 말했다. "어떠냐, 알프?"

"일단 여길 보면 최소한 열두 살은 되어야 스카우트에 가입할 수 있다고 되어 있잖아요…. 그러니까, 지구 나이로요. 이 규정집은 지구에서 찍은 거니까요. 저 개가 열두 살이 됐을까요? 아닐 것 같은데요."

콴 대장은 고개를 저었다. "내가 투표 자리에 있었더라면 그 제약은 적용하지 않았을 거다. 개는 남자아이보다 훨씬 빨리 자라니까."

"뭐, 계속 농담을 하실 생각이라면… 저한테 스카우트는 농담이 아니라서 말하는 건데요. 바로 그게 문제예요. 개는 스카우트가 될 수 없어요. 개니까요."

"나한테도 스카우트는 농담거리가 아니다, 알프. 물론 최대한 즐거움을 누려서 안 될 이유는 찾지 못하겠지만 말이야. 하지만 이건 농담이 아니야. 지금 입단 후보자 한 명이 모든 절차를 갖춘 확인서를 가지고 여기 도착한 것 아니냐. 다른 분대의 정식 요청을 인정하기를 거부하는 게 무슨 뜻인지 모르는 건 아니겠지. 그러려면 끔찍하게 아둔해야 할 테니까. 너는 지금까지 계속 닉시가 개라는 소리만 반복하고 있어. 그런데 어디였더라, 지난달 〈보이스 라이프〉 잡지였던 것 같은데, 보이스카우트 화성 지부에서 화성인 족장 한 명에게 행성 스카우트단 회의에서 자리를 맡아달라고 초청했다지 뭐냐?"

"그건 다른 문제잖아요!"

"세상에 똑같은 문제가 어디 있을까. 하지만 인간이 아닌 것이 분명한 화성인이 스카우트단 최고위 자리에 오를 수 있다면, 닉시가 단순히 개라는 이유로 자격이 없다는 주장은 부당한 것 같구나. 내 생각에는, 초급 단원의 자격 중에서 닉시가 할 수 없거나 하지 못하는 일이 뭐가 있는지 네가 지적해봐야 할 것 같다."

"어….." 알프는 자신만만하게 웃음을 지었다. "스카우트 선서를 할 줄 아는지 들어볼까요."

콴 대장은 찰리를 돌아보았다. "닉시가 영어를 할 줄 알려나?"

"네? 아뇨, 그럴 리가요, 대장님. 하지만 제법 잘 알아듣기는 해요."

대장은 알프를 돌아보며 말했다. "그런 경우에는 '핸디캡' 규칙이 적용된단다, 알프. 우리는 단원에게 할 수 없는 일을 주문하지는 않거든. 장애가 있거나 눈이 먼 단원이 있다면, 그에 맞춰 규칙을 바꾸지. 닉시는 말을 할 수 없으니, 스카우트 선서에 대해 질문을 하려면 네가 짖어서 질문해야겠구나. 그럼 공평하겠지, 애들아?"

알프는 쏟아지는 긍정의 함성에 거북한 기색이 되었다. 알프는 부루퉁하게 대꾸했다. "좋아요, 하지만 적어도 스카우트 규칙은 따라야겠죠. 단원이라면 누구나 해야 하는 일이니까."

"그렇지." 대장은 진지하게 동의했다. "스카우트의 정수가 바로 스카우트 규칙에 있으니까. 공로기장을 아무리 많이 달고 있어도 규칙에 따르지 않으면 스카우트 단원이라 부를 수 없는 거지. 어떠냐, 찰리? 닉시를 스카우트 규칙에 따라 검증해봐도 될까?"

찰리는 입술을 깨물었다. 닉시의 목걸이에서 미리 기장을 떼지 않은 것이 유감으로 느껴질 지경이었다. 고향의 단원들이 닉시의 입단 투표를 통과시켜준 건 정말 끝내주는 일이었다…. 그러나 여기서 저 영리한 알프라는 아이가 물고 늘어지려 한다면 무슨 일이 벌어질지 모른다. 왜 항상 분대마다 재미라고는 눈곱만치도 모르는 꼬장꼬장한 녀석들이 하나씩 존재하는 걸까?

찰리는 머뭇거리다 대답했다. "좋아요."

"규정집 이리 다오. 그럼 시작하마. 닉시는 신뢰할 수 있는 단원인가?"

"당연하죠!"

"예를 들자면?"

"그게… 지키는 사람이 없어도 가구에 안 올라가고, 먹어도 된다고 말하기 전에는 사료를 건드리지도 않고, 또…."

"그 정도면 충분할 것 같구나. 충성스러운 단원인가?"

"저한테는 충성스러워요."

"흠, 그거면 됐지. 서로 돕는 단원인가?"

"어, 그쪽으로는 할 수 있는 일이 많지 않을 것 같아요. 지구에서는 신문을 가져오곤 했는데, 여기서는 그런 건 할 수 없죠. 말하는 물건이 뭔지 이해하기만 하면 뭐든 가져다주기는 할 거예요."

"'상냥한 단원'… 이건 보기만 해도 뻔하고, '공손한 단원'… 오늘 얌전하게 구는 모습을 충분히 봤으니까 이것도 통과로 하자꾸나. '친절한 단원'은 어떠냐?"

"아기가 꼬리를 잡아당기거나 얼굴을 밟고 다녀도 물거나 으르렁거리지 않아요. 어, 예전에는 고양이한테 조금 거칠게 굴기도 했는데, 제가 그러지 말라고 단단히 일러뒀어요."

"'복종하는 단원'은?"

"직접 보실래요?" 찰리는 다양한 수신호를 차례대로 시연해 보였다. 마지막에는 차렷 자세로 경례를 시켰다. 닉시는 박수갈채에 깜짝 놀라 움찔거리기는 했지만, 그래도 찰리가 '쉬어' 신호를 보낼 때까지 자세를 지켰다.

"다음에 내가 두 번 말해야 할 때가 생기면 저 모습을 떠올려라, 알프." 콴 대장은 슬쩍 이렇게 덧붙였다. "좋아, '쾌활한 단원'… 이건 넘어가도 될 것 같구나. 저 웃는 얼굴이 거짓이 아닌 건 분명하니까. '절약하는 단원'… 글쎄, 아무래도 예금 계좌가 있을 리는 없겠지."

"뼈를 묻어두기는 해요."

"흠, 그 정도면 개한테는 네금 세좌인 셈이려나. '용감한 단원'은 어떠냐?"

"저는 용감하다고 생각해요. 덩치가 세 배는 되는 개한테 덤벼들어 우리 정원에서 쫓아낸 적도 있었거든요. 집에서… 그러니까, 지구에 있을 때요."

"'청결한 단원'은?"

"직접 냄새를 맡아보세요. 바로 어제 목욕을 했어요. 게다가 집 안에서도 완벽하게 대소변을 가릴 줄 알아요."

"그럼 남은 건 '공경하는 단원'뿐이로구나. 그리고 이 문제는 닉시한테 트집을 잡을 생각이 없단다. 아무도 안 듣는 줄 알고 열심히 욕하고 다니는 여기 꼬마 건달들보다는 나을 테니까. 어떠냐, 얘들아? 이 정도면 통과라고 할 수 있겠지?"

닉시는 4분대의 일원으로 배속되었다. 만장일치였다. 기권한 초급 단원 알프레드 라인하르트만 빼고.

회합이 끝나자 분대의 회계 담당이 찰리를 불렀다. "그럼 이제 회비를 내야지, 찰리?"

"어? 아, 응, 그럼. 돈은 좀 가져왔어."

"좋아." 상대방 단원은 회비를 받고는 말했다. "여기 영수증."

"그냥 장부에만 적어둬."

"받아. 영수증이 없으면 없던 일인 거야. 나는 이런 쪽으로는 아주 고약하다고. 그래서 나한테 회계 담당을 맡긴 거지만. 그럼 다음은 닉시인데. 네가 낼 거야? 아니면 직접 물어봐야 하나?"

상대방 소년이 아주 진지한 얼굴이라, 찰리는 이 질문이 농담인지 아닌지 판별할 수가 없었다. 찰리는 최대한 진심으로 상대하기로 마음먹었다. "내가 닉시 몫도 낼게. 보면 알겠지만 쟤는 주머니가 없거든." 찰리는 주머니를 뒤져 한층 줄어든 용돈에서 간신히 닉시의 가입비를 맞춰 냈다. "여기 있어."

"고마워." 회계 담당은 찰리에게 1실링을 돌려주었다. "우리 분대 내규에 따르면 초급 단원은 회비를 조금 깎아주거든. 그래도 아무리 적은 돈이라도 도움은 되니까. 사실 내가 처음에 이 자리를 맡았을 때는 재정이 적자였어. 지금은 계좌에 돈이 남을 정도지만."

"확실히 그래 보여!" 찰리도 동의했다. 사실 찰리는 닉시의 회비를 냈다는 사실에 내밀한 기쁨을 느끼고 있었다. 닉시는 이제 명예 단원이 아니었다. 진짜 단원이 된 것이다. 스카우트 규칙을 준수했고, 회비도 냈으니까.

✳

이후로는 닉시가 단원 활동에 참가해도 아무도 이의를 제기하지 않았다. 적어도 처음으로 하이킹 가는 날이 되기 전까지는 그랬다. 찰리가 닉시를 데리고 등장하자 콴 대장은 걱정스러운 표정을 지어 보였다. "닉시는 집에 데려다놓는 게 좋겠구나. 기다려주마."

찰리는 낙담했다. "하지만 콴 대장님, 제 생각에는… 그게, 닉시는 하이킹은 항상 함께 갔거든요."

"지구에서는 물론 그랬겠지. 찰리, 나는 지금 생트집을 잡는 게 아니란다. 너희 멍멍이가 다치는 모습을 보고 싶지 않아서 그런 거야."

"안 다칠 거예요! 정말로 똑똑하다고요."

스카우트 대장은 얼굴을 찌푸렸다. 한스가 입을 열었다. "제 생각에는 닉시가 따라와도 괜찮을 것 같아요, 콴 대장님."

"흠?" 콴 대장은 생각에 잠긴 얼굴로 한스를 바라보았다. "너는 찰리를 돌보는 것만으로도 벅차지 않겠니. 처음 야외로 나가는 거니까."

한스는 할 말이 없을 때면 입을 다무는 버릇이 있었다. 그리고 지금이 바로 그런 때였다. 콴 대장은 다시 한 번 재촉했다. "너 혼자서 양쪽을 살펴야 할 텐데."

한스는 그래도 입을 열지 않았다. 콴 대장은 미심쩍은 얼굴로 말했다. "좋아, 닉시도 우리 단원이니까. 네가 닉시와 찰리 둘 다 보살펴줄 수 있다면, 따라오도록 허락해주마."

"알겠습니다, 대장님."

콴 대장은 몸을 돌렸다. 찰리는 속삭였다. "고마워, 한스. 정말 멋지더라." 한스는 아무 말도 하지 않았다.

닉시가 처음 스카우트에 입단했던 밤에, 찰리는 한스가 닉시를 대하는 모습을 보고 깜짝 놀랐다. 다른 아이들이 찰싹 달라붙어 강아지를 만끽하는 와중에도, 한스는 멀찍이 거리를 벌리고 서 있었다. 찰리는 그 모습에 상처를 받았다. 그리고 한스와 짝이 된 이상, 어떻게든 행동을 취해야겠다고 마음먹었다. 회합이 끝나자, 찰리는 떠나는 한스를 붙들었다. "잠깐 기다려봐, 한스. 너도 닉시하고 친해졌으면 좋겠어."

금성의 시골 소년은 아직도 닉시를 피하고 있었다. "물진 않아?"

"어? 닉시가? 당연히 안 물지. 나를 괴롭히면 물지도 모르지만. 그러지만 않으면 돼."

"그럴 거라고는 생각했어. 그럼 내가 네 등을 친구답게 찰싹 때리면 어떻게 되는데? 저거 어른도 죽일 수 있지?"

닉시는 긴장한 채로, 경계를 늦추지 않고 두 사람의 말을 들었다. 닉시도 한스의 마음속 공포를 느낄 수 있었다. 이유는 몰라도, 자신의 소년이 다른 소년과 말다툼을 벌이고 있다는 정도는 알 수 있었다. 찰리가 위험에 처해 있는 것으로는 보이지 않았지만, 그래도 닉시는 1단계 경보 상태를 유지했다.

명백하게 보였다. 버티고 선 자세와 경계하는 눈 속에, 닉시의 머나먼 조상인 야만적인 육식동물이 있었다. 금성에서 태어난 정글 소년이자, 아기일 때부터 자신이 모르는 온갖 위험을 경계하며 살아온 한스의 눈에는 그 육식동물이 보였다. 그리고 상냥한 애완동물은 보이지 않았다. 한스는 조심스레 개를 주시하고 있었다.

찰리가 입을 열었다. "뭐야, 그게 무슨 소리야, 한스. 쓰다듬어봐. 턱 아래도 간질여보고. 악수도 해. 네 냄새를 맡게 해주고." 한스가 꿈쩍도 하지 않자, 찰리는 믿을 수 없다는 듯 물었다. "설마 개를 안 좋아하는 거야?"

"모르겠어. 지금껏 본 적이 없거든. 이렇게 가까이서는."

찰리는 입이 떡 벌어졌다. 그러나 한스는 단순히 사실을 말했을 뿐이었다. 분대의 도시 소년 중 일부는 찰리와 같은 이민자라서 지구에서 개를 키웠던 적이 있었다. 다른 아이들은 보레알리스의 몇 마리 안 되는 개들과 친하게 지낸 경험이 있었다. 그러나 금성에서 태어났으며 도시 밖에서 살아온 한스만은 개에 대해 워낙 아는 바가 없어서, 거의 뱀상어만큼이나 낯선 존재로 간주한 것이었다.

이런 놀라운 사실을 명확히 알게 된 찰리는 그보다 더욱 강하게 양쪽을 붙여주려 애쓰기 시작했다. 한쪽은 스카우트의 짝이고, 다른 한쪽은 파트너였으니까. 한스는 그날 밤에 집에 가기 전까지 개를 건드리고, 쓰다듬고, 심지어 들어 올려 안아보기까지 했다. 닉시는 공포가 사라지고 그 자리에 갑작스레 따뜻한 감정이 차오르는 것을 느낄 수 있었다. 그래서 닉시는 한스의 냄새를 맡고 뺨을 핥아주었다.

다음 날 한스는 찰리의 집을 찾아왔다. 닉시를 만나고 싶었기 때문이었다.

하이킹을 나서기까지 2주 동안, 닉시는 한스를 찰리네 가족의 일원으로 받아들였다. 항상 가장 먼저 충성을 바치고, 명령을 받고, 심지어 수신호를 받을 대상으로도 인정했다. 수신호는 찰리 외의 다른 사람에게는 허락한 적이 없는데도. 처음에는 찰리를 기쁘게 해주려고 시작한 일이었지만, 머지않아 개의 마음속에는 그게 당연하고 올바른 일이라는 인식이 생겨났다. 적어도 찰리가 개의치 않는 한도 내에서는.

＊

분대는 하이킹을 떠났다. 도시 외곽으로 나와 정글이 눈앞에 보이기 시작하자, 한스는 찰리에게 이렇게 일렀다. "닉시한테 딱 붙어 다니라고 하는 게 좋겠어."

"왜? 뛰어 놀아나니면서 이것저것 코를 늘이미는 일을 좋아하는데.

그래도 항상 목소리가 들릴 거리는 유지한단 말이야. 부르면 온다고."

한스는 코웃음을 쳤다. "올 수 없는 상황이 되면? 풀숲으로 뛰어들었다 나오지 못하게 될지도 몰라. 너 닉시를 잃고 싶어?"

한스치고는 제법 긴 설명이었다. 찰리는 깜짝 놀란 표정이 되어 소리쳤다. "닉시! 이리 와!"

개는 그들이 타고 온 밴을 살펴보고 있었다. 소리가 들리자, 닉시는 즉시 찰리의 왼쪽 뒤편으로 따라붙었다. 한스는 긴장을 풀고 말했다. "좀 낫네." 그리고 개가 두 사람의 사이에서 걷도록 자리를 잡았다.

정글이 굽어보이는 한 가닥 길에 이르자, 콴 대장은 한쪽 팔을 들고 소리쳤다. "정지! 전원 손목시계를 맞춘다." 스카우트 대장은 손목을 높이 들고 기다렸다. 다른 단원들도 같은 동작을 했다.

쌍방 전파수신기를 장비한 탐험가 등급 스카우트인 조크 퀜틴이 마이크에 대고 뭐라 말하더니, 다른 사람들을 향해 소리쳤다. "준비… 09시 11분."

"못 맞춘 사람 없지?" 콴 대장이 말을 이었다. "전원 편광 측정기 꺼내고, 기준선을 측정한다."

한스는 묘하게 생긴 쌍안경을 꺼냈다. 두 겹의 렌즈를 회전시키니 접안대가 달칵하고 빠져나왔다. "한번 써봐."

"알았어." 찰리는 조심스레 측정기를 받아 들었다. 찰리는 아직 광학 편광 조준기가 없었다. "이미 만들어진 길로 가는데 왜 기준선을 측정하는 거야?"

한스는 대답해주지 않았고, 찰리는 바보가 된 기분이 들었다. 길을 잃지 않는 방법은 길을 잃기 전에 배워야 한다는 당연한 사실을 깨달았기 때문이었다. 찰리는 편광 측정기를 쓰고 기준선을 확인했다.

'기준선'이란 금성의 본초 자오선으로, 정오에 보레알리스에서 볼 때 태양이 있는 방향이다. 그 방향을 찾으려면 우선 (금성의 회색 구름으로 뒤덮인 하늘에서) 태양을 찾아야 하며, 다음으로 시계를 이용해서 정오에 태양이 어디 있을지를 가늠해야 한다.

방향으로 따지자면 남쪽이 되겠지만, 보레알리스에서 보면 모든 방향이 남쪽이 된다. 이 도시는 행성의 북극점에 위치해 있으니까. 지도 제작자들은 보레알리스를 영점으로 간주하고 휴대용 무선기, 레이더 비컨, 전파 나침반의 도움을 받아 정오의 태양 방향을 기준선으로 정했다. 보레알리스를 중심으로 수백 제곱킬로미터의 영역에 격자꼴로 기준점을 확립하는 작업이 아직도 진행 중이었다. 남극점 도시에서도 비슷한 측량 작업이 진행되고 있었다. 그러나 양쪽 극점 사이의 수백만 제곱킬로미터에 달하는 공간은, 지구의 그 어떤 정글보다도 수수께끼로 가득하고 믿을 수 없을 정도로 넓은 미지의 땅이었다. 스카우트 단원들 사이에서는 적도 지방의 시냇물은 "달걀을 삶을 수 있을 정도로 뜨겁다"는 이야기가 떠돌고 있었지만, 실제로 아는 사람은 한 명도 없었다. 적도 근처에 착륙했다가 무사히 돌아온 우주선이 아직 한 척도 없었기 때문이었다.

금성에서는 방향을 탐지하는 일이 상당히 힘들었다. 별은 애초에 보이지도 않았다. 극지방에서는 자석 나침반도, 자이로 나침반도 딱히 쓸모가 없었다. 나무의 북면에 이끼가 끼지도 않고, 읽어낼 그림자도 없었다. 금성은 시간에 잊힌 땅일 뿐 아니라, 방향조차 존재하지 않는 곳인 셈이었다.

따라서 개척자들은 새로운 방향을 만들어낼 수밖에 없었다. 보레알리스에서 정오에 태양이 있는 쪽이 '기준선'이라는 이름의 새로운 자오선이 된다. 그리고 그 선과 평행으로 직진하는 방향은 모두 '기준'이 된다. 거꾸로 돌아오는 방향은 '기준 반대'다. 그 사이의 방향은 각각 '왼쪽 절반'과 '오른쪽 절반'이다. 이런 식으로 '기준'부터 시계방향으로 돌아가면 모든 방향에 이름을 붙일 수 있다.

구면에서 정사각형 좌표를 사용하는 셈이니 완벽한 시스템이라고는 할 수 없었나. 그러나 과거에 사용하던 방향이 맞아떨어지지 않는 상황에서 아무것도 없이 지내는 것보다는 나았다. 도시에서 나가는 모든 방향이 '남쪽'이고, 동쪽과 서쪽은 직선이 아니라 원을 그리는 상황보다는.

찰리는 처음에는 어차피 4방위를 사용하는데도 '북쪽', '남쪽', '동쪽', '서쪽'이라 부르지 않는 이유를 깨닫지 못했다. '기준', '기준 반대', '왼쪽 절반', '오른쪽 절반'은 바보처럼 들린다고도 생각했다. 문제가 그리 단순하지 않다는 사실을 알아차린 것은 학교에서 동서남북이 적힌 개척지의 지도 위에 '기준선'을 기반으로 한 격자가 그려져 있는 모습을 살펴본 후였다. 지도상에서 동쪽으로 향하면 작은 원을 그리며 시계 반대 방향으로 돌게 된다. 하지만 실제 위치를 모른다면 '동쪽'이 어느 방향인지 어떻게 판단할 것인가? 그리고 계속 동쪽으로 가려면 어느 정도로 휘어 걸어야 할지는 어떻게 알고? 나침반이 쓸모가 없고, 도시의 어느 쪽으로 나왔느냐에 따라 태양이 동서남북 어디에 있을지 알 수 없는 상황에서, 어떤 방법이 있을까?

그래서 찰리는 마음을 다잡고 새로운 방향 체계를 학습했다.

✳

찰리는 한스의 편광 측정 쌍안경을 착용하고 주변을 둘러보았다. 아무것도 보이지 않았다. 접안 보조대 사이로 빛이 새어 들어왔고, 눈앞의 렌즈는 불투명해 보였다. 이 장치로 태양의 방향을 판별할 수 있다는 것은 알고 있었다. 금성의 구름에 산란되어 들어오는 태양광선은 편광되어 있으며, 모든 방향이 아니라 위아래나 측면으로 흔들릴 수밖에 없다. 찰리는 이 쌍안경이 편광되는 햇빛을 차단해서 태양 자체를 볼 수 있도록 해주는 물건이라는 사실을 알고 있었다. 그러나 눈앞은 캄캄할 뿐이었다.

찰리는 쌍안경 때문에 앞이 안 보이는 채로 천천히 몸을 돌렸다. 잠깐, 밝아지고 있잖아! 찰리는 고개를 앞뒤로 주억거리며 자신이 잘못 본 것이 아니라는 사실을 확인했다. "찾았어!"

"가짜 태양이야." 한스가 무심한 목소리로 선언했다.

"어?"

"지금 정확한 방향에서 180도 빗나가 있는 거다." 콴 대장의 목소리가 들렸다. "태양 빛의 반사된 모습을 찾은 거지. 신경 쓸 필요 없다. 다들 한 번씩 하는 실수니까. 하지만 일단 야외로 나가면 절대 하면 안 되는 실수지. 그러니 계속 시도해봐라."

찰리는 계속 몸을 돌렸다. 젠장, 안경이 너무 딱 맞아서 자기 발도 볼 수가 없었다! 저기 또 보이네! 저게 가짜 태양이었나? 아니면 진짜 태양인가? 지금 내가 얼마나 돌았지?

찰리는 어지러울 때까지 뱅뱅 돌면서 빛과 어둠을 여러 번 가로질렀다. 그러다 문득 한쪽 빛이 다른 쪽 빛보다 더 밝다는 사실을 깨달았다. 마침내 찰리는 도는 걸 멈추었다. "이쪽이 태양 방향이야." 찰리가 단호하게 선언했다.

"좋아." 한스가 말했다. "그럼 세부 조정을 하면서 초점을 맞춰봐."

찰리는 쌍안경 양쪽 측면에 달린 조절나사를 돌리면 빛을 거의 완전히 없앨 수 있다는 사실을 깨달았다. 그래서 나사를 돌리고 머리를 앞뒤로 레이더처럼 휘저으며 빛을 최대한 작게 만들려 애썼다. "이게 한계야."

"가만히 있어." 한스가 명령했다. "오른쪽 눈의 가리개를 열고, 내가 시키는 대로 해."

찰리는 한스의 명령을 따라서, 한쪽 눈으로 렌즈 앞에 달린 조준기를 내려다보았다. 한스는 10미터 앞에서 스카우트 봉을 똑바로 들고 서 있었다. "움직이지 마! 내 위치 맞춰봐."

"어…, 오른쪽으로 두 발짝."

"여기?"

"그런 것 같아. 확인해볼게." 찰리는 다시 오른쪽 눈을 가렸지만, 더 밝은 빛을 접한 눈으로는 자신이 확인한 희미한 빛을 다시 볼 수가 없었다. "나는 이게 최선인 것 같아."

한스는 확인한 방향으로 끈을 늘어뜨렸다. "이제 내 차례야. 네 시간을 기록해봐." 그러고는 쌍안경을 받아 들더니, 재빨리 찰리에게 방향을 지정해주고 정확한 위치를 맞췄다. 양쪽 선은 10도 정도 차이가 났다.

"네 시간각을 확인해봐." 한스는 말하며 자기 손목시계를 확인했다.

시간은 9시 30분이었다. 그리고 태양은 매시간 15도씩 움직인다. 정오까지는 2시간 30분이 남았다. 그러면 37.5도가 될 테고 손목시계의 문자판은 매분 6도씩 움직이니까….

찰리는 혼란에 빠져버렸다. 고개를 들어보니 한스가 시계를 바닥에 놓고 기준선을 확인하는 모습이 보였다. 한스의 시계에는 24시간 단위 문자반이 달려 있었다. 따라서 그냥 시침을 태양 쪽으로 맞추면 12가 적힌 눈금이 기준선을 가리키게 되는 것이었다.

암산할 필요도, 시계를 만지작거리고 있을 필요도 없었다. "세상에, 나도 그런 시계 갖고 싶어!"

"별로 필요 없어." 한스는 고개도 들지 않고 대꾸했다.

"하지만 전부 간단해지잖아. 그냥 그게 있으면…"

"네 시계로도 충분해. 마분지를 오려서 24시간 문자반을 만들어."

"그걸로 돼? 맞아, 되겠구나! 지금 있으면 좋을 텐데."

한스는 자기 더플백을 뒤적였다. "어, 그게, 사실 하나 만들어 왔어." 그러고는 올려다보지도 않고 찰리에게 물건을 넘겼다. 24시간이 그려져 있는 마분지 시계 문자반이었다.

순간 찰리는 거의 말문이 막혀버렸다. "세상에! 닉시, 이것 좀 봐! 저기, 한스, 어떻게 감사해야 할지 모르겠어."

"너랑 닉시가 길을 잃으면 곤란하니까." 한스가 퉁명스럽게 대꾸했다.

찰리는 그 물건을 받아 들고, 자신의 기준선을 9시 30분에 맞춘 다음, 정오를 확인하고 그쪽으로 다시 끈을 당겼다. 찰리의 측정에 따른 기준선 또한 한스와 10도가량 달랐다. 잠시 후 순찰대 반장 두 명이 기준선에 직각이 되도록 끈을 늘어뜨린 다음 거기 맞춰 분대를 정렬시켰다. 그리고 한 사람은 끈을 가지고 다니며 각도기로 측정 결과를 확인했다. 뒤를 따라온 콴 대장이 찰리의 측정 결과를 직접 확인하고는 말했다. "9도쯤 틀렸구나. 처음 한 것치고는 나쁘지 않아."

찰리는 의기소침해졌다. 자신과 한스 둘 다 맞을 수 없다는 정도는 알고 있었지만, 그래도 자기 쪽이 정답에 가깝기를 내심 바라고 있었다. "어…, 어느 쪽으로 틀렸나요?"

"왼쪽 절반으로 기울었구나. 한스하고 비교해봐라. 언제나 그렇지만 이번에도 한스는 정확하니까." 콴 대장은 목소리를 높였다. "좋아, 전원! 수풀 대형으로, 길을 따라 행군한다. 화염방사총, 전면 좌우로 나와라. 러스티가 선두, 빌이 후미를 맡는다. 꾸물대지 말고!"

"가자, 닉시."

✳

길은 그대로 정글로 이어졌다. 불로 지져 만든 공터는 실제 도로 폭보다 넓었다. 정글이 도로를 타고 넘어 위쪽을 뒤덮으면 곤란하니까. 분대의 행렬은 근처 농장을 오가는 탈것이 단단히 다져 놓은 도로 가운데를 따라 걸었다. 화염총을 들고 측면에 선 사람들은 둘 다 탐험가 스카우트 단원으로, 녹색 벽 근처에서 걸어가며 새로 기어 나온 덩굴이나 나무나 수풀을 태워 없앴다. 그러면서도 그들은 멈추지 않았고, 처리조 단원들이 튀어나와서 쓰레기를 숲으로 던져 넣고 재빨리 자리로 돌아갔다. 도로 유지는 모두 함께하는 일이었다. 이곳 정착지는 가도에 의존하던 고대 로마인들만큼이나 도로에 의존하고 있으니까.

이내 비가 내리기 시작했지만, 아무도 신경 쓰지 않았다. 이곳에서 비는 그린란드의 얼음만큼이나 일상적이었다. 사실 다들 비를 반겼다. 항상 몸을 적시는 땀을 씻어내주고, 환상일 뿐이지만 시원한 느낌이 들기도 했다.

이내 선두에 선 러스티가 걸음을 멈추고 후미의 위치를 확인한 다음 말했다. "오른쪽 절반으로 15도!"

후미는 "확인!"이라 대답했고, 선두는 길을 따라 살짝 방향을 꺾어서 진행했다. 물론 보레알리스를 떠날 때는 '남쪽'으로 이동했다. 거기서는 남쪽 이외의 다른 방향으로 갈 수가 없으니까. 그러나 그들이 이동한 남쪽은 정확히 말하자면 기준에서 오른쪽 절반으로 32도 방향이었고, 이제 여기에 시계방향으로 15도가 추가됐다.

행군로를 정하고, 전방을 주시하고, 방향 전환을 자신이 가늠한 대로 통보하는 것이 선두의 임무였다. 후미의 임무는 항상 후방을 살피고(정글은 이런 곳에서도 충분히 공격해 올 수 있었다), 걸음 수를 세고, 방향 전환과 구간에 따른 걸음 수를 기록으로 남기는 것이었다. 손목에 달린 방수 공책에 자신이 추측한 경로를 남겨야 했다. 따라서 후미는 신뢰도가 높고 보폭이 정확한 단원으로 뽑았다.

열 명 정도의 다른 소년들도 비슷한 식으로, 제각기 선두 또는 후미의 행동을 따라 모든 것을 기록으로 남기고 있었다. 보폭, 시각, 경로 전환까지. 길잡이 공로기장을 받기 위한 준비 작업이었다. 분대가 걸음을 멈출 때마다, 단원들은 다시 기준선을 측정하고 기록으로 남겼다. 하이킹이 끝난 다음에는 공책만 사용해서 그들이 갔던 장소를 지도 위에 그리려 시도할 것이다.

이미 측량과 지도 작성이 끝난 도로를 따라 행군하고 있으니 단순한 연습일 뿐이지만, 이런 연습은 훗날 그들이 살아남을지, 아니면 정글에서 비참한 죽음을 맞을지를 결정해줄 수 있었다. 분대에는 금성 나이로 스무 살도 안 되는 도시 출신의 초급 단원들도 있었기 때문에, 콴 대장은 이들을 끌고 정글 속으로 들어갈 생각은 조금도 없었다. 그러나 더 나이들고 경험 많은 탐험가 등급 단원들은 실제로 길 없는 수풀로 들어가기도 했다. 일부는 벌써 정복해서 자기 것으로 삼을 땅을 골라놓고 있었다. 이런 단원들에게는 수풀과 늪지를 헤치고 들어갔다가 어림계산으로 시작 장소로 돌아오는 능력에 목숨뿐 아니라 미래의 생계도 걸려 있는 셈이었다.

콴 대장이 뒤쪽으로 내려와서 찰리와 보조를 맞췄다. "걸음 수는 세고 있니?"

"네, 대장님."

"공책은 어디 있지?"

"어, 비에 젖어 축축해져서 그냥 치웠어요. 머릿속으로 세고 있어요."

"그런 식으로 하면 순식간에 남극점에 도달하게 될 거다. 다음에는 방수 공책을 가져와라."

찰리는 대답하지 않았다. 찰리도 방수 공책을 가지고 싶었다. 편광 측정기나 다른 온갖 장비들도 마찬가지였다. 그러나 찰리네 가족은 아직 터전을 마련하느라 애쓰는 중이었다. 사치품을 사기에는 일렀다.

콴 대장은 찰리를 바라보더니, 부드럽게 덧붙였다. "도움이 될 때 말이다. 어쨌든 지금은 걸음 수를 세지 않았으면 좋겠구나."

"네?"

"모든 것을 한 번에 배울 수는 없는 일이고, 오늘은 길을 잃을 리는 없잖니. 너는 일단 정글을 다니는 일에 익숙해졌으면 좋겠다. 한스, 너희 둘은 후미 쪽으로 이동해라. 찰리에게 우리가 통과하는 곳을 살펴볼 기회를 줘. 일러줄 일은 일러주고, 제발 한 번에 두 마디 이상씩 말해라!"

"네, 대장님."

"그리고…." 스카우트 대장은 말을 잇지 못했다. 처리조 조장이 그를 불렀기 때문이다. "콴 대장님! 스퀀트한테 나사벌레가 박혔어요!"

콴 대장은 입속으로 뭔가 말을 내뱉더니 달리기 시작했다. 두 소년은 그 뒤를 따랐다. 조금 전까지 처리조는 화염총으로 잘라낸 커다란 가지를 옮기고 있었다. 이제 그들은 자기 팔 아래쪽을 붙들고 있는 소년 주변으로 둘러서 있었다. 콴 대장은 단원들 사이를 헤치고 들어가더니, 아무 말 없이 소년의 팔을 붙들고 상태를 살폈다.

콴 대장은 스퀀트의 팔을 고쳐 잡아서 상처 부위의 피부를 바짝 당긴 다음, 자기 허리띠에서 나이프를 빼 들었다. 그리고 마치 사과의 상한 부위를 잘라내는 것처럼, 칼을 찔러 살점을 약간 도려냈다. 스퀀트는 얼굴을 구기며 눈물을 흘렸지만 비명을 지르지는 않았다.

처리조 조장은 이미 구급상자를 열고 있었다. 콴 대장이 근처 소년에게 나이프를 건네자, 조장은 대장의 손에 가루약 통을 전해주었다. 대장은 상처 부위에 통을 흔들어 가루를 뿌린 다음 압박대를 넘겨받아 그 자리에 단단히 붙였다.

그런 다음, 콴 대장은 엄격한 얼굴로 처리조 조장을 돌아보았다. "피트, 왜 네가 하지 않은 거냐?"

"스퀸트가 대장님이 해주시기를 원했어요."

"그러냐? 스퀸트, 그러면 안 된다는 건 알 텐데. 다음에는 가장 가까운 단원에게 부탁하거나, 네가 직접 잘라내라. 내가 오는 동안에 몇 센티미터 더 파고들었을 수도 있다. 그리고 다음에는 손댈 위치를 똑똑히 보고 행동하고!"

행렬은 그새 멈춰 있었다. 선두는 뒤를 돌아보다 콴 대장이 손을 흔드는 모습을 목격하고, 자기 팔을 들었다가 힘차게 내렸다. 분대는 다시 움직이기 시작했다. 찰리는 한스에게 물었다. "나사벌레가 뭐야?"

"작은 벌레야. 짙은 빨간색이고. 나뭇잎 뒤에 붙어 있어."

"뭘 하는데?"

"파고들어. 곪아버리고. 빼내지 않으면 팔을 잘라야 할 수도 있어."

"아." 그리고 찰리는 덧붙였다. "닉시한테도 파고들 수 있을까?"

"안 될걸. 아마 코만 빼고. 틈날 때마다 확인하는 게 좋겠다. 다른 위험한 것들도 있고."

그들은 이제 고지대의 마른 땅에 올라와 있었다. 주변 수풀은 그리 높이 솟지 않았고, 아까만큼 무성하게 우거지지도 않았다. 찰리는 그 안을 힐긋거리며 뭔가 알아보려 애썼고, 한스는 본인 생각으로는 활기찬 대화라 할 만한 것을 계속 이어나갔다. 주로 '독', '약용', '먹어도 돼' 따위의 한두 마디에 지나지 않았지만.

"뭘 먹어도 돼?" 한스가 마지막 부류의 설명을 하자 찰리가 물었다.

찰리는 한스가 가리킨 쪽을 바라봤으나, 과일이나 딸기나 견과류처럼 생긴 물건은 전혀 보이지 않았다.

"저거. 설탕 막대야." 한스는 조심스레 수풀 속으로 지팡이를 넣어 금성 쐐기풀을 한쪽으로 밀어낸 다음, 갈색 나뭇가지를 30센티미터 길이로 꺾어냈다. 그러고는 닉시에게 외쳤다. "닉시! 이리 나와! 멈춰!"

찰리는 나뭇가지의 절반을 받아 든 다음, 한스를 따라 조심스레 깨물었다.

씹기 쉽게 부드러웠다. 진짜로 어느 정도 단맛이 났다. 옥수수 시럽 정도였다. 제법 먹을 만했다!

한스는 씹던 곤죽을 뱉었다. "찌꺼기는 삼키지 마. 배가 아파져."

"혼자였다면 먹을 수 있다고는 상상도 못 했을 거야."

"수풀 속에는 항상 먹을 게 있어."

"저기, 한스? 물은 어떻게 얻어? 가진 게 없다면?"

"응? 물은 사방에 있잖아."

"그건 알지만, 먹을 수 있는 물 말이야."

"모든 물은 먹을 수 있어. 깨끗하게 만들기만 하면." 한스는 주변을 이리저리 둘러보았다. "거름 알버섯을 찾아야 해. 다음에 위아래를 잘라내고. 위에서 물을 붓는 거야. 하나 찾아서 보여줄게."

한스는 이내 하나를 찾아냈다. 독이 있을 것만 같은 고약한 생김새의 버섯이었다. 그러나 버섯은 공터에서 조금 떨어진 곳에 있었고, 한스가 그걸 가지러 가려 하자 화염총을 든 단원이 퉁명스럽게 정글에 접근하지 말라고 말했다. 한스는 어깨를 으쓱했다. "다음에 보여줄게."

✳

행렬은 길가의 공터에서 멈췄고, 사람들은 더플백에서 꺼낸 점심 도시락을 먹었다. 닉시는 나무에 다가가지 말라는 엄중한 경고를 받은 후 자유롭게 뛰놀 수 있었다. 닉시는 경고에 풀이 죽기는커녕, 돌아다니며 모두의 점심을 조금씩 맛보았다. 휴식을 취한 뒤 분대는 다시 길을 떠났다. 가끔은 분대 전원이 길을 비켜줘야 했다. 거대한 저압 강화 타이어를 단 커다란 트럭에 올라타고 시내에서 토요일 밤을 즐기러 가는 농장 일가와 맞닥뜨렸기 때문이었다. 주도로를 따라가다 보면 수풀 사이에 뚫은 비좁은 터널로 농장 진입로로 이어지는 지점이 군데군데 보였다. 그날 오후에 그런 곳 한 군데를 지나가는데, 한스가 엄지를 들어 그쪽을 가리켜 보였다. "집이야."

"너희 집?"

"이리로 수백 미터쯤 들어가야 해."

2, 3킬로미터 더 이동한 다음, 분대는 길을 떠나 야생 지역을 가로지르기 시작했다. 그러나 그들은 이제 제법 마르고 반쯤 트여 있는 고지대에 있었고, 지구의 숲보다 딱히 어려울 것 없는 지형이었다. 한스는 그저 닉시가 딱 붙어서 따라오는지 확인하며 찰리에게 주의를 시킬 뿐이었다. "발 디딜 곳을 확인해. 그리고 뭔가 떨어져 붙는 느낌이 들면 바로 털어내고."

분대는 이내 공터로 나와서 야영지를 만들고 저녁을 먹기 시작했다. 사람이 화염총을 사용해 만든 공터였지만, 이미 발밑에는 녹색 양탄자가 깔려 있었다. 야영장 준비의 첫 단계는 스카우트 지팡이를 이용해 사각형의 네 귀퉁이를 확보하는 것이다. 다음에는 분대의 통신 담당인 조크 퀜틴이 거기에 쥠쇠로 거울을 고정한다. 조크는 한참을 고생해서 강한 빛을 내뿜는 손전등이 사각형의 네 귀퉁이를 돌아 광전지가 들어 있는 긴 튜브에 도착하는 경보 시스템을 만들어냈다. 이제 야영지는 투명한 울타리에 둘러싸여 있는 셈이었다. 광선이 끊기면 경보음이 울릴 테니까.

이런 일을 하는 동안, 다른 단원들은 지팡이를 세 개씩 모아서 긴 장대를 만들고 있었다. 그리고 걸레에 메스꺼울 정도로 달콤한 액체를 적셔서 장대 끝에 매단 다음, 사각형 귀퉁이마다 높이 세웠다. 찰리는 킁킁거린 다음 얼굴을 찌푸리며 물었다. "저거 뭐야?"

"잠자리 때문에 그래. 저 냄새를 싫어하거든."

"싫어할 만한데!"

"최근에는 본 적이 없긴 해. 하지만 잠자리가 무리를 지으면 저걸 온몸에 발라야 해. 몸에서 구린 냄새가 나는 게 다행이란 생각이 들지."

"저기, 한스? 잠자리가 한 방에 어른도 마비시킬 수 있다는 게 사실이야?"

"아니."

"어? 하지만 다들…."

"서너 방은 쏘여야 해. 한 방으로는 팔이나 다리 한쪽이 마비되는 정도야. 등골에 정통으로 쏘인 게 아니라면."

"아." 찰리가 듣기에는 딱히 나은 것 같지 않았다.

"나도 쏘인 적 있어." 한스가 덧붙였다.

"정말? 근데 아직 살아 있잖아."

"아빠가 싸워서 죽여주셨어. 한동안 왼쪽 다리를 못 썼지."

"세상에! 정말 운이 좋았네."

"안 좋았다고 하고 싶은데. 하지만 전부 안 좋았던 건 아니야. 먹을 수 있었으니까."

"잠자리를 먹었다고?"

"당연하지. 끝내주게 맛있다고."

찰리는 속이 거북해졌다. "너 곤충도 먹는 거야?"

한스는 잠시 생각하다 말했다. "랍스터 먹어본 적 없어?"

"당연히 먹어봤지. 하지만 그건 다르잖아."

"다르지. 랍스터 그림은 봤거든. 구역질 나게 생겼던데."

콴 대장이 미식가들의 대화를 끊으며 등장했다. "한스! 기름풀 좀 모아줄 수 있겠니?"

"네." 한스는 멀리 떨어진 수풀로 걸음을 옮기기 시작했다. 찰리가 따라가자 닉시도 가벼운 걸음으로 그 뒤를 따랐다. 한스가 걸음을 멈췄다.

"닉시는 뒤에 있으라고 해. 기름풀을 모으면서 닉시까지 감시할 수는 없으니까."

"알았어."

찰리를 지키는 일이 자신의 의무였기 때문에, 닉시는 항의했다. 그러나 찰리가 진심이며 회유할 수 없을 것이라는 사실을 깨닫자, 닉시는 꼬리를 높게 든 채로 돌아와서 야영지 설치를 감독하기 시작했다.

두 소년은 걸음을 옮겼다. 찰리가 물었다. "저 공터 말이야. 스카우트에서 계속 쓰는 야영장이야?"

한스는 깜짝 놀란 표정이 되었다. "그럴 것 같은데. 아빠하고 내가 여기다 작물을 심으려면 몇 번은 더 불태워야 할 테니까."

"여기가 너희 땅이라는 거야? 그 말은 왜 안 했어?"

"안 물어봤잖아." 한스는 즉시 덧붙였다. "농장주 중에는 스카우트가 돌아다니는 걸 싫어하는 사람도 있어. 작물을 망칠지도 모르니까."

기름풀은 고사리를 닮은 지표식물이었다. 두 소년은 아무 말 없이 풀을 모았다. 한스가 찰리의 팔에서 뭔가를 털어내줄 때만 빼고. "이런 건 조심해야 해."

기름풀을 가득 모아든 다음, 한스는 제법 길게 말했다. "잠자리는 사실 별것도 아니야. 날아오는 소리가 들리거든. 게다가 맨손으로도 싸워서 쫓을 수 있어. 착지하기 전까지는 못 쏘니까. 어차피 무리를 짓기 전까지는 쏘지도 않고. 암컷이 알을 낳으려고 쏘는 것뿐이거든." 그리고 한스는 사려 깊게 덧붙였다. "한심하지. 사람 몸속에서는 알이 안 깨어난다는 걸 모르는 거야."

"그래?"

"응. 쏘인 사람한테는 딱히 도움도 안 되지만. 어차피 죽으니까. 잠자리는 크틸라라는 이름의 커다란 양서류를 쏘고 있다고 생각하는 거야."

"크틸라 사진은 본 적 있어."

"그래? 진짜로 보면 훨씬 끔찍해. 하지만 겁먹을 필요 없어. 크틸라는 널 해칠 수단이 없고, 너보다 걔들이 더 겁을 먹으니까. 그냥 끔찍하도록 무섭게 생겼을 뿐이야." 그리고 한스는 팔을 털었다. "진짜 조심해야 하는 건 작은 놈들이야."

기름풀은 깨끗한 불꽃을 내면서 한참을 타들어갔다. 소년들은 뜨끈한 식사와 따뜻한 차를 즐겼다. 화재를 대비하는 조치는 하나도 없었다. 금성에는 온갖 위험이 존재하지만 불은 그 안에 속하지 않았다. 이곳에서는 산불을 예방하는 것이 아니라 뭐든 타게 만드는 쪽이 문제였다.

식사를 마치고 나서, 콴 대장은 소년 한 명의 응급처치와 인공호흡 실력을 점검했다. 귀를 기울이던 찰리는 자신이 많은 것을 잊어버리고 새로 배워야 한다는 사실을 깨달았다. 지구와는 환경이 다르기 때문이었다. 그러다 러스티가 하모니카를 꺼냈고, 다들 함께 노래를 부르기 시작했다.

마침내 콴 대장이 하품을 하더니 말했다. "모든 단원, 취침 시간이다. 내일 일정은 제법 힘들 거야. 페드로, 네가 첫 보초를 서라. 이후로는 호명 순서대로 돌아간다."

찰리는 절대 잠들지 못할 것 같다고 생각했다. 방수포 아래 땅이 딱딱한 것은 아니었지만, 밝은 하늘 아래 잠드는 일에는 익숙지 못했으니까. 게다가 주변 풀숲에서 들리는 괴상한 소리에도 계속 신경이 쓰였다.

그리고 누군가가 고함을 질러 퍼뜩 잠에서 깨어났다. "잠자리다! 전원 기상! 경계 태세를 갖춰!"

찰리는 생각을 가다듬을 시간도 없이 몸을 숙여 닉시부터 품에 끌어안은 다음 주변을 살폈다. 소년 몇 명이 하늘에 대고 손가락질을 하고 있었다. 그쪽을 바라본 찰리는, 처음에는 헬리콥터가 날아오고 있다고 생각했다.

그러다 비행체가 갑자기 다가오기 시작하자, 찰리는 그게 거대한 곤충이라는 사실을 깨달았다. 믿을 수 없을 정도로 거대했다. 지구에서는 2억5천만 년 전의 석탄기 이후로 단 한 번도 등장한 적 없는 크기였다.

야영지 쪽으로 날아오고 있었다. 몸 어디선가(날개려나?) 붕붕대는 소리가 울렸다.

놈은 냄새나는 걸레를 단 장대 쪽으로 접근하더니, 잠시 머뭇거리다 방향을 틀었다. 콴 대장은 그 모습을 물끄러미 바라보다 한스 쪽을 힐긋거렸다.

"무리를 짓지는 않았네요." 한스가 긍정적으로 말했다. "그리고 어차피 수컷이었어요."

"흠, 물론 네 말이 맞겠지. 그래도… 오늘 밤은 보초의 수를 두 배로 늘리겠다. 정해진 순번을 따라 내려가도록. 초급 이상 단원만 참가한다." 콴 대장은 다시 자리에 누웠다.

✳

다음 날 아침, 분대는 다시 행군을 시작했다. 물론 시계에 따른 '아침'일 뿐이었다. 전혀 변하지 않은 칙칙한 하늘 아래에서 깨어난 찰리는 온몸이 뻐근하고 피로도 가시지 않은 상태였다. 불편한 자리에서 너무 오래 낮잠을 자다 일어난 느낌이었다. 분대는 원래 왔던 길을 따라 돌아가기 시작했다. 제대로 다듬은 길로 돌아오자, 한스는 찰리를 두고 콴 대장을 보러 갔다. 그리고 잠시 후 웃는 얼굴로 돌아왔다. "우리 집에서 자고 갈래? 너랑 닉시랑?"

"세상에! 그래도 돼? 너희 부모님은 괜찮으실까?"

"손님맞이를 좋아하셔. 아침에 아빠가 태워다주실 거야."

"정말 끝내줄 것 같아, 한스… 하지만 우리 부모님은? 어, 조크가 휴대용 무전기로 연락하게 해줄까?"

"다 괜찮아. 분대가 도착하면 콴 대장이 전화로 연락해주신다고 했어. 그리고 우리 집에 도착해서 전화해도 되잖아. 부모님이 꾸짖으시면 내가 다시 분대까지 데려다줄게."

그렇게 결정이 났다. 쿠펜하이머 농장으로 들어가는 좁은 진입로에

도착하자, 콴 대장은 그들에게 한눈팔지 말고 곧장 집으로 가라고 일렀다. 두 소년은 진지하게 동의하고 분대에서 이탈했다.

진입로는 어둑한 터널이었다. 한스는 서둘러 찰리를 이끌고 그곳을 빠져나갔다. 수백 미터를 나오자 눈앞에 경작지가 펼쳐졌고, 한스는 걸음을 늦췄다. "위험한 곳은 거기뿐이야. 너 괜찮지?"

"그럼."

"닉시도 확인해보자."

닉시에게도 눈에 띄는 뭔가가 붙어 있지는 않았고, 꼬리를 흔드는 모양을 보니 불편한 구석도 없는 모양이었다. 그들은 다시 걸음을 옮겼다. 찰리는 호기심 어린 눈으로 주변을 둘러보았다. "여기서는 뭘 경작하는 거야?"

"오른쪽은 정글 빵나무야. 일단 경작지가 자리를 잡으면 별로 안 돌봐도 돼. 다른 식물을 거의 다 죽여버리거든. 반대쪽은 유전자변형 바나나야. 저쪽은 조금 더 신경을 써야 해."

이내 그들은 한스네 집에 도착했다. 고지대에 위치해 있었고, 주변에 식물은 하나도 보이지 않았다. 형태는 일반적인 금성 개척자의 집과 크게 다르지 않았다. 길고 낮은 형태에, 스펀지 통나무와 토착종 대나무로 지은 건물이었다. 한스의 어머니는 찰리가 매일 보는 이웃집 아이라도 되는 것처럼 맞이하고, 닉시를 쓰다듬어주었다. "내가 함부르크에 있을 때 키우던 강아지 생각이 나는구나." 그러고는 바나나 케이크와 우유 비율이 매우 높은 커피를 내주었다. 닉시는 바닥에서 자기 몫의 케이크를 먹었다.

주변에는 한스보다 어리고 생김새가 비슷한 다른 아이들이 있었다. 찰리는 그 아이들과 쉽사리 친해질 수가 없었다. 한스보다도 말수가 적고 닉시 쪽으로 접근하지도 않았기 때문이었다. 어머니와는 달리, 아이들은 닉시를 완전히 괴상한 존재로 여기는 모양이었다. 그러나 그 괴물이 한스나 자기네 어머니한테 얌전히 구는 모습을 보자, 아이들은 조심스레 닉시를 쓰다듬기 시작했다. 이후 아이들은 닉시에게는 상당히 관심을 보이게 되었지만, 찰리는 여전히 수줍게 피하기만 했다.

한스는 케이크를 해치우고 서둘러 밖으로 나갔다. 그리고 몇 분 후에 다시 들어왔다. "엄마, 화염총 어디 있어요?"

"아빠가 쓰고 계시는데."

한스는 멍한 표정이 되었다. "그래요…. 꼭 필요한 건 아니니까요. 가자, 찰리." 한스는 묵직한 마체테를 양손에 하나씩 들더니, 하나를 찰리에게 넘겼다.

"알았어." 찰리는 자리에서 일어섰다. "고맙습니다, 쿠펜하이머 부인. 정말 감사했어요."

"아줌마라고 부르렴."

"얼른 가자, 찰리."

"알았어. 아 참, 우리 부모님께 전화 드린다고 했잖아?"

"까먹고 있었네! 엄마, 찰리 어머니께 전화 좀 해주실래요? 찰리가 우리 집에서 하룻밤 자고 간다고요."

"그럼, 물론이지. 너희 주파수가 어떻게 되니, 찰리?"

"음, 시 교환국에 전화하셔서 중계해달라고 하셔야 할 거예요."

"알았다. 너희는 놀다 오렴."

두 소년은 농장을 가로질러 걸어갔다. 닉시는 뛰어다녀도 된다는 허락을 받았다. 그러나 닉시는 즐겁게 뛰어다니다가도, 30초마다 돌아와서 자기가 없는 동안 보호 대상들이 쓰러지거나 납치를 당하지 않았는지를 살폈다.

"우리 지금 어디 가는 거야, 한스?"

한스는 눈을 빛냈다. "금성에서 가장 예쁜 농장을 보러 가는 거야!"

"정말 끝내주게 예쁘다는 건 확실한데."

"아빠 농장 말고. 내 농장 말이야."

"네 농장?"

"내 것이 될 테니까. 아빠가 선택 취득권을 달아놓으셨어. 어른이 되면 내가 인수할 거야." 한스는 걸음을 서둘렀다.

이내 찰리는 아직 경작지인데도 방향을 놓쳤다는 사실을 깨달았다. "좀 기다려, 한스! 네 편광 측정기 좀 빌려도 돼?"

"뭐에 쓰려고?"

"기준 방향을 잡고 싶어서 그래. 방향감각이 완전히 사라졌어."

"기준은 저쪽이야." 한스는 마체테로 한쪽을 가리키며 말했다. "편광 측정기는 집에 두고 왔어. 여기서는 필요 없으니까."

"그냥 방향을 알아둬야 할 것 같아서."

"찰리, 내가 여기서 길을 잃을 리가 없잖아. 나는 이 땅에서 태어났다고."

"난 아닌데."

"주변을 잘 살펴. 눈에 띄는 지형지물이 있을 거야. 우린 지금 저기…." 한스는 다시 한쪽을 가리켰다. "커다란 나무 쪽으로 가는 거야." 찰리가 그쪽을 보니 커다란 나무가 여럿 보였다. "산등성이를 가로질러 가자. 내 땅까지 얼마 안 남았어. 괜찮지?"

"그런 것 같아."

"나랑 같이 있으면 길을 잃을 리는 없어. 있잖아, 내가 기준 방향을 확인하는 법을 알려줄게. 편광기 같은 건 도시 애들이나 쓰는 거야." 한스는 주변을 둘러보며, 기민한 눈으로 주변의 사소한 것들을 살피고 분류했다. "저기 있다."

"뭐가 있어?"

"나침반 벌레야. 바로 저기. 절대 놀라게 하면 안 돼. 따라와, 닉시!"

그쪽을 본 찰리는 줄무늬 겉날개를 가진 딱정벌레 비슷한 작은 생물을 발견했다. 한스는 말을 이었다. "날아오를 때 바로 태양 쪽으로 날거든. 항상 그래. 그런 다음에 저공비행을 하면서 집을 찾아가지. 둥지를 만들거든." 한스는 작은 벌레 옆쪽 땅을 때렸다. 벌레는 제트를 분사하듯 날아올랐다. "그러니까 태양은 저쪽인 거야. 지금 몇 시지?"

"10시 30분쯤 됐을 거야."

"그럼 기준 방향은?"

찰리는 곰곰 생각하다 말했다. "대충 저쪽이겠네."

"내가 가리킨 방향 맞지? 그럼 다른 나침반 벌레를 찾아봐. 잘 찾아보면 꼭 한 마리씩 있거든."

찰리도 한 마리를 찾았다. 그리고 놀랍게 한 다음 첫 번째 벌레와 같은 방향으로 날아가는 모습을 지켜보았다. "있잖아, 한스." 찰리는 천천히 말을 꺼냈다. "꿀벌도 저런 일을 한대. 그러니까, 편광된 빛으로 방향을 잡아서 날아가는 거야. 그래서 구름 낀 날에도 벌집으로 돌아올 수 있는 거래. 책에서 읽은 적이 있어."

"꿀벌? 지구에서 설탕을 만드는 벌레 말이지?"

"응. 하지만 딱정벌레는 아니야."

"그렇구나." 한스는 별 감흥 없이 말했다. "나는 앞으로도 볼 일이 없겠지. 그럼 움직이자."

그들은 이내 경작지를 떠나 수풀로 들어갔다. 한스는 닉시에게 뒤에 붙으라고 일렀다. 언덕을 오르는데도 수풀은 갈수록 무성해지더니 빽빽한 정글로 변했다. 한스가 앞서가면서 가끔 나오는 장애물을 잘라냈다.

그러다 한스가 걸음을 멈추고 거칠게 말했다. "젠장!"

"문제라도 있어?"

"이래서 화염총을 가지고 오고 싶었던 건데. 이쪽은 식물이 너무 빽빽하게 자랐어."

"가지를 치면서 들어갈 수 없을까?"

"정글 칼로는 한나절은 걸릴 거야. 열이 필요한데. 아빠 농장에서 내 농장까지 길을 내려면 이 근처에 모조리 독을 뿌려야겠어."

"그럼 이제 어떻게 해?"

"돌아서 가야지. 다른 수가 없잖아?" 한스는 왼쪽으로 방향을 틀었다. 찰리는 한스가 어떤 식으로 길을 찾는지를 알 수가 없었기 때문에, 그냥 땅의 높낮이가 눈에 익어서 방향을 알 수 있다고 생각하기로 했다. 30분쯤 후에 한스가 걸음을 멈추더니 속삭였다. "조용히 해. 닉시한테도 조용히 하라고 시키고."

"왜 그래?" 찰리도 속삭이는 소리로 되물었다.

"운이 좋으면 크틸라를 볼 수 있을 거야. 놀라게 하지만 않으면." 한스는 소리 내지 않고 전진하기 시작했고, 찰리와 닉시는 그 뒤를 바싹 따랐다. 그러다 한스가 걸음을 멈췄다. "저기야."

찰리는 앞으로 기어나가 한스의 어깨너머를 기웃거리고는, 아래쪽으로 작은 개울이 흐르고 있다는 사실을 깨달았다. 순간 오른쪽에서 첨벙 소리가 들렸지만, 고개를 돌려보니 파문이 퍼지는 모습만 보였다. "봤어?" 한스가 평소 목소리로 물었다.

"젠장, 바로 저기 있었는데. 아주 큰 놈이었어. 여기 바로 하류에 집이 있거든. 가끔 이리 와서 물고기를 잡아. 항상 주변을 살피고 다니면 보여." 한스는 곰곰 생각하다 덧붙였다. "찰리, 크틸라도 사람 같은 종족이래."

"어?"

"머리가 좋다는 거야. 아빠는 그렇게 생각하셔. 안면을 익힐 수 있다면 증명할 수 있을 텐데. 그런데 너무 겁이 많거든. 얼른 가자. 여기서 건널 거야." 한스는 강둑을 타고 내려가서, 물가의 젖은 모래톱에 앉아 신발을 벗기 시작했다. "앉을 자리 조심해."

찰리도 한스를 따라 했다. 한스는 맨발과 맨다리를 드러낸 채로 닉시를 안아 들었다. "내가 먼저 갈게. 이 부근은 얕은 편이야. 멈추면 안 되고, 헛디디지 않게 조심해."

물은 미지근하고 바닥은 진흙탕이었다. 찰리는 건너편 둑에 도달하자 안도의 한숨을 내쉬었다. "거머리 떼어 내." 한스는 닉시를 내려놓으며 이렇게 명령했다. 찰리는 자기 다리를 내려다보다가, 달걀만 한 자줏빛 구체 대여섯 개가 들러붙어 있는 모습을 발견하고 깜짝 놀랐다. 한스는 자기 다리를 정리한 다음, 찰리가 거머리를 제대로 떼어내도록 도와주었다. "손가락으로 발가락 사이를 훑어봐. 신발 신으면서 모래벼룩도 떨어낼 수 있으면 좋고. 사실 별로 해롭지는 않지만."

"물속에 다른 건 없어?" 찰리는 훨씬 우울해진 목소리로 물었다.

"아, 유리고기가 살점을 물어뜯기는 하는데… 그래도 독은 없어. 크틸라들이 이 냇물은 열심히 청소하거든. 어서 가자."

그들은 건너편 강둑을 올라서 제법 마른 땅인 고지대에 도달했다. 찰리는 지금 상류로 올라가고 있다고 짐작했지만, 확인할 방법은 없었다.

갑자기 한스가 걸음을 멈췄다. "잠자리다. 들려?"

찰리가 귀를 기울이자 전동기를 돌리는 듯한 붕붕거리는 높은 소리가 들렸다. 어젯밤에 들었던 소리였다. "저기 있다." 한스가 서둘러 말했다. "닉시 꼭 붙들고, 때려 쫓아낼 준비 하고 있어. 내가 주의를 끌어볼게."

찰리는 잠자리의 주의를 끄는 일이 방울뱀을 찌르는 것과 같은 부류의 행동이라는 생각이 들었지만, 반대하기에는 너무 늦어버렸다. 한스가 팔을 흔들고 있었기 때문이었다.

잠자리는 잠시 멈칫하더니, 방향을 틀어 곧바로 찰리에게 날아오기 시작했다. 순간 끔찍한 상상이 찰리의 머릿속을 가득 메웠지만, 곧이어 한스가 마체테를 휘두르는 모습이 눈에 들어왔다. 붕붕거리는 소리가 멈추고, 잠자리는 그대로 나풀거리며 땅에 떨어졌다.

한스는 웃음을 짓고 있었다. 잠자리는 아직 몸을 뒤틀고 있었지만, 이미 머리가 깔끔하게 떨어져 나가 죽은 상태였다. "전혀 낭비한 부분이 없잖아." 한스가 자랑스럽게 말했다.

"무슨 소리야?"

"우리 점심이거든. 네 뒤쪽에 기름풀 좀 잘라 와봐." 한스는 땅에 쭈그려 앉았다. 그리고 빠르게 세 번 칼을 휘둘러 독침과 양쪽 날개를 잘라냈다. 남은 부분은 중간 크기 랍스터 정도는 되어 보였다. 한스는 날카롭게 빛나는 마체테를 의사의 메스처럼 섬세하게 휘둘러서 외골격의 아랫면을 분리하고, 부드럽고 깔끔한 솜씨로 내장을 제거했다. 그리고 그대로 던져버리려다가, 문득 움직임을 멈추고 생각에 잠긴 얼굴로 손에 든 내장을 물끄러미 바라보았다.

찰리는 속이 거북하면서도 홀린 듯이 그 광경을 지켜보고 있었다. "뭐가 문제야?"

"알주머니가 꽉 차 있어. 머지않아 무리를 지을 거야."

"그거 나쁜 거 맞지?"

"좀 그렇지. 3, 4년마다 한 번씩 무리를 짓거든." 한스는 머뭇거렸다. "내 땅 보러 가는 건 관두자. 아빠한테 말씀드려야 해. 꼬맹이들도 집 안에 들여보내야 하고."

"좋아, 얼른 가자."

"우선 점심부터 먹고. 10분 정도 늦어도 별일은 없을 거야. 아직 무리를 지은 건 아니니까. 그랬으면 이놈이 혼자 다니지 않겠지."

찰리는 점심은, 그러니까 이런 점심은 괜찮다고 말하려 했다. 그러나 한스는 이미 불을 피우고 있었다.

외골격 안에는 깨끗한 우윳빛 육질만 남아 있었다. 늘씬한 비행용 근육이었다. 한스는 한 점을 잘라내서 불에다 굽고는, 휴대용 양념통을 꺼내 소금을 뿌렸다. "좀 먹어봐."

"어, 별로 배가 안 고픈데."

"후회할 텐데. 이거 먹어, 닉시." 닉시는 얌전히 기다리면서도 계속 코를 벌름거리고 있었다. 닉시는 허공에서 고깃조각을 낚아채서 그대로 삼킨 다음, 다음 조각을 먹어치우는 한스를 기대하는 눈으로 바라보며 기다렸다.

냄새가 좋기는 했다…. 그리고 겉보기로도 괜찮았다. 무슨 고기인지 생각하지 않을 수만 있다면. 입가에 군침이 돌기 시작했다. 한스는 고개를 들고 물었다. "생각이 바뀌었어?"

"어…, 한 입만 먹어볼게."

찰리는 게살과 맛이 비슷하다고 생각했다. 잠시 후에는 닉시조차 판심을 두지 않을 정도로 외골격을 깨끗하게 발라 먹어버렸다. 찰리는 자리에서 일어나서 가볍게 트림을 하고는 말했다. "준비됐어?"

"응. 어, 찰리, 하나 보여주고 싶은 게 있는데…, 그리고 그쪽으로 돌아가는 길이 있어서 어쩌면 우리가 온 길보다 빠를지도 몰라."

"그게 뭔데?"

"곧 알게 될 거야." 한스는 방향을 바꿔 걸음을 옮기기 시작했다. 찰리는 한스가 나침반 벌레의 도움 없이 방향을 잡는 방법이 짐작조차 가지 않았다.

머지않아 그들은 비탈을 내려가기 시작했다. 문득 한스가 걸음을 멈췄다. "들려?"

찰리가 귀를 기울이자, 정글에 끊임없이 울리는 다양한 소리 아래로 나직하게 우르릉거리는 소리가 들리는 듯했다. "잠자리는 아니지?"

"당연히 아니지. 잘 들어봐."

"그럼 뭔데?" 한스는 대답하지 않고 다시 걷기 시작했다. 머지않아 그들은 공터에 도착했다. 아니, 방이라고 부르는 편이 옳을지도 몰랐다. 정글이 머리 위를 뒤덮고 있었으니까. 놀랍게도 그 안에 아름다운 폭포가 있었다. 나직한 굉음은 이 폭포의 노랫소리였다.

"끝내주지 않아?"

"정말 대단해." 찰리도 동의했다. "이렇게 아름다운 건 요즘은 본 적도 없어."

"그래, 물론 예쁘지. 하지만 중요한 건 그게 아니야. 내 땅이 바로 위에 있거든. 여기다 물레방아를 설치해서 전력을 공급할 생각이야." 한스는 두 친구를 이끌고 폭포 쪽으로 다가가면서 흥분을 감추지 않고 자기 계획을 떠들었다. 폭포 소리가 너무 커서 거의 소리쳐야 할 지경이었다.

그 때문에 두 소년 모두 소리를 듣지 못했다. 찰리는 닉시가 짖는 소리에 고개를 돌렸다가 마지막 순간에야 그 모습을 목격했다. "한스! 잠자리야!"

너무 늦었다. 놈은 한스의 견갑골 사이를 그대로 찔렀다. 알은 낳지 못했다. 찰리가 맨손으로 때려 죽여버렸으니까. 그러나 한스는 이미 쏘인 후였다.

✳

찰리는 떨리는 손을 바지에 문지른 다음 친구를 내려다보았다. 찰리가 잠자리를 죽이는 동안, 한스는 그대로 쓰러져버렸다. 땅바닥에 나동그라져 있었다. 찰리는 그 위로 몸을 숙이며 소리쳤다. "한스! 한스! 내 말 들려?"

한스의 눈꺼풀이 떨렸다. "우리 아빠 모셔 와."

"한스… 일어설 수 있어?"

"미안해, 찰리." 가늘게 떨리는 소리가 이어졌다. "내 잘못이야." 눈은 뜨고 있었지만, 찰리가 아무리 불러도 그 이상의 대답은 없었다.

괴로운 상황인데도 찰리는 몸에 밴 훈련에 따라 움직였다. 맥을 찾을 수 없었기 때문에, 찰리는 바로 심장에 귀를 댔다. 그리고 힘차고 규칙적인 쿵덕! 쿵덕! 소리를 듣고 안도했다. 한스의 얼굴은 백지장처럼 창백했지만, 상태를 보니 마비만 되고 즉사하지는 않는다는 말이 사실인 모양이었다.

하지만 이젠 어쩌지?

한스는 자기 아버지를 불러오라고 말했다. 당연히 그래야겠지만, 무슨 수로? 집까지 돌아가는 길을 찾을 수 있을까? 찾을 수 있다 해도, 여기까지 사람을 데리고 돌아올 수 있을까? 아니, 그럴 필요는 없을 것이다. 쿠펜하이머 씨는 분명 한스가 자기 것으로 만들려 하는 폭포의 위치를 알고 있을 테니까. 그러니 지금은 돌아갈 방법만 찾으면 된다. 어디보자. 저쪽 강둑을 타고 내려왔지. 그다음에는 냇물을 건넜고. 분명 같은 냇물일 것이다. 물길이 갈라지는 곳을 지나치지는 않았으니까. 아니, 혹시 지나쳤나?

아니다. 같은 냇물이라 생각하는 편이 나을 것이다. 다른 냇물이라면 아예 희망이 없는 셈일 테니까. 수풀을 뚫고 돌아가서, 다시 냇물을 건너면 된다….

그런데 다시 헤치고 들어가서 건널 만큼 얕은 지점은 어떻게 찾아내지? 수풀은 전부 똑같아 보이는데.

어쩌면 강둑을 따라서 얕은 곳이 나올 때까지 내려가는 쪽이 나을지도 모른다. 그런 다음에 냇물을 건너서, 나침반 벌레를 찾을 수 있다면 대충 쿠펜하이머 농장이 있는 방향을 잡아서 정착지가 나올 때까지 걸어가는 것이다. 처음 나올 때 기준을 중심으로 어느 방향인지는 확인해놓았다. 그 정도면 방향은 잡을 수 있을 것이다.

아니, 그게 가능할까? 그 전에 화염총이 없으면 지나갈 수 없는 지역에 도착했었지. 거기서는 어느 쪽으로 갔더라? 몇 번이나 방향을 틀었지? 크틸라를 거의 볼 뻔한 곳에 도착했을 때가 어디로 가고 있었더라?

상관없어. 지금은 일단 뭐든 시도해야 한다. 적어도 냇물을 건너면 농장과 같은 편에 있게 될 테니까.

닉시는 한동안 움직임을 멈춘 한스의 몸에 대고 코를 킁킁거리고 있었다. 그러다 이젠 계속해서 낑낑대는 소리를 흘리기 시작했다. "조용히 해, 닉시!" 찰리가 쏘아붙였다. "지금 너까지 귀찮게 굴면 감당이 안 된다고."

닉시는 입을 다물었다.

찰리는 한스를 두고 가면 안 된다는 결론을 내렸다. 데려가야 한다. 찰리는 무릎을 꿇고 앉은 다음 축 늘어진 한스의 몸을 양손으로 떠받쳐 어깨로 지탱하면서, 혹시라도 한스가 어머니에게 어딜 갈 생각인지 말했는지를 떠올리려 기억을 뒤지기 시작했다. 그러나 설령 그랬더라도 별 도움이 되지 않았으리라는 생각이 머릿속에서 떠나지 않았다. 여기는 한스의 원래 목적지가 아니었으니까.

"따라와, 닉시."

끝나지 않을 것처럼 오랜 시간이 흐른 후, 찰리는 제법 트인 공터에 한스를 내려놓았다. 걷기 시작하고 얼마 지나지 않아서, 찰리는 한스를 데리고 강둑을 따라 걸을 수 없다는 사실을 깨닫게 되었다. 혼자라면 마체테를 휘두르며 뚫고 지나갈 수 있을지도 몰랐다. 그러나 마체테가 두 개나 있어도, 한스를 둘러멘 상태로는 휘두를 수가 없었다. 그쪽 길을 포기한 찰리는 마체테 하나를 폭포 근처에 두고 가기로 했다. 거기라면 한스가 나중에 다시 찾을 수 있을 테니까. 허리춤에 찬 마체테도 무겁고 걸리적거려서 두고 가고 싶었지만, 결국 가지고 가는 편이 나으리라는 결론을 내렸다. 여기 도착할 때까지 상당히 많이 나무를 쳐야 했으니까.

그래서 찰리는 다시 길을 떠났다. 이번에는 수풀을 뚫고 올 때의 발자취를 되짚어 나가면서, 들어오는 와중에 식물을 베어낸 흔적을 찾아낼 수 있기를 바랄 생각이었다.

흔적은 하나도 보이지 않았다. 생명을 가진 녹색의 미궁이 그런 사소한 흔적 따위는 가볍게 집어삼킨 것이었다.

한참이 흐른 후, 찰리는 처음 출발한 폭포로 돌아가기로 마음먹었다. 거기 머물면서 한스를 보살피고, 물을 걸러서 식수를 확보하면서 기다리는 것이다. 쿠펜하이머 씨라면 머지않아 폭포를 떠올릴 테니까!

그래서 그는 발길을 돌렸고… 폭포를 찾을 수 없다는 사실을 깨달았다. 심지어 냇물조차 보이지 않았다.

문득 뭔가를 밟은 느낌이 들었다. 나뭇가지가 얼굴을 가려서 볼 수는 없었다. 뭔지는 몰라도, 벌겋게 달아오른 철사 같은 것이 다리에 들러붙었다. 찰리는 그걸 떼어 내느라 비틀거리다 거의 넘어지며 한스를 떨어뜨릴 뻔했다. 간신히 붙은 것을 떨쳤는데도 다리의 고통은 잦아들지 않았다. 불타는 느낌은 조금 잦아들었지만, 감각이 사라지며 먹먹한 느낌이 오른쪽 다리를 타고 올라오기 시작했다.

처음으로 나온 공터에 한스를 내려놓고 나니 훨씬 안도가 되었다. 찰리는 주저앉아 다리를 문지른 다음 한스를 살폈다. 아직 숨은 쉬고 있었다. 심장도 뛰고… 하지만 촛불처럼 가냘파 보였다.

닉시는 다시 한스를 쿵쿵거리다가, 찰리를 올려다보며 질문하듯 낑낑 소리를 냈다. "이제 방법이 없어." 찰리는 닉시에게 말했다. "쟤 엉망이지. 나도 엉망이고. 너도 엉망이야."

닉시는 짖었다.

"알았어, 그렇게…. 움직일 힘이 돌아오면 바로 출발할 거니까. 보채지 좀 마. 그럴 거면 네가 애 업고 걸어보지그래?"

찰리는 계속 다리를 문지르고 있었다. 고통은 사라지고 있었지만, 먹먹한 느낌은 더 심해졌다. 마침내 찰리는 닉시를 보며 말했다. "아무래도 뭐든 시도해봐야겠어, 닉시. 나침반 벌레를 찾아볼 테니 조금만 기다려봐. 내 생각에는 거의 기준 방향으로 이동한 것 같으니까. 기준 반대 방향으로 가면 될 것 같아." 찰리는 시간을 확인하려 손목으로 시선을 돌렸다.

시계가 멈춰 있었다.

멈출 리가 없는데. 자동 태엽 시계니까.

하지만 실제로 멈춰 있었다. 어쩌면 풀숲을 헤치고 나가다가 어딘가 부딪힌 걸지도 몰랐다. 뭐가 문제든 멈춰 버린 이상 어쩔 수 없는 일이었다. 찰리는 한스의 손목시계를 살펴보기로 했다. 24시간 문자반이 달린 한스의 시계가 방향을 찾기에는 더 쉬울 것이라는 생각을 하면서.

그러나 한스의 손목에는 시계가 없었다. 주머니에도 보이지 않았다. 편광 측정기와 더플백과 함께 집에 두고 왔는지, 아니면 찰리가 끌고 다니다가 떨어뜨린 것인지는 몰라도, 이제 아무 의미도 없는 일이었다. 두 사람에게는 시계가 없었고, 찰리는 지금 시각을 어림짐작조차 할 수 없었다. 한스를 데리고 끔찍한 수풀과 싸우며 돌아다닌 시간이 거의 일주일은 되는 것처럼 느껴졌다.

시계가 없으니, 나침반 벌레가 있어도 아무 도움도 안 될 것이다.

순간 찰리는 거의 낙담할 뻔했다. 그러나 찰리는 마음을 다잡으며, 아래쪽 경사를 따라가다 보면 결국 냇가에 도착할 것이라 되뇌었다. 그러면 여울목이나 폭포 중 하나는 찾을 수 있을 것이다. 찰리는 오른쪽 다리에 힘을 실으며 한스를 부축할 자세를 취하려 했다.

그리고 지금껏 시간만 낭비했다는 사실을 깨달았다. 오른쪽 다리가 움직이지 않았다.

따끔거리는 저릿한 감각이 거의 견딜 수 없을 지경이었다. 다리를 너무 오래 깔고 앉아 있었던 후의 느낌이었다. 그러나 저린 느낌은 그때처럼 간단히 사라지지 않았다. 무슨 수를 써도, 다리가 말을 듣지 않았다.

찰리는 한스의 몸에 얼굴을 파묻고 울음을 터뜨렸다.

✳

찰리는 이내 닉시가 자기 얼굴을 핥으며 끼낑거리고 있다는 사실을 깨달았다. 울어봤자 아무 쓸모도 없다. 찰리는 울음을 그치고 고개를 들었다. "괜찮아, 닉시. 걱정하지 마."

하지만 조금도 괜찮은 상황이 아니었다. 찰리는 정글 생존술에 대해서는 아는 바가 없었지만, 수색대가 조직되어 이 근처를 몇 주 동안 훑고 다녀도 그들을 발견하지 못할 수도 있다는 정도는 충분히 알고 있었다. 몇 미터 옆을 지나가면서도 눈치조차 채지 못할 수 있다는 것도 그렇고. 어쩌면 지금껏 여기까지 온 인간이 아무도 없을지도 몰랐다. 앞으로도 수년 동안 아무도 이곳에 오지 않을지도 모른다.

당장 머리를 쓰지 않으면 영영 탈출할 수 없을 것이다!

닉시는 차분하게 자리에 앉아서, 끝없는 신뢰를 내비치며 찰리를 바라보고 있었다.

"닉시, 이젠 전부 너한테 달렸어. 무슨 말인지 알겠니?"

닉시는 끼낑거렸다.

"집으로 돌아가. 그리고 사람을 데려와! 아줌마를 모셔 와. 누구든 상관없으니까, 일단 데려와. 지금 당장! 집으로 돌아가는 거야."

닉시는 짖었다.

"말다툼할 때가 아니야. 이젠 너한테 달렸어. 집으로 돌아가. 가서 아무나 데려와!"

닉시는 미심쩍은 얼굴로 그들이 온 쪽을 향해 몇 걸음을 내딛다가, 걸음을 멈추고 질문을 하듯 찰리를 돌아보았다. "맞아! 그대로 가! 집으로 돌아가! 아무나 데려와! 얼른 가!"

닉시는 날카로운 눈으로 찰리를 바라보더니, 임무를 수행하는 사람처럼 빠른 걸음으로 사라졌다.

얼마 후, 찰리는 퍼뜩 고개를 들고 흔들었다. 세상에! 잠들었던 것이 분명했다…. 여기서 자면 안 되는데. 잠자리가 또 날아오면 어쩌지. 깨어 있어야 한다. 한스는 괜찮을까? 한스를 둘러메고 여기서 나가야 하는데… 닉시는 어딨지? "닉시!"

대답이 없었다. 도저히 견딜 수가 없었다. 그래도 어떻게든 움직일 수만 있다면….

다리가 움직이지 않았다. 느낌이 이상했다. "닉시! 닉시!"

✳

쿠펜하이머 부인은 문을 긁으면서 낑낑대는 소리를 듣고, 앞치마에 손을 닦으며 문을 열어주러 나갔다. 그리고 문에 누가 있는지를 확인하고 양손을 들어 올리며 깜짝 놀랐다. "신이시여! 이게 무슨 꼴이니?" 부인은 즉시 무릎을 꿇고 앉아서 작은 개를 번쩍 들어 깨끗한 탁자 위에 올린 다음, 몸을 굽히고 계속 말을 걸면서 거머리를 떼고 피를 닦아주었다. "정말 끔찍하구나!"

"어떻게 된 거예요, 엄마?"

"나도 모르겠구나." 쿠펜하이머 부인은 닉시를 닦아주려 했다. 그러나 닉시는 부인의 품에서 뛰어내리더니, 닫힌 문 쪽으로 곧바로 달려가서 문을 뚫고 나가려 시도했다. 그리고 실패하자 계속 뛰어올라 문을 긁으면서 울부짖었다.

쿠펜하이머 부인은 닉시를 안아 들고 버둥대는 몸을 가슴팍에 붙든 채로 소리쳤다. "게르타! 아빠를 불러오렴!"

"얘는 왜 이러는 거예요, 엄마?"

"뭔가 끔찍한 일이 벌어진 모양이야. 서둘러!"

✳

보레알리스 공회당은 수많은 스카우트 단원과 어른들로 북적였다. 한스와 찰리는 맨 앞줄에 자리를 잡았고, 닉시는 두 소년 사이의 의자에 올라앉았다. 한스는 한쪽 무릎에 목발을 기대놓고 있었다. 찰리는 지팡이를 가지고 있었다. 콴 대장이 통로를 따라 걸어오다 그들을 보고 다가왔고, 찰리가 닉시를 무릎에 올리며 옆자리로 옮기자 그 자리에 앉았다. 대장은 한스를 보더니, 목발 쪽으로 눈짓하며 이렇게 물었다. "그건 이제 졸업한 줄 알았는데?"

"그렇긴 한데, 엄마가 가져가라고 하셨어요."

"내가 보기에는…." 문득 콴 대장이 말을 멈췄다. 나이 든 남자 하나가 공회당 단상의 탁자에 자리를 잡고 앉은 것이다. 다른 대여섯 명의 사람들이 탁자를 둘러싸고 앉아 있었다.

"전원 주목." 남자는 잠시 기다린 다음 말을 이었다. "오늘은 수여식을 위해 특별 집회를 소집했다. 인명 구조 기장의 수여는 우리 단원 모두에게 크나큰 영예라 할 수 있다. 초급 단원 닉시 본, 부디 앞으로 나와주도록."

"지금이야, 닉시!" 찰리가 속삭였다.

닉시는 의자에서 뛰어내려 당당히 단상 앞으로 걸어간 다음, 차렷 자세를 취하고 앞발을 높이 들었다. 언제나처럼 몸을 부들부들 떨면서.

현장 결함: 한 사이보그의 메모

Field Defects: Memo From a Cyborg

조호근 옮김

✦ 1975년 앤솔러지 《휴먼 머신(Human-Machines)》 특별 한정판에 수록,
2015년 〈갤럭시 에지 매거진(Galaxy's Edge Magazine)〉에 재수록

발신자: 모델 X, 형식번호 69-606-ZSCCC-Z5-RAH
(옛 이름 "로버트 A. 하인라인")

수신자: 콤플렉스 사이보그 주식회사,
불평등 기회 고용주 귀하

참조: 무슈 G. 제브로프스키 & T. N. 스코샤

제목: 상기 모델의 현장 결함에 대해

1. 살려줘!

2 a. 그딴 걸 신경전기기술자라고! 정말 기술이 대단하더군! 나를 상자에서 꺼내기 전에 분명히 말했을 텐데. 항상성 수치가 전부 엉망이라 온몸이 젤리처럼 부들부들 떨리고 있다고. 그랬더니 자네들 중 한 명이 (더 못생긴 쪽이었지. 그게 가능하다면 말이지만) 내 오른쪽 대둔근을 두드리면서 일단 일어서기만 하면 다 괜찮을 거라고 하지 않았나. 개소리! 이젠 젤리처럼 떠는 게 아니라 강풍을 맞는 것처럼 나부끼고 있다고. 리히터 규모로 환산하면 6.7쯤 될 거야. 게다가 진동이 반복되면서 계속 강화되는 중이라고. 무슨 일이 있었는지 아나? 나는 그냥 문으로 나갈 생각이었다고. 좁은 문도 아니고 아주 떡 벌어진 현관문인데. 그런데 문틀을 정면으로 들이받았다고. 집주인이 나한테 배상을 요구하고 있단 말이야. 그 역겨운 쓰레기한테 네놈들 회사로 변호사를 보내서 피해액의 세 배를 청구하라고 해놓았지.

b. 장담하는데, 그쪽 변호사가 무슨 짓을 벌여도 내 변호사가 일으킬 소동의 절반에도 못 미칠 거야. 그쪽에서 열심히 광고하는 장점 말이야. 비장의 광고 문구랍시고 '절대 실패하지 않으며 언제나 준비된 영원한 합성육체 남근'이라고 주절거리지 않았던가? 그래, 절대 실패하지 않기는 하더군. 비너스 같은 육감적인 몸매의 여자가 등장해서, 그 탐스러운 몸매의 윤곽을 눈으로 훑을 때마다, 내가 어떻게 되는지 듣고 싶나? 슬쩍 보기만 해도 입에서 군침이 흐른다고. 아니, 비유가 아니야, 이 머저리들 같으니. 큼지막한 몰트 초콜릿하고 육즙이 흐르는 치즈버거를 갈망하게 된다니까. 더 심한 문제는 따로 있어. 아침에 화장실에 가서 좌변기 앞에 서 있는데, 베이컨 굽는 냄새가 흘러와서 코를 간질였다고. 그러자마자 내 물건이 피용! 하고 울타리 기둥처럼 우뚝 서더니 그대로 소변 줄기가 허공으로 치솟았단 말이야. 뒤이어 낭비된 합성 정액 덩어리가 철퍽 소리를 내면서 천장에 들러붙었고. 대체 신경을 잘못 연결한 놈이 누구야? 둘 다 도움이 없으면 뇌신경 열두 개도 셀 줄 모르는 건가?

c. 그게 끝이 아니야. 초연하게 상황에 순응하기로 마음먹고 스스로를 다독여주기로 결심했더니, 이번에는 이런 일이 벌어졌거든. 나는 옷을 벗고 침대 위에 몸을 쭉 편 다음에 아이스크림을 곁들인 애플파이를 떠올렸어. 순식간에 잃어버린 네버랜드가 다시 솟아올랐는데 높이가 대충 20센티미터 정도에 직경도 비슷하더군. 제대로 손으로 쥘 수도 없었어. 칭찬하고 싶은 거냐? 아니, 크기 따위는 단순한 수치일 뿐이거든. 아무 감각도 없었으니까. 아예 아무것도 안 느껴지더라고. 테플론을 쓰지 말라고 분명 말했을 텐데. 순간접착제는 더욱 안 된다고도. 어떻게 된 거냐고? 왜 나한테 묻나? '전문가'는 자네들일 텐데. 적어도 분명한 건 빽빽하게 깔린 인조 피부신경망이 아예 반응을 안 한다는 거야. 영구적으로 회로가 나갔거나 파손된 거겠지. 소형 나선구조체를 넉넉하게 사용하면 호전될 수도 있겠지만… 이제 자네들한테는 안 맡겨. 제너럴 모터스의

존스 홉킨스 부서에 맡겨서 제대로 고칠 거라고. 대금은 자네들 앞으로 달아놓을 거야. 잘하면 의료보험과 트리플 A 쪽에 상담해서 수리비를 분담할 수 있을지도 모르지. 애써보라고.

3. 아직 가지 마. 안 끝났으니까. 자네들이 '정비'해주겠답시고 나한테 보낸 그 '최신식 기술 전문가' 있잖나. 그 한쪽 눈에는 백태가 끼고 파킨슨병을 앓고 있는 요강냄새 나는 사기꾼 말이야. 거치대에 몸을 쭉 편 상태로 고정되어 있자니 내 전원을 내리지도 않고 두개골부터 분리하기 시작했다고. 그래서 친절하게 일러줬지. 어쨌든 누구나 실수를 하는 법이니까. 그랬더니 "죄송함다, 선생님."이라고 아주 사근사근하게 말하고는 진짜로 어딘가 고장 나기 전에 내 전원을 내려주더군. 그리고 내 해마체를 세척하는데… 하수구 세정제를 썼다고! 깡통에 적힌 거 내가 분명히 봤거든. 다음으로는 손톱으로 내 소뇌를 긁어내면서, 큐렛보다는 이쪽이 훨씬 부드럽게 작업할 수 있다는 거야. 움직일 수 있었다면 그대로 그놈의 엄지를 물어뜯어버렸을 텐데. 하지만 그놈을 증오하지는 않아. 운이 나빠서 마이너스 요소가 하나 추가되었을 뿐이니까. 하지만 자네 둘은… 이 '정비'의 부산물을 제거하려고 투여한 온갖 항생제의 효과가 끝나기만 하면, 그대로 자네들 빌어먹을 사이보그 어쩌고 회사에 들러주겠어. ATP를 위험선 이상으로 채우고, 초고속 모드로 돌입한 다음에, 투명인간처럼 자네 경비원들을 지나쳐서, 그대로 자네들 사무실로 돌입해 자네들 바지를 내리고 성기 주변의 무성한 수풀에 불을 질러버릴 생각이야. 불지를 수풀이 남아 있다면 말이지만. 그게 언제냐고? 걱정하지 마. 일단 당하면 알게 되지 않겠나. 하지만 자네들이 보낸 괴짜한테 화를 풀지는 않을 거야. 내가 자기를 어떻게 생각하는지 몸소 말해주기는 했지. 꿈쩍도 안 하더군. 그냥 어깨를 으쓱하더니 "죄송함다, 선생님. 그건 저희 부서 문제가 아닙니다. 품질보증서를 확인해보시면 구매 후 1년 안에는 언제든 상자로 돌아가셔도 되고, 선생님께는 전혀 요금이 부과되지 않습다.

그리고 소정의 인건비와 부속 비용만 내시면 10년 동안 상자에 틀어박혀 계실 수 있습다."라더군.

4. 아주 상처에 소금을 뿌리지 그래. 신사 여러분, 무례한 언사라면 부디 용서해주기를 바라지만, 그쪽에서 무슨 수를 써도 상자로는 안 돌아갈 거라고! 제너럴 모터스 존스 홉킨스 부서에서도 수리가 불가능하다면 폭스바겐-위버멘쉬로 가서 양도각서에 서명할 생각이야. 나를 재조립하면서 자네들의 작업물을 고스란히 촬영해서 발표해주겠어. (국제 사이보그 수술 및 인공기관 협회에는 내 서명과 선서까지 덧붙여서 반드시 수록할 거고.) 하지만 자네들, 내 얼굴은 그 전에 보게 될 거야. 오늘 아침 우편물로 이번 주 〈사이언스〉지가 도착했는데… 표지 바로 다음 장에 전면 광고를 실어났더군. 나한테는 고지하지도 동의를 받지도 않고 찍은 사진이, 〈펜트하우스〉지 접이식 화보만큼이나 깔끔한 나체로 실려 있더란 말이지. '절대 실패하지 않는' 내 친구가 우람해진 상태로 말이야. 그래, 물론 그냥 넘길 수도 있는 일이지. 어쨌든 우리 어머니께서 항상 하시던 말씀대로, 나는 제법 잘 생긴 편이기도 하고… 게다가 '절대 실패하지 않는' 내 친구는 그 자태만은 꽤 감탄할 만하지. 그러니까 실용성 말고 겉보기만 말이야. 그리고 그 아래 뭐라고 적혀 있었더라? 한층 개선되어 완벽해진 생산 모델인 69-606-ZSCCC입니다. 우리 수신자 부담 번호로 전화 주세요, 어쩌고저쩌고. 자네들, 이걸로 확실히 선을 넘었다고! 아, 물론 고소도 해야지. 하지만 변호사보다 내 얼굴을 훨씬 먼저 보게 될 거야. 수요일 밤에 4번 채널을 틀어놓도록 해. 오후 11시부터 '잭 더 리퍼' 조니가 진행하고 모델 X 형식번호 69-606-기타 등등이라는 친구가 초대손님으로 등장하는 성인 전용 '신기방기 쇼'가 예정되어 있거든. 협찬은 〈사이언스〉지고. 아마 스튜디오는 맨살에 딱 좋을 만큼 따뜻하겠지. 요강도 설치되어 있을 거야. 내가 소변을 보려면 물구나무를 설 수밖에 없는 이유를 시연해 보여야 하니까.

자네들도 똑같은 꼴이 되기를 간절히 빌어주겠네.

X

모델 X, 형식번호 69-606-ZSCCC-75
(옛 이름 로버트 A. 하인라인)

너희 모든 좀비는…

"All You Zombies—"

조호근 옮김

✦ 1959년 3월 〈판타지&사이언스 픽션(The Magazine of Fantasy and Science Fiction)〉에 발표,
영화 〈타임 패러독스〉 원작

표준시간대 5번 (동부 표준시) 2217,
1970년 11월 7일 뉴욕 시티―'팝스 플레이스'

브랜디 잔을 닦고 있노라니 '미혼모'가 가게로 들어왔다. 시각을 기록해두었다. 1970년 11월 7일, 5번 시간대 또는 동부 표준시 기준으로 오후 10시 17분. 시간 요원들은 항상 시각과 날짜를 확인한다. 업무상 필수 사항이다.

'미혼모'는 25세의 남성으로, 나와 비슷한 키에 앳되어 보이는 얼굴과 성마른 성격을 가진 젊은이였다. 언제 보아도 썩 마음에 들지 않는 생김새다. 하지만 나는 이 젊은이를 고용하려고 이곳에 왔고, 따라서 이 친구는 내 몫이다. 나는 최선을 다해 그에게 바텐더다운 미소를 보냈다.

어쩌면 내 시선이 지나치게 비판적인지도 모르겠다. 계집애같이 행동하는 친구는 아니었다. 예의 그 별명은 시끄러운 작자들이 그의 글에 관해 물을 때마다 이렇게 대답하기 때문에 붙은 것이다. "나는 미혼모요." 당장 사람을 죽이고 싶을 정도로 기분이 나쁘지 않다면, 그는 이렇게 덧붙이곤 했다. "단어 하나에 4센트를 받고 글을 쓰지. 내밀한 고백 이야기야."

만약 기분이 좋지 않다면, 그는 누군가가 자신의 별명을 농담의 소재로 삼을 때까지 기다렸다. 이 친구는 마치 여성 경관처럼, 급소를 노리는 근접 격투술을 사용했다. 내가 그를 원하는 이유 중 하나였다. 이유가 그 것만은 아니었지만.

'미혼모'는 이미 취해 있는 데다 평소보다 더 사람들을 꺼리는 표정이 었다. 나는 아무 말 없이 '올드 언더웨어'를 더블샷으로 따라주고 병을 그 옆에 놓았다. 그는 술을 쭉 들이켠 다음 다시 한 잔을 채웠다.

나는 바를 닦으며 그에게 물었다. "'미혼모' 짓 돈벌이는 요즘 어떤가?"

잔을 쥔 손가락에 힘이 들어가는 것을 보니 당장에라도 내 쪽으로 던 질 것만 같았다. 나는 바 아래 놓아둔 곤봉을 더듬어 찾았다. 시간 조작 업무에서는 대개 모든 것을 고려하려 하지만, 너무 많은 요인이 존재하기 때문에 불필요한 위험을 무릅쓰는 일은 피하는 편이 좋다.

그가 살짝 긴장을 푸는 모습이 보였다. 경찰 양성소에서 노리라고 가 르치는 바로 그 정도의 빈틈이었다. 나는 다시 입을 열었다. "미안해. 그 저 '일이 잘되어가나?'라고 묻고 싶었을 뿐이야. 아니면 '오늘 날씨 어떤 가?'라고 생각해도 좋아."

그는 기분이 상한 얼굴이었다. "일이야 나쁘지 않죠. 저는 글을 쓰고, 그 작자들은 인쇄를 하고, 저는 그걸로 먹고살고."

내 쪽에도 한 잔을 따른 후, 나는 그에게 몸을 기울이고 말했다. "솔직 히 자네 글은 꽤 괜찮던데. 나도 몇 편 읽어봤어. 여성의 시각에서 명확하 게 감정을 짚어내는 능력이 대단해."

약간 위험을 감수하는 발언이었다. 이 친구는 지금까지 내 앞에서 자 신의 필명을 밝힌 적이 없었기 때문이었다. 그러나 그는 마지막 문장에만 신경이 쓰일 정도로 끓어올라 있는 상태였다. "여성의 시각이라!" 그는 코 웃음을 치며 내 말을 되풀이했다. "그래요, 여성의 관점이야 아주 잘 알고 있지요. 그럴 수밖에 없거든요."

"그런가?" 나는 믿을 수 없다는 듯 말했다. "누나나 여동생 덕분인가?"

"아니요. 제가 말씀드린다 해도 믿지 못하실 겁니다."

나는 부드럽게 대답했다. "이봐, 그렇게 말하면 곤란하지. 바텐더와 정신상담사들은 진실이야말로 가장 기묘하기 마련이라는 걸 알고 있거든. 글쎄, 내가 늘 듣는 이야기를 자네도 들어보면…, 음, 어쩌면 그걸로 부자가 될 수 있을지도 모르겠군. 믿을 수 없을 정도의 부자가."

"'믿을 수 없다'는 말이 무슨 뜻인지 알지도 못하면서!"

"그런가? 나는 이제 무슨 이야기를 들어도 놀라지 않아. 항상 그보다 더 고약한 이야기를 이미 알고 있거든."

그는 다시 코웃음을 쳤다. "이 병에 남은 술을 걸고 내기해볼까요?"

"글쎄…." 나는 가게의 다른 바텐더에게 일을 맡아달라고 신호를 보냈다. 우리는 맨 끝의 일인석에 있었다. 옆자리에 절인 달걀 단지나 다른 잡동사니를 올려놓아 개인 공간으로 확보해놓은 곳이었다. 반대쪽 끝에 앉은 사람들은 싸움 구경을 하고 있었고, 누군가가 주크박스도 틀어놓았다. 우리는 침대 속만큼이나 내밀한 곳에 있는 셈이었다. 그가 입을 열었다. "좋아요. 먼저, 저는 사생아입니다."

"나도 마찬가진데." 내가 말했다.

그는 쏘아붙였다. "농담이 아닌데요. 제 부모님은 결혼한 사이가 아니었습니다."

"풀어 말해도 달라질 건 없어." 나는 딱 잘라 말했다. "내 경우에도 그랬거든."

"그게 무슨…." 그는 말을 멈추었다. 나는 처음으로 그의 얼굴에 온화한 표정이 떠오르는 것을 보았다. "그게 정말입니까?"

"당연하지. 나는 백 퍼센트 사생아야. 솔직히 말하면, 우리 가족에서 결혼한 사람은 단 한 사람도 없지. 전부 사생아야."

"거짓말하지 말아요. 그쪽은 유부남이잖습니까." 그는 내 반지를 가리켰다.

"아, 이거." 나는 반지를 그에게 보여주었다. "이건 결혼반지처럼 생겼을 뿐이야. 여자가 꼬이지 않게 하려고 끼고 다니는 거지." 1985년에 동료 요원으로부터 사들인 골동품이었다. 그 친구는 기원전 크레타에서 이

반지를 가져왔다고 했다. "우로보로스의 뱀이야. 세계를 둘러싸고 앉아서 자기 꼬리를 먹어치우는 뱀이지. 영원히 끝나지 않는 고리로, 근원적 패러독스를 나타내는 상징이라고 하더군."

그는 반지를 제대로 쳐다보지도 않았다. "만약 그쪽이 정말로 사생아라면 그게 어떤 기분인지도 아실 테지요. 제가 아직 어린 소녀였을 때…."

"이런!" 내가 끼어들었다. "방금 내가 제대로 들은 건가?"

"이야기를 하는 사람은 저일 텐데요? 제가 아직 어린 소녀였을 때…. 이봐요, 크리스틴 조르겐슨 이야기를 들어본 적이 없습니까? 아니면 로버타 카월이나?"

"음, 성전환 이야기인가. 그럼 자네 주장에 따르면…."

"제 말에 끼어들거나 참견하면 입 다물 겁니다. 저는 시설에 살았어요. 1945년, 생후 1개월이었을 때 클리블랜드의 어느 보육원 문 앞에 버려졌지요. 어린 시절에는 부모가 있는 아이들을 동경했습니다. 그리고 제가 섹스에 대해 알게 되었을 때는…. 그리고 이걸 잘 알아둬요, 아저씨. 보육원에서는 그런 것을 아주 빨리 배우게 되거든요…."

"나도 잘 알지."

"제 아이들한테는 반드시 아빠와 엄마를 갖게 해주겠다고 결심했어요. 덕분에 저는 '순결'을 유지할 수 있었죠. 그런 환경에서는 상당히 힘든 일이었어요. 싸워서 지켜나가야 했으니까. 그러다 어느 순간부터, 나이를 먹어도 결혼할 가능성이 빌어먹게 희박하다는 사실을 깨닫게 되었어요. 제가 입양되지 않은 것과 같은 이유에서 말이죠." 그는 얼굴을 찌푸렸다. "저는 얼굴도 말상에 뻐드렁니고, 가슴도 납작한 데다 머리카락도 뻣뻣했으니 말입니다."

"딱히 나보다 더 못생겨 보이지는 않는데."

"바텐더가 어떻게 생겼든 누가 신경을 씁니까? 작가도 마찬가지고요. 하지만 아이를 입양하러 오는 사람들은 푸른 눈과 금발을 가진 머저리들을 골라간단 말입니다. 나이가 찬 남자들은 봉긋한 가슴, 귀여운 얼굴,

'아 넌 정말 끝내주는 남자야' 같은 태도를 보여주는 여자를 원하고요."
그는 어깨를 으쓱해 보였다. "아예 경쟁이 안 됐죠. 그래서 저는 WENCHES*에 들어가기로 결심했습니다."

"흠?"

"비상 국민 여성 부대, 접대와 오락 부서 말입니다. 지금은 '우주의 천사들'이라고 부르죠. ANGELS,** 보조 간호대, 우주군 소속이라고 말입니다."

나도 두 가지 용어를 모두 알고 있다. 양쪽 모두 제법 경험이 있으니까. 그러나 이제 그 조직은 세 번째 호칭을 사용한다. 엘리트로서 군 병참부대 대접을 받으며, '우주군의 재활과 사기 진작을 위한 여성 접대 부대', 줄여서 WHORES***라고 불리는 것이다. 시간 여행에서 가장 적응하기 힘든 일은 어휘의 변화다. '휴게소'가 한때는 석유를 증류한 액체를 판매하는 곳을 뜻하는 단어였다는 사실을 알고 있는가? 처칠 시대에 임무를 수행하던 중에 한 여인이 이렇게 말한 적이 있었다. "문밖의 휴게소에서 만나요." 이 말은 당신이 생각하는 그런 뜻이 아니다. (당시의) 휴게소에는 침대가 없었다는 점을 잊지 말도록.

그는 말을 이었다. "남자가 수개월 수년을 우주에서 지내다 보면 긴장을 풀 수단이 필요하다는 사실을 처음으로 인정한 시기가 바로 그때쯤이었거든요. 꼰대들이 얼마나 아우성을 쳐댔는지 기억이 나시죠? 덕분에 제게는 더 유리해졌지요. 지원자가 거의 없었거든요. 여기 지원하는 여자는 정숙하고 처녀일수록 좋았고(밑바탕부터 교육을 시키는 쪽을 선호했거든요), 평균 이상의 정신력을 가지고 감정적으로 안정된 사람이 필요했어요. 하지만 지원자라는 이들은 대부분 나이 든 매춘부거나 지구를 떠나면 열흘도 안 되어 망가질 신경증 환자들뿐이었죠. 그래서 자격요건에 외모는 굳이 필요하지 않았어요. 절 받아주기만 하면 그쪽에서 알아서

---

*   Women's Emergency National Corps, Hospitality & Entertainment Section
** Auxiliary Nursing Group, Extraterrestrial Legions
*** Women's Hospitality Order Refortifying & Encouraging Spacemen

뻐드렁니도 고쳐주고, 파마도 해주고, 걷는 법과 춤추는 법과 남자의 이야기를 즐겁게 들어주는 법 따위를 전부 가르쳐줄 테니까요. 추가로 가장 중요한 임무를 수행하는 기술까지도. 도움이 된다면 성형수술까지 해줬을 겁니다. '우리 소중한 아들'들을 위해서는 뭐든 아깝지 않은 법이니까.

거기에 추가로 복무 기간 중에는 임신하지 않도록 확실히 보살펴줄 테고, 복무 기간이 끝나면 거의 확실히 결혼할 수 있었겠죠. 오늘날에도 마찬가지 아닙니까. ANGELS 대원들은 우주인과 결혼하죠. 같은 주제로 대화가 가능하니까요.

18세가 되자 저는 '입주 가사 도우미'로 취업을 했습니다. 저를 고용한 가족은 값싼 하녀를 원했을 뿐이지만, 저는 신경 쓰지 않았죠. 어차피 21세가 될 때까지는 입대할 수가 없으니까요. 그래서 집안일을 하면서 야간 학교에 다녔습니다. 고등학교에서 타자와 속기 수업을 받는 척했는데 사실은 사교 교습에 나가고 있었죠. 입대 확률을 높이기 위해서요.

그러다 그곳에서 백 달러 지폐를 잔뜩 가진 도시 출신 야바위꾼을 만났지요." 그는 코웃음을 쳤다. "그 쓸모없는 작자는 정말로 백 달러짜리 지폐를 뭉텅이로 가지고 있더라고요. 하룻밤은 그 지폐뭉치를 보여주면서 저한테 마음껏 사용하라고 하더군요.

하지만 저는 그러지 않았습니다. 그가 좋았거든요. 제 바지를 벗기려 들지 않으면서도 제게 친절하게 대해준 유일한 남자였습니다. 그 남자를 만나려고 야간 학교도 그만뒀지요. 제 삶에서 가장 행복한 순간이었습니다. 그러던 어느 날, 공원에서 결국 제 바지가 벗겨졌지요."

그는 말을 멈추었고, 나는 물었다. "그러고는?"

"그걸로 끝이었어요! 두 번 다시 그를 만나지 못했지요. 그 남자는 저를 집까지 바래다주고 사랑한다고 말했습니다. 그리고 작별의 키스를 한 다음 두 번 다시 돌아오지 않았지요." 그의 표정이 어두워졌다. "그 작자를 찾아내기만 하면 죽여버릴 겁니다!"

나는 그에게 공감하며 말했다. "글쎄. 자네가 어떤 기분인지는 알지만, 그자를 죽인다 해도…. 자연스레 벌어진 일이지 않은가. 흠, 자네 저항은 했나?"

"응? 그게 이 일과 무슨 상관인데요?"

"꽤 상관이 있지. 어쩌면 그렇게 자네한테서 도망쳤으니 팔 한두 개쯤은 부러져야 마땅할지도 몰라. 하지만…."

"그 정도로는 턱도 없어요! 일단 마저 들어보세요. 어찌 됐든 다른 사람들에게는 비밀로 하고 있었기 때문에, 차라리 그렇게 끝나는 편이 낫다고도 생각했습니다. 어쩌면 그를 정말로 사랑했던 것이 아닐지도 모른다고, 앞으로 그 누구도 사랑하지 못할 것이라고 생각하기도 했죠. 그리고 WENCHES에 입대하고 싶은 마음은 훨씬 더 간절해졌어요. 반드시 처녀여야 할 필요는 없었으니 자격을 잃은 것도 아니었지요. 저는 곧 기운을 차렸습니다.

그리고 치마가 꽉 끼게 되어서야 사실을 알게 되었죠."

"임신한 건가?"

"그 개자식이 저를 망친 겁니다! 제가 입주해 있던 집의 구두쇠들은 아직 일을 할 수 있는 동안은 못 본 척하더군요. 그러다 쫓겨나고 나니 보육원에서도 받아주지 않았습니다. 저는 다른 배부른 여자들과 함께 환자용 변기로 가득한 자선병원에서 때를 기다리는 신세가 되었죠.

그러던 어느 밤 저는 수술대 위에 누워서 간호사의 목소리를 들었습니다. '긴장하지 마시고 심호흡하세요.'

침대 위에서 정신을 차려보니 가슴 아래쪽으로는 감각이 없더군요. 의사가 찾아왔습니다. '기분이 어떻습니까?' 의사는 활기차게 말했습니다.

'미라가 된 것 같아요.'

'당연히 그렇겠죠. 지금 미라처럼 둘둘 말려 있고, 감각을 찾지 못하도록 진통제를 잔뜩 투여한 상태니까 말입니다. 곧 나아질 거예요. 하지만 제왕절개 수술은 그리 단순한 것이 아니라서요.'

'제왕절개요?' 제가 물었지요. '선생님, 아이는 무사한 건가요?'

'아, 물론입니다. 아이는 말짱해요.'

'아. 남자애인가요, 여자애인가요?'

'건강한 여자애입니다. 3킬로그램이에요.'

저는 긴장을 풀었습니다. 아이를 낳는 일은 정말이지 대단하더군요. 저는 어딘가로 가서 이름에 '부인'을 붙이고, 아이에게는 아빠가 죽었다고 말하려고 마음먹었습니다. 제 아이를 보육원에 보낼 수는 없으니까요!

하지만 의사는 말을 계속하고 있었습니다. '한 가지 물어보죠. 저기…' 제 이름을 부르는 것을 피하더군요. '혹시 지금까지 자신의 생식 기관이 이상하다는 생각을 해본 적은 없습니까?'

저는 대답했지요. '네? 물론 없지요. 대체 무얼 물어보시는 건가요?'

의사는 머뭇거렸습니다. '솔직하게 전부 말해주겠습니다. 그런 다음 걱정하지 않고 푹 자도록 약물을 투여해주겠어요. 그러면 조금 나아질 겁니다.'

'대체 왜 그러는 건데요?' 제가 물었지요.

'35세가 될 때까지 여성으로 살았던 스코틀랜드인 외과 의사 이야기를 들어본 적이 있으십니까? 그 후에 수술을 받아서 법적으로도 의학적으로도 완벽히 남자가 된 사람 이야기 말이에요? 결혼도 하고 이후에는 아무 문제도 없었다고 하던데.'

'그게 저랑 무슨 상관인데요?'

'내가 말하고 싶은 것이 바로 그겁니다. 당신은 이제 남자예요.'

저는 몸을 일으키려고 애썼지요. '뭐라고요?'

'진정해요. 당신 배를 갈라보니까 안이 정말로 난장판이었습니다. 나는 아이를 꺼내는 동안 외과 부장님을 모셔오게 했어요. 그러고는 당신을 수술대 위에 놓은 채로 회의한 다음, 몇 시간에 걸쳐 수복 가능한 부분들을 건지려 애썼습니다. 당신에게는 미성숙한 성기가 두 벌이 있었어요. 여성기 쪽은 아이를 가질 수 있을 만큼은 발달해 있더군요. 그 여성기는 더 이상 당신에게 도움이 되지 않을 것이기에 우리는 그 부분을 제

거한 다음 당신이 남성으로서 정상적으로 살아갈 수 있도록 기관을 재배치했습니다.' 의사는 제게 손을 얹었습니다. '걱정하지 마세요. 당신은 아직 젊으니까 골격도 변화할 겁니다. 호르몬 균형도 바로잡아서 당신을 훌륭한 젊은 남성으로 만들어줄게요.'

저는 울기 시작했죠. '제 아이는 어떻게 하고요?'

'글쎄, 그 아이를 키울 수는 없지 않겠습니까. 당신에게서는 새끼 고양이를 먹일 만큼의 젖도 나오지 않을 텐데. 내가 당신이라면 그 아이를 돌보겠다는 생각은 포기하고 입양을 생각할 겁니다.'

'싫어요!'

의사는 어깨를 으쓱해 보였습니다. '물론 당신이 결정할 일입니다. 어머니는, 아니 부모는 당신이니까. 하지만 지금 당장 걱정할 필요는 없어요. 우선 당신 건강을 되찾아야 할 것 아닙니까.'

다음 날 아이를 보게 해주더군요. 그리고 이후로는 아이에게 익숙해지려고 매일 아이를 보러 갔어요. 갓 태어난 아이를 본 것은 그때가 처음이었던지라 얼마나 끔찍한 몰골인지 전혀 모르고 있었지요. 제 딸은 꼭 오렌지색 원숭이처럼 생겼더군요. 제 감정은 반드시 그 아이 옆에 있어야겠다는 단호한 결단으로 바뀌었지요. 하지만 4주가 지나자 그조차도 아무런 의미가 없는 일이 되어버렸어요."

"흠?"

"딸이 납치를 당했거든요."

"납치라고?"

'미혼모'는 우리가 내기를 건 술병을 거의 쓰러뜨릴 뻔했다.

"납치요. 병원 보육실에서 도둑맞았단 말입니다!" 그는 숨을 몰아쉬었다. "사람이 살아갈 이유를 깡그리 앗아가다니, 어떻게 그런 짓을 하는 겁니까?"

나는 동의했다. "끔찍한 일이군. 한 잔 더 따라주시. 단서는 없었나?"

"적어도 경찰서에서는 아무것도 찾지 못했어요. 아이 삼촌이라고 주장하는 누군가가 그 아이를 보러 왔답니다. 간호사가 잠시 등을 돌린 사이에 아이를 데리고 사라졌다더군요."

"인상착의는?"

"그냥 남자였대요. 얼굴처럼 생긴 얼굴 하나가 달렸다고. 저나 아저씨처럼요." 그는 얼굴을 찌푸렸다. "제 생각에는 아이 아빠일 것 같아요. 간호사는 더 나이 든 남자였다고 주장했지만, 분장을 했을 수도 있겠지요. 대체 다른 누가 제 아이를 데려갈 수 있겠어요? 아이 없는 여자가 그런 짓을 벌이는 경우는 있어도, 남자가 그런다는 이야기를 들어본 적이 있습니까?"

"그리고 자네는 어떻게 됐나?"

"그 끔찍한 곳에서 11개월을 더 머무르면서 세 차례 수술을 받았죠. 넉 달이 지나니 수염이 나기 시작했어요. 나가기 전에는 주기적으로 면도를 했습니다. 그리고 제가 남자라는 사실을 의심할 나위 없이 받아들이게 되더군요." 그는 묘한 미소를 지었다. "간호사의 목선 아래쪽으로 시선이 가고 있었으니 말입니다."

"그래, 자네는 그래도 잘 견뎌낸 것 같군. 어쨌든 정상적인 남자인 데다 돈도 잘 벌고, 별다른 문제도 없이 여기 있으니까 말이야. 게다가 여성으로서의 삶은 쉬운 것이 아니거든."

그는 나를 노려보았다. "정말 많이도 아시는군요!"

"그래서?"

"'망가진 여인'이라는 표현을 들어본 적이 있으십니까?"

"음, 한참 전에 들어봤지. 요새는 별 뜻 없는 말 아닌가."

"저는 여성으로서 가능한 모든 면에서 망가졌습니다. 그 개자식이 정말로 저를 망가뜨렸어요. 더 이상 여자도 아닌 몸이 되었지요. 그리고 어떻게 남자가 되어야 하는지도 모르는 상태였지요."

"아무래도 차츰 익숙해지는 일 아니겠나."

"아저씨는 몰라요. 옷을 입는 방법이나 잘못된 화장실 칸에 들어가지 않는 일 따위가 아닙니다. 그런 일은 병원에서 배웠어요. 하지만 어떻게 살아갈 수 있었을까요? 무슨 일을 할 수가 있었겠어요? 젠장, 자동차 몰 줄도 몰랐단 말입니다. 기술이라고는 아무것도 없었어요. 막노동도 힘들었지요. 근육 조직마다 상처가 남아 있고, 몸이 너무 연약했으니까요.

WENCHES에 들어갈 길을 망쳐놓았다는 사실 때문에 그 개자식을 증오하기도 했지만, 제 몸이 얼마나 망가졌는지를 알게 된 것은 그 대신 우주군에 입대하려 시도했을 때였습니다. 제 배를 한번 보더니 복무 부적합으로 표시해버리더군요. 군의관이 단순한 호기심에서 저를 오래 관찰하기는 했습니다. 저에 대해 어디선가 읽었다더군요.

그래서 저는 이름을 바꾸고 뉴욕으로 왔습니다. 처음에는 싸구려 조리사로 일했고, 그 후에는 타자기 한 대를 빌려서 공공 속기사 노릇을 했습니다. 정말 웃기는 짓이었죠! 넉 달 동안 친 거라고는 편지 네 통과 원고 한 건이 전부였습니다. 원고는 〈리얼 라이프 테일즈〉에 보내는 것이었는데 완전히 종이 낭비더군요. 하지만 그걸 쓴 머저리는 실제로 그걸 팔아먹었죠. 덕분에 저도 한 가지 생각이 떠올랐습니다. 고백 내용이 가득한 잡지를 한 아름 사서 그 내용을 연구했죠." 냉소적인 표정이 그의 얼굴에 떠올랐다. "이제 어떻게 제가 완벽한 여성의 시점으로 미혼모 이야기를 쓸 수 있었는지 잘 아시겠지요. 제가 팔아먹지 않은 단 하나의 이야기, 바로 제가 경험한 진실을 통해 알게 된 겁니다. 이 술은 이제 제가 가져도 되죠?"

나는 술병을 그에게 밀어놓았다. 나 자신도 감정이 흔들린 상태였지만, 당장 눈앞의 임무를 수행해야만 했다. "이봐, 아직도 그 하찮은 친구한테 손을 대고 싶은 생각이 있어?"

그의 눈이 번득했다. 잔인한 눈빛이었다.

"잠깐 기다려!" 내가 말했다. "설마 죽으려는 생각은 아니겠지?"

그는 기분 나쁘게 키득거리며 웃었다. "확인해 보시죠."

"진정 좀 해. 나는 자네 생각보다 훨씬 더 많은 것을 알고 있어. 자네를 도와줄 수 있지. 그자가 어디 있는지 알아."

그는 즉시 바 너머로 팔을 뻗었다. "그놈 어디 있어?"

나는 작은 소리로 말했다. "이봐, 내 셔츠는 놓도록 해. 아니면 자네를 뒷골목에 내동댕이친 다음에 경찰에는 자네가 실신했다고 말할 거니까." 나는 그에게 곤봉을 보여주었다.

그는 손을 놓았다. "미안합니다. 하지만 그놈이 어디 있는데요?" 그는 나를 바라보았다. "그리고 대체 어떻게 그렇게 많이 알고 있는 거죠?"

"차차 알게 될 거야. 기록이 남아 있지 않나. 병원 기록, 보육원 기록, 의료 기록까지. 자네의 보육원 원장은 페더리지 부인이었지. 맞나? 그다음 원장은 그렌스틴 부인이었고. 맞지? 자네가 여자였을 때 이름은 '제인'이었고. 맞지? 그리고 자네는 이 모든 내용을 내게 말해주지 않았어. 이해가 되나?"

내 말에 그는 말문이 막히고 조금 겁을 먹은 기색이 되었다. "대체 왜 이럽니까? 저를 괴롭히려는 거지요?"

"절대로 아니야. 나는 진심으로 자네의 행복을 바라고 있어. 그 사람을 자네 눈앞으로 인도해 주겠네. 그자에게 자네가 원하는 대로 해도 좋아. 자네가 무사히 도망칠 수 있을 거라고도 단언하지. 하지만 자네가 그를 죽일 거라고는 생각하지 않아. 그런 짓은 정신병자나 벌이는 일인데, 자네는 정신병자는 아니니까. 적어도 그 정도까진 아니지."

그는 내 말을 자르고 들어왔다. "잔소리는 집어치워요. 그자가 어디 있습니까?"

나는 그의 잔에 술을 조금 더 따라주었다. 이미 취한 상태였지만 분노가 취기를 압도하는 모양이었다. "그렇게 쉽게는 곤란하지. 내가 자네를 위해 뭔가 해주려면 자네도 나를 위해 뭔가 해주어야 하지 않을까."

"어…, 뭐를 말입니까?"

"자네는 지금 직업이 마음에 들지 않을 거야. 대신 고소득에, 안정된 업무 내용에, 부대비용도 무한대로 사용할 수 있고, 상사도 두지 않고 다양한 사건과 모험을 즐길 수 있는 일을 권해준다면 어떻게 하겠어?”

그는 나를 바라보았다. “이렇게 말하겠죠. ‘우리 지붕에서 빌어먹을 순록을 좀 치워!’ 개수작 부리지 말아요, 아저씨. 그딴 직업이 어디 있어요.”

“좋아, 그러면 이렇게 해보지. 내가 그자를 자네에게 넘겨줄 테니, 자네는 결판을 지은 다음 내가 말하는 일을 시도해보는 거야. 내가 말한 대로의 일이 아니라면…, 글쎄, 자네를 붙들어놓을 수는 없겠지.”

그의 몸이 흔들리고 있었다. 마지막 한 잔으로 한도를 넘은 모양이었다. “언제 그 작자를 데려올 건데요?” 그는 못된 소리로 물었다.

“내 조건을 받아들이겠다면, 지금 당장!”

그는 떨리는 손을 불쑥 내밀었다. “받아들이죠!”

나는 보조 바텐더에게 양쪽을 모두 봐달라고 말하고, 시간을 기록한 다음(2300시였다) 바 아래의 문으로 몸을 숙였다. 바로 그때 주크박스가 괴성을 질러댔다. 〈내가 바로 내 할애비다!〉가 흘러나왔다.* 1970년대의 ‘음악’이랍시고 주절대는 나부랭이들은 견딜 수 없었던지라 옛 포크송과 클래식으로 주크박스를 채워달라고 기술자에게 부탁하기는 했지만, 저 테이프가 그중에 끼어 있는지는 알지 못하고 있었다. 나는 소리쳤다. “저거 당장 꺼버려! 손님한테는 돈 돌려드리고.” 그리고 덧붙였다. “창고 좀 갈게. 금방 돌아올 거야.” 나는 ‘미혼모’ 손님을 이끌고 ‘그곳’으로 향했다.

남자 화장실 건너편의 통로 끝자락에 ‘그곳’이 있었다. 나와 주간 담당 지배인 둘만 열쇠를 가지고 있는 강철 문이었다. 문 안쪽에는 오직 나만 열쇠를 가지고 있는 내실이 있었다. 우리는 그 안으로 들어갔다.

그는 흐릿한 눈으로 창문 하나 없는 벽을 둘러보았다. “그놈 어디 있어요?”

“금방 데려다주지.” 나는 방 안에 있는 유일한 물건인 서류가방을 열었다. 가방의 정체는 USFF 좌표 변환 역장 발생기로, 1992 시리즈 II형

---

* 〈I'm My Own Granpa〉. 컨트리 뮤직 듀오인 ‘론조 앤 오스카’가 1947년에 부른 노블티송. 수양딸이 아버지와 결혼하는 바람에 자기 자신의 할아버지가 되어버린다는 코믹한 노래다.

물건이었다. 아름다운 기계였다. 움직이는 부속은 하나도 없고, 23킬로 그램의 충전 중량에, 서류가방과 흡사한 형태였다. 아까 미리 내려와서 정확하게 조정을 끝내놓은 상태라, 변환 역장을 차단하는 금속 그물을 벗겨내기만 하면 끝이었다.

나는 그렇게 했다. "그게 뭐죠?" 그가 물었다.

"타임머신이지." 나는 말하며 그물을 우리 머리 위로 던졌다.

"잠깐!" 그는 소리치며 뒤로 물러섰다. 이 일에는 나름의 기술이 필요했다. 대상이 반사적으로 물러서다 안으로 들어가도록 그물을 던진 다음, 나 자신과 대상이 함께 완벽하게 그물 안에 감싸이도록 만들어야 했다. 그러지 않으면 구두 뒷굽이나 발 한 조각을 남겨놓을 수도 있고, 바닥 일부를 같이 떼어 가게 될 수도 있었기 때문이다. 하지만 결국 익숙해지면 나름의 노하우가 생기는 법이다. 어떤 요원들은 대상이 직접 그물 속으로 기어들어가도록 유인하기도 한다. 나는 진실을 털어놓은 다음, 경악의 순간을 놓치지 않고 스위치를 누르는 식으로 해치운다. 이번에도 나는 그렇게 했다.

1030-5, 1963년 4월 3일 오하이오주 클리블랜드, 에이펙스 빌딩

"이봐요!" 그는 계속 소리쳤다. "이 빌어먹을 물건 좀 치워봐요!"

"미안해." 나는 사과한 후 그물을 가방 안에 집어넣고는 닫았다. "자네가 그자를 찾고 싶다고 하지 않았나."

"하지만… 저게 타임머신이라고 했잖아요!"

나는 창문 하나를 가리켜 보였다. "저 모습이 11월처럼 보여? 아니면 뉴욕의 풍경처럼?" 그가 나무의 새순과 봄 날씨에 입을 떡 벌리고 있는 동안, 나는 다시 가방을 열고 백 달러 지폐 뭉치를 꺼내서 일련번호와 서명이 1963년에 적합한지를 확인했다. 시간관리국에서는 돈을 얼마나 쓰든 신경 쓰지 않지만(사실 아무 가치도 없으니까), 불필요한 시대 불일치

246

요소는 가능하면 배제하려 한다. 너무 실수를 자주 하면 군사법정에 회부되어 1년 동안 끔찍한 시대로 유형을 떠나게 된다. 철저한 식량 배급과 강제노동이 존재하는 1974년 따위로 말이다. 하지만 나는 절대 그런 실수를 저지르지 않는다. 지폐에는 아무런 문제도 없었다. 그는 나를 돌아보며 말했다. "이게 어떻게 된 거예요?"

"그자는 여기 있어. 나가서 그를 잡아. 여기 경비를 줄게." 나는 지폐 뭉치를 그에게 찔러 넣어주며 덧붙였다. "그 작자와 일 처리가 끝나고 나면 내가 데리러 오지."

백 달러 지폐 뭉치는 익숙하지 않은 사람에게 최면 비슷한 효과를 보인다. 내가 그를 복도로 내보내고 문을 잠그는 동안에도, 그는 놀란 눈으로 지폐를 세어보고 있을 뿐이었다. 다음 점프는 어렵지 않았다. 시간대를 살짝 옮겨 갈 뿐이었다.

1700-5, 1964년 3월 10일, 클리블랜드 에이펙스 빌딩

문 아래로 내 임차 계약이 다음 주면 끝난다는 내용의 쪽지가 들어와 있었다. 그 외에는 모든 것이 조금 전과 동일했다. 창밖의 나무는 앙상했고 눈이 쌓여 있었다. 나는 처음 이곳을 빌릴 때 놔두었던 이 시대의 돈과 외투, 모자와 코트를 챙긴 다음 서둘러 움직였다. 우선 차 한 대를 빌린 다음 병원으로 향했다. 몰래 슬쩍 아이를 낚아챌 수 있을 만큼 보육실 직원을 지루하게 만드는 데에는 20분이면 충분했다. 나는 아이를 데리고 에이펙스 빌딩으로 돌아갔다. 이 건물이 1945년에는 존재하지 않았던 만큼 주의해서 다이얼을 돌려야 했다. 계산이야 미리 끝내놓은 상태였지만.

0100-5, 1945년 9월 20일, 클리블랜드 스카이뷰 모텔

역장 발생기, 아기, 그리고 나는 함께 도시 밖의 모텔에 도착했다. 미리 '오하이오주 워런 거주, 그레고리 존슨'이라는 이름으로 방을 빌려놓았기 때문에, 우리는 커튼을 내리고 창문을 잠그고 문에는 빗장을 걸어놓은 방에 도착했다. 타임머신에 걸리적거리지 않도록 바닥은 미리 치워놓은 상태였다. 잘못된 위치에 놓인 의자 하나 때문에 지독한 상처를 입을 수도 있으니까. 물론 의자 때문이 아니라, 역장의 반발력 때문에 말이다.

아무런 문제도 없었다. 제인은 얌전히 잠들어 있었다. 나는 그 아이를 데리고 밖으로 나가서 미리 준비해놓은 차량 좌석의 과일 상자에 눕혔다. 그리고 보육원으로 차를 몰고 가서 아이를 계단에 내려놓고 두 블록 떨어진 곳의 '휴게소'(석유를 파는 곳 말이다)에서 보육원에 전화를 건 다음, 시간 맞춰 돌아가서 사람들이 상자를 안으로 들여가는 모습을 확인하고, 그대로 멈추지 않고 차를 몰아 모텔 근처에 차를 두고 걸어서 모텔로 돌아왔다. 그리고 다시 1963년의 에이펙스 빌딩으로 향했다.

2200-5, 1963년 4월 24일, 클리블랜드 에이펙스 빌딩

시간을 꽤 깔끔하게 맞췄다. 원점으로 돌아가는 경우를 제외하면 시간여행의 정확성은 기본적으로 눈대중에 달렸다. 만약 내 계산이 정확하다면 지금쯤 제인은 공원의 온화한 봄 공기 속에서 자신이 생각만큼 '품위 있는' 여성이 아니라는 사실을 깨닫고 있을 것이었다. 나는 택시를 잡아타고 그 구두쇠 가족의 집으로 가서는 택시기사를 모퉁이에서 기다리라고 한 후 그림자 속에 숨어 있었다.

나는 곧 그들이 서로 끌어안은 채로 거리를 따라 걸어오는 모습을 발견했다. 그는 그녀를 현관 앞까지 바래다준 다음 길게 작별의 키스를 했다. 내가 기억하던 것보다 훨씬 더 길게. 그리고 그녀는 집으로 들어갔고, 그는 몸을 돌려 보도를 따라 걸어왔다. 나는 슬며시 인도로 나오며 그의 팔을 낚아챘다. "이제 끝이야, 이 친구야." 나는 조용히 선언했다. "자네를 데려가러 왔어."

"당신!" 그는 숨을 삼키며 헐떡였다.

"그래, 나야. 이제 그 남자가 누구인지 알겠지. 그리고 잘 생각해보면, 자네 자신이 누군지도 알 수 있을 거야…. 그리고 좀 더 잘 생각해보면, 그 아기가 누구인지도…. 그리고 내가 누군지도 알 수 있을 거야."

그는 대답하지 않았다. 심하게 충격을 받은 상태였다. 자기 자신을 유혹하려는 욕구를 뿌리칠 수 없다는 사실을 몸소 증명해 보인 직후니 충격을 받을 수밖에 없을 것이었다. 나는 그를 에이펙스 빌딩으로 데려갔고, 우리는 다시 점프를 했다.

2300-7. 1985년 8월 12일, 로키산맥 지하 기지

나는 당직 부사관을 깨운 다음 신분증을 보여주고, 이 친구에게 진정제를 지급한 후 푹 재우고 다음 날 입대시키라고 명령했다. 부사관은 떨떠름한 표정이었지만, 우리 조직에서는 어떤 시대에서도 계급이 우선이다. 부사관은 내 말을 따랐다. 물론 속으로는 다음에 만날 때는 자기가 장군이고 내가 부사관일 거라고 생각하고 있겠지만 말이다. 우리 부대에서는 충분히 벌어질 수 있는 일이었다. "이름이 뭡니까?" 부사관이 물었다.

나는 이름을 적었다. 부사관은 눈썹을 치켜올렸다. "이 이름이라고요? 흠…."

"그냥 자기 할 일이나 하게, 병사." 나는 내 여행 동료를 돌아보았다. "자, 자네의 고난은 이제 끝이야. 이제 자네는 인간이 가질 수 있는 최고의 직업을 얻었어. 자네라면 훌륭하게 해낼 거야. 나는 알고 있어."

"하지만…."

"하지만 같은 소리는 관둬. 하룻밤 푹 자고, 그다음에 입대 조건을 훑어봐. 자네 마음에 들 테니까."

"물론 그렇겠죠!" 부사관이 농의했다. "나를 좀 보라고. 1917년생인데도 아직도 살아 있고, 아직도 젊고, 아직도 삶을 즐기고 있거든."

나는 시간 점프 방으로 돌아가서, 미리 지정해 놓은 최초의 출발점으로 설정을 조작했다.

2301-5, 1970년 11월 7일 뉴욕 시티, '팝스 플레이스'

나는 1분 동안 자리를 비운 이유를 설명하기 위해 1리터짜리 드람뷰이 한 병을 들고 창고에서 나왔다. 보조 바텐더는 〈내가 바로 내 할애비다!〉를 신청한 손님과 언쟁을 벌이고 있었다. "아, 그냥 틀게 놔둬. 그리고 플러그를 뽑아버리라고." 나는 말했다. 정말로 지친 상태였다.

힘들지만 누군가는 해야 하는 일이었고, 1972년의 대몰락 이후의 시대에서는 새 인원을 모집하기가 힘들다. 엉망으로 망가진 사람을 선발해서 괜찮은 봉급을 보장하고, (위험하기는 해도) 흥미로운 데다 꼭 필요한 직업을 주는 일이라면, 이 시간대야말로 딱 적절하지 않은가? 지금은 모두가 1963년의 '시시한 전쟁'이 왜 시시하게 끝났는지를 알고 있다. 뉴욕의 좌표가 적힌 폭탄이 폭발하지 않은 것을 위시해, 기타 백여 가지의 요소가 계획대로 진행되지 않았다. 전부 나와 같은 사람들이 주선한 일이었다.

그러나 1972년의 실패는 그렇지 않았다. 그 일은 우리의 잘못이 아니었다. 그리고 사라지게 만들 수도 없었다. 풀어낼 패러독스가 존재하지 않았으니까. 하나의 사물은 영원히 존재하거나 존재하지 않을 뿐이다. 하지만 이제 그런 사태는 두 번 다시 일어나지 않을 것이다. '1992년'에서 내린 지령이 다른 모든 시대에서 우선권을 가지게 되어 있다.

나는 5분 일찍 가게 문을 닫고, 계산대 옆에 주간 담당 지배인에게 보내는 쪽지를 남겨놓았다. 점포를 인수하겠다는 제안을 받아들일 생각이며, 이제 긴 여행을 떠날 예정이니 내 법률담당과 상의하라는 내용이었다. 관리국에서 그 친구 돈을 받아줄지는 알 수 없지만, 그쪽은 보통 모든 일을 깔끔하게 끝맺는 쪽을 선호한다. 나는 창고 뒤편의 방으로 가서 1993년으로 이동했다.

2200-7. 1993년 1월 12일, 로키산맥 합병 시간지휘본부

나는 당직사관에게 수속을 마친 후 내 방으로 향했다. 일주일쯤 푹 잘 생각이었다. 우리가 내기를 걸었던 술병을 챙겨 왔는데(어차피 이긴 사람은 나였으니까), 보고서를 쓰기 전에 한 잔 따라 마셔보았다. 끔찍한 맛이었다. 왜 내가 예전에 '올드 언더웨어'를 좋아했는지 이해가 되지 않았다. 그래도 없는 것보다는 나았다. 나는 맨정신으로 있는 것이 싫다. 생각을 너무 많이 하게 되니까. 하지만 그렇다고 술독에 빠지는 것도 사양이다. 사람들은 술 속에 독사가 있다고 하지만, 나는 술 속에서 사람의 얼굴을 본다.

나는 보고서를 작성했다. 40명의 모집 인원이 모두 정신분석국에서 오케이 사인을 받았다. 이미 괜찮을 것이라는 사실을 알고 있었던 나 자신도 그중 하나였다. 내가 여기 있으니, 괜찮은 것이 당연하지 않은가? 그리고 새로운 업무에 배속해달라는 청원서를 덧붙였다. 이제 충원 임무는 질렸다. 나는 양쪽 모두 문서 전송함에 밀어넣고는 침대로 향했다.

문득 침대 위에 걸린 '시간여행 조례'에 눈이 멎었다.

내일 해야 할 일을 어제 하지 말라.

마침내 성공했다면 절대 다시 시도하지 말라.

제때 한 번 꿰매면 90억 번 꿰맬 수고를 던다.

패러독스는 긴급 투입으로 고칠 수도 있다.

생각할 때는 이미 이르다.

선인들 역시 인간일 뿐이다.

누구든 실수는 한다.

처음 입대했을 때처럼 감동을 물러일으키는 날은 아니었다. 구관직 시간으로 30년 동안 시간여행을 하다 보면 지치게 마련이다. 옷을 벗어

맨살이 드러나자, 나는 배를 내려다보았다. 제왕절개를 하면 꽤 큰 흉터가 남게 마련이지만, 이제는 그 위로 털이 무성하게 자라서 대놓고 찾아보지 않으면 알아보기 힘들 정도다.

문득 손가락의 반지에 눈길이 멎었다.

영겁의 시간 동안 자기 꼬리를 먹는 뱀…. 나 자신이 어디에서 왔는지는 알고 있다. 그러나 너희 모든 좀비는 어디서 온 것일까?

두통이 찾아왔다. 그러나 나는 절대로 두통약을 먹지 않는다. 언젠가 약을 먹었더니 너희가 모두 사라져버렸기 때문이다.

그래서 나는 침대로 기어들어가서 조명을 껐다.

너희는 어차피 실제로 존재하지 않는다. 여기 어둠 속에는 단 한 사람밖에 없으니까. 나 제인만 홀로 남았으니까.

너희 모두가 지독하게 그립다!

코끼리를 팔러 다니는 남자

The Man Who Traveled in Elephants

조호근 옮김

빗물이 버스의 창문을 타고 흘러내렸다. 존 와츠는 숲으로 덮인 언덕을 내다보았다. 궂은 날씨였지만 나름 만족스러웠다. 계속해서 구르고, 움직이고, 여행하는 동안은 홀로 있는 고통이 조금이나마 잦아드는 듯했다. 눈을 감고 마사가 자기 옆에 앉아 있다고 상상할 수 있었으니까.

그들은 언제나 함께 여행했다. 와츠의 방문판매 구역을 전부 돌아다니는 신혼여행을 한 셈이었다. 결국 그들은 온 나라를 돌아다녔다. 도로 옆에 인디언의 노점이 있는 66번 국도부터, 워싱턴에서 뻗어 나가는 1번 국도, 산속 터널을 쉴 새 없이 들락거리는 펜실베이니아 고속도로에 이르기까지. 와츠가 운전대를 붙들고 있는 동안 마사는 옆자리에서 지도를 확인하며 다음 휴게소까지의 거리를 계산하곤 했다.

한번은 마사의 친구 중 하나가 말했던 것이 기억났다. "하지만 마사, 그런 일도 이제 질리지 않아?"

마사의 명랑한 웃음소리가 귓가에 울리는 듯했다. "드넓고 매혹적인 48개 주가 있는데 어떻게 질릴 수가 있어? 게다가 언제나 새로운 일이 벌어진다고. 축제나 전람회 같은 것들."

"하지만 축제는 하나만 보면 나머지는 다 똑같잖아."

"샌타바버라 피에스타와 포트워스 우량 가축 품평회 사이에 차이가 없다고 생각하는 거야? 어쨌든." 마사는 말을 이었다. "와츠랑 나는 시골 뜨기 동지거든. 우리 둘 다 입을 떡 벌리고 고층건물을 올려다보는 일을 좋아해. 입천장에 주근깨가 돋을 정도로 말이야."

"정신 좀 차려, 마사." 그 여자는 와츠를 돌아보았다. "와츠, 당신들도 이제 정착해서 인생의 보람을 찾아야 하지 않겠어요?"

이런 사람들은 와츠를 피곤하게 만들었다. "주머니쥐 때문입니다. 녀석들은 여행을 좋아하거든요." 와츠는 여자를 향해 진지하게 대답했다.

"주머니쥐요? 대체 이 사람 무슨 소리를 하는 거야, 마사?"

마사는 와츠에게 은밀한 눈길을 보내고는 더할 나위 없이 진지한 표정으로 말했다. "아, 미안해! 사실은 말이야, 와츠는 배꼽 안에 새끼 주머니쥐들을 키우고 있거든."

"그럴 만한 몸이 되니까요." 와츠는 둥그렇게 튀어나온 자기 배를 쓰다듬으며 인정했다.

이걸로 그 여자는 입을 다물었다! 와츠는 "당신을 위해서 하는 이야긴데…." 운운하며 설교를 해대는 사람들을 도저히 참고 견딜 수가 없었다.

마사는 갓 태어난 주머니쥐 새끼 한 무리가 티스푼 위에 올릴 수 있는 크기이며, 종종 많으면 여섯 마리의 새끼들이 엄마 주머니쥐의 주머니에 들어갈 공간이 없어 고아로 버려진다는 이야기를 어디선가 읽은 적이 있었다. 그들은 즉시 '남겨진 여섯 마리 주머니쥐의 구조 및 양육 협회'를 조직하기로 했고, 만장일치로(그러니까, 마사의 의견대로) 와츠의 배가 '와츠 아빠의 주머니쥐 마을' 건설부지로 선택되었다.

그 외에도 상상 속의 애완동물들이 여러 마리 있었다. 마사와 와츠는 아이를 원했다. 하지만 아이가 태어나지 않자, 그들은 눈에 안 보이는 여러 애완동물로 가족의 빈자리를 채웠다. 젠킨스 씨는 모텔을 고를 때 조언을 해주는 작은 회색 당나귀였다. 조수석 앞 공간에는 다람이라는 이름의 조잘거리는 땅다람쥐가 살았고, 여행 생쥐 졸졸이는 평소에는 조용히 웅크리고 있다가 뜬금없이 사람을 깨물곤 했다. 특히 마사의 무릎 근처를.

이제 그들은 모두 사라졌다. 활력을 전파하는 마사의 영혼이 사라지자, 그들은 모두 병이 들더니 천천히 사라져버렸다. 심지어는 상상이 아니라 실재하는 애완동물인 빈들스티프마저도 이제 와츠와 함께 있지 않았다. 빈들스티프는 두 사람이 사막 한복판의 도로 옆에서 주운 개의 이름이었다. 물과 도움의 손길을 건네자, 녀석은 굳세고 대범한 마음으로 은혜에 보답했다. 빈들스티프는 이후로도 계속 그들과 함께 여행했다. 결국에는 얼마 지나지 않아 마사의 뒤를 따르듯 높은 존재의 부름을 받게 되었지만.

와츠는 빈들스티프가 어떻게 되었을지 궁금했다. 토끼와 뚜껑 열린 쓰레기통으로 가득한 개의 별에 가서 마음껏 뛰놀고 있을까? 그보다는 마사와 함께 있을 가능성이 더 클 것이다. 마사의 발치에 앉아서 움직일 때마다 거치적거리면서. 와츠는 그쪽을 원했다.

와츠는 한숨을 쉬고 다른 승객들 쪽으로 주의를 돌렸다. 비쩍 마르고 아주 나이 많은 여자가 통로 건너편에서 몸을 기울이며 와츠에게 말을 걸었다. "축제에 가시나, 젊은 양반?"

와츠는 깜짝 놀랐다. 다른 사람에게 젊은이라고 불리다니 20년 만에 처음 있는 일이었다. "어? 네, 물론이죠." 그들 모두가 축제에 가는 중이었다. 축제 특별 버스 편이었으니까.

"축제에 가는 걸 좋아하시나 보지?"

"아주 좋아하죠." 별 의미 없는 질문이었다. 와츠도 잘 알다시피, 그저 대화를 시작하기 위한 형식적인 시도일 뿐이었다. 그는 굳이 이런 시도를 구태여 뿌리치지 않았다. 외롭고 나이 든 여자는 낯선 이들과 말을 나누고 싶어 하는 법이고, 그 자신도 따분하셨으니까. 게다가 와츠는 활기찬 할머니를 좋아하는 편이었다. 와츠에게 할머니들은 미국의 영혼

그 자체나 마찬가지였다. 마주하면 교회의 친목 모임이나 농장의 부엌에 들어온 기분이 들곤 했다. 아니면 포장마차나.

"나도 축제를 좋아해." 할머니가 말을 이었다. "한때는 내 물건을 내놓기도 했었는데. 마르멜로 젤리나 요단강을 건너는 장면을 수놓은 천 같은 것들 말이야."

"최고상을 받으셨겠네요."

"그런 적도 있었지." 할머니도 인정했다. "하지만 대부분은 그냥 축제에 가는 것이 좋아서 한 일이었어. 나는 알마 힐 에번스네. 우리 남편도 축제를 아주 좋아했지. 파나마 운하가 열린 해에 열렸던 축제를 생각해 보면…. 하지만 젊은 양반이 그런 걸 기억할 리가 없겠지."

와츠는 그 축제에 가본 적이 없다고 말했다.

"어쨌든 최고의 축제나 그런 것은 아니었어. 1893년의 축제야말로 최고의 축제였거든. 그 축제의 발끝이라도 따라갈 만한 축제는 두 번 다시 없을 거야."

"아마도 이번 축제 전까지는 말이겠지요?"

"이번 축제? 말도 안 되는 소리! 규모가 크다고 다가 아니야." 이번의 전미 박람회는 지금까지의 모든 박람회 중 가장 크고 훌륭한 것이 분명했다. 마사만 함께 있었다면 천국처럼 느껴질 텐데. 에번스 부인은 화제를 돌렸다. "젊은 양반은 행상이 아닌가?"

와츠는 잠시 주저하다 대답했다. "그렇습니다."

"딱 보면 알지. 그럼 어떤 물건을 파시는 건가, 젊은 양반?"

와츠는 조금 더 오래 머뭇거리다 단호하게 대답했다. "저는 코끼리를 팝니다."

에번스 부인은 와츠를 날카로운 눈으로 바라보았다. 와츠는 더 설명하고 싶었지만 마사와의 약속을 지키기 위해 입을 다물고 있었다. 마사는 그들의 상품을 항상 진지하게 여기고, 변명도 사과도 하지 말아야 한다고 주장했었다. 은퇴를 고려하던 때 생각해냈던 일이었다. 그들 부부는 땅 한 뙈기를 사들여 순무나 토끼 따위로 뭔가 유용한 일을 하면 어떨지를 놓고 한동안 대화를 나누었다. 그러나 마지막 방문판매 여행을 하던 중에 마사는 한참 침묵을 지키다 문득 이런 말을 꺼냈다. "와츠, 당신, 여행을 그만두고 싶지 않은 거지."

"어? 그런가? 당신 이렇게 계속 방문판매 일을 하고 싶은 거야?"

"아니, 그 일은 끝났잖아. 하지만 그렇다고 해서 자리 잡고 살고 싶지는 않은걸."

"그럼 뭘 하고 싶은데? 그냥 집시처럼 돌아다니기만 하나?"

"그런 건 아니야. 내 생각에는 이제 새로운 상품을 팔아야 할 것 같아."

"철물? 신발? 여성용 기성복?"

"아니." 마사는 잠시 말을 멈추고 생각에 잠겼다. "뭔가를 팔기는 해야겠지. 그래야 여행에 목적이 생길 테니까. 하지만 너무 빨리 매진되는 물건은 아니었으면 좋겠어. 그래야 아주 넓은 지역을, 어쩌면 미국 전체를 돌아다닐 수 있을 테니까."

"전함은 어떨까?"

"전함은 이제 유행이 지나기는 했지만, 대충 그런 방향으로 생각하는 게 좋겠네." 그리고 그들은 다 찢겨나간 서커스 포스터가 붙어 있는 헛간을 지나가게 되었다. "알았다!" 마사가 소리쳤다. "코끼리! 우리 코끼리를 팔기로 하자"

"코끼리라 이거지? 상품 견본을 가지고 다니기 힘들겠는데."

"그럴 필요는 없어. 모든 사람이 코끼리가 어떻게 생겼는지 알고 있으니까. 그렇지 않아요, 젠킨스 씨?" 보이지 않는 당나귀는 언제나 그렇듯이 마사의 의견에 동의했다. 이것으로 모든 것이 결정되었다.

마사는 어떤 식으로 판매를 진행할지 완벽하게 알고 있었다. "우선 조사부터 하는 거야. 주문을 받기 전에 우선 미국 전체를 구석구석 돌아다니며 수요를 완벽하게 확인해야지."

10년 동안 그들은 조사 작업에 매진했다. 모든 축제, 동물원, 전시회,

가축 품평회, 서커스, 기묘한 장소를 방문하기에는 아주 좋은 핑계였다. 이 모든 곳이 잠재적 고객이 아닌가? 국립공원이나 기타 자연경관도 모두 조사 일정에 포함되었다. 언제 어디서 갑작스레 코끼리 수요가 폭증할지 누가 알겠는가? 마사는 진지하게 이 모든 작업에 임했고, 귀퉁이를 잔뜩 접은 수첩에 기록해나갔다. '라 브레아 타르 구덩이, 로스앤젤레스 – 약 2만5천 년 전쯤에는 구형 코끼리 과잉 상태였던 것으로 보임.' '필라델피아 – 유니언 리그*에 적어도 여섯 마리를 팔 것.' '시카고 브룩필드 동물원 – 아프리카 코끼리, 희귀.' '뉴멕시코주 갤럽 – 마을 동쪽에 코끼리 석상. 매우 아름다움.' '캘리포니아주 리버사이드, 코끼리 이발소 – 주인에게 마스코트를 하나 구입하라고 부추길 것.' '오리건주 포틀랜드 – 더글러스 소나무 조합에 문의할 것. 〈만달레이 가는 길〉**을 낭송할 것. 남방 소나무 위원회에서도 마찬가지로 할 것. 주의: 이 업무를 위해서는 레러미의 로데오가 끝나자마자 즉각 남부 해안 지방을 방문할 필요가 있을 것으로 보임.'

그들은 10년 동안 여행길의 발걸음 하나하나를 남김없이 즐겼다. 마사가 주님의 부름을 받는 순간까지도 조사 작업은 끝나지 않았다. 와츠는 문득 마사가 성도의 코끼리 수요에 대해 성 베드로에게 질문하며 물고 늘어지지는 않았을지 궁금해졌다. 그랬을 것이라는 데 5센트를 걸 수도 있었다.

하지만 낯선 사람들에게 코끼리를 팔러 다니는 일이, 두 사람이 사랑하는 나라를 구석구석 돌아다니기 위해 아내가 만들어낸 변명거리라고 인정하는 것은, 그로서는 도저히 할 수 없는 일이었다.

이 할머니는 그 문제를 깊게 파고들지 않고 쾌활하게 말했다. "예전에 몽구스를 파는 남자를 알던 적이 있다네. 아니, 복수니까 '몽기스'라고 불

---

* 에이브러햄 링컨의 지지자들이 모여 찬성했으며, 이후 전통적으로 공화당 지지자들이 모여 활동한 회원 클럽이다.
** 러디어드 키플링의 시 〈만달레이 가는 길〉(1892)에는 코끼리가 목재를 나르는 대목이 나온다.

러야 하려나? 쥐를 잡는 일을 하던 사람이었는데…. 그런데 저 운전기사 지금 뭘 하는 거람?"

커다란 버스는 쏟아지는 빗줄기를 수월하게 뚫으며 달려가고 있었다. 그러나 이제 버스는 흔들리며 미끄러지기 시작했다. 버스가 한쪽으로 심하게 휘청하더니 그대로 충돌해버렸다.

와츠는 앞좌석 등받이에 머리를 부딪혔다. 어지러운 가운데 몸을 일으키면서 여기가 어딘지 기억해내려 하는 도중에, 에번스 부인의 자신감 있는 새되고 높은 목소리가 그를 인도했다. "흥분할 것 없어요, 여러분. 이런 일이 벌어질 줄 알고 있었다고요. 게다가 보시다시피 다들 조금도 다치지 않았잖아요."

와츠는 자신이 다치지 않았다는 것을 확인했다. 그러고는 흐릿한 눈으로 주변을 둘러보다가, 곧 기울어진 바닥을 더듬어 안경을 찾았다. 안경은 깨진 상태였다. 와츠는 어깨를 으쓱하고는 안경을 다시 내려놓았다. 목적지에 도착해서 가방에서 예비용 안경을 꺼내면 될 일이었다.

"그럼 이제 무슨 일이 벌어진 것인지 확인해보기로 할까요." 에번스 부인이 말을 이었다. "거기, 따라오지 그러나, 젊은 양반." 와츠는 얌전히 부인의 뒤를 따랐다.

버스의 오른쪽 바퀴가 다리 진입로 한쪽의 포석에 아슬아슬하게 걸려 있었다. 운전사는 빗속에 서서 뺨의 찢어진 상처를 누르고 있었다. "어쩔 수 없었다고요." 그는 말했다. "개 한 마리가 달려 나오는 바람에 그걸 피하려고 했단 말입니다."

"우리 다 죽을 뻔했잖아요." 여자 하나가 불평했다.

"다치기 전까지는 울음을 터뜨릴 필요가 없는 법이지." 에번스 부인이 충고했다. "그러면 버스로 들어가서 운전사 양반이 우리를 데려다줄 사람을 부를 때까지 기다리기로 합시다."

와츠는 잠시 뒤에 머무르며 다리 양쪽에서 펼쳐져 있는 계곡을 바라보았다. 깎아지른 벼랑이 보였다. 비로 아래쪽으로 크고 날카로운 바위가 이빨을 내밀고 있었다. 와츠는 몸을 떨고는 버스로 돌아갔다.

구조 차량은 거의 즉시 도착했다. 아니면 잠깐 졸았던 것일 수도 있고. 와츠는 후자라고 생각하기로 마음먹었다. 어느덧 비가 그치고 구름 사이로 태양이 얼굴을 내밀고 있었기 때문이었다. 구조 차량 운전사는 문 안으로 고개를 들이밀고 소리쳤다. "여러분, 얼른 이리 타세요! 시간 낭비하지 말고! 얼른 내려서 얼른 올라타요." 와츠는 서둘러 올라타다 발이 걸려 비틀댔다. 새로 온 운전사가 손을 잡아주었다.

"괜찮아요, 아저씨? 많이 놀라셨나 봐요?"

"괜찮아요. 고맙습니다."

"물론 괜찮겠죠. 아주 좋아 보이는데요."

와츠는 에번스 부인 옆자리에 앉았다. 부인은 웃으며 말했다. "천국의 날씨 아닌가?"

와츠도 동의했다. 폭풍이 지나가고 정말로 아름다운 날이 펼쳐졌다. 따뜻한 푸른 하늘에는 뭉게구름이 피어오르고, 비에 젖어 깨끗해진 도로의 냄새가 나고, 흠뻑 젖은 들판에는 푸른 생명이 자라나고 있었다. 와츠는 몸을 기대고 그 모든 것을 음미했다. 그렇게 취해 있는 동안 커다란 쌍무지개가 동쪽 하늘에 걸려 빛나기 시작했다. 와츠는 무지개를 보며 두 가지 소원을 빌었다. 하나는 자신을 위해, 다른 하나는 마사를 위해. 무지개의 빛이 모든 물건에 반사되어 반짝이는 것처럼 보였다. 해가 나니 다른 손님들도 더 젊고, 행복하고, 잘 차려입은 것처럼 보였다. 와츠 역시 기분이 밝아져 마음을 쓰라리게 파고드는 고독에서 거의 해방된 느낌이 들었다.

그들은 순식간에 목적지에 도착했다. 새로 온 운전사 덕분에 도중에 낭비한 시간을 만회하고도 남은 모양이었다. 길 위로 커다란 아치가 설치된 것이 보였다. '전미 축전 및 기술 박람회' 아래 '모두에게 평화와 행복이 있기를'이라는 글귀가 보였다. 그들은 아치 아래를 통과해 그릉거리는 소리와 함께 멈추었다.

에번스 부인이 자리에서 벌떡 일어났다. "만날 사람이 있는데, 뛰어가야겠구만!" 부인은 문을 향해 뛰어가다 문득 뒤를 돌아보며 말했다. "나중에 안에서 만나세, 젊은 양반." 그리고 군중 속으로 사라졌다.

와츠는 마지막으로 버스에서 내리며 운전사를 돌아보며 말했다. "아, 어, 짐 때문에 그러는데요. 제 짐 안에…"

운전사는 이미 다시 시동을 걸고 있었다. "짐 걱정은 마세요. 알아서 해드릴 겁니다." 운전사는 이렇게 소리쳤다. 커다란 버스는 다시 움직이기 시작했다.

"하지만…" 와츠는 말을 멈추었다. 버스는 사라져 있었다. 알아서 해준다고 한들…, 안경도 없이 뭘 어쩌란 말인가?

그러나 뒤편에서 들려오는 축제 소리에 와츠는 곧 결정을 내렸다. 뭘 어찌하든 내일 처리해도 될 일이다. 너무 멀어서 볼 수가 없다면 더 가까이 걸어가면 되는 일 아닌가. 와츠는 정문의 줄에 합류했고 이내 축제장으로 들어섰다.

인류 역사상 최고로 놀라운 축제라는 것은 분명해 보였다. 지금까지 본 모든 야외 행사보다 두 배는 컸고, 가장 휘황찬란한 조명보다도 밝았고, 모든 새로운 것들보다 새로웠고, 놀랍고 웅장하고 입이 떡 벌어지고 숨이 멎을 지경에 어마어마한 크기가 믿을 수 없을 정도였다. 그리고 정말로 즐거웠다. 미국 각지의 모든 공동체에서 저마다 최고의 사람들을 이 훌륭한 박람회에 보낸 모양이었다. P. T. 바넘*, 리플리**, 그리고 토머스 에디슨의 모든 놀라운 발명품이 한데 모여 있었다. 드넓은 대륙 곳곳에서 모여든 풍요로운 대지의 풍요로운 산물과, 영리하고 근면한 사람들이 제작한 상품들이 가득했다. 여기에 민속 축제, 매년 벌어지는 지방 행사, 유명한 카니발까지 참가하고 있었다. 그 모든 것이 한데 모여 딸기

---

* 피니어스 테일러 바넘(1810~1891), 미국의 서커스 왕이자 정치인
** 로버트 리로이 리플리(1890~1949), 미국의 만화가이자 사업가로 프랜차이즈 매체이자 박물관인 '리플리의 믿거나 말거나'로 잘 알려져 있다.

쇼트케이크처럼 미국적이고, 크리스마스트리처럼 화려한 축제가 바로 와츠의 눈앞에서 펼쳐지고 있었다. 행복에 겨운 휴일의 인파가 떠들썩하고 활기차게 북적거렸다.

와츠는 심호흡을 한 번 하고 그 안으로 뛰어들었다.

우선 포트워스 남서부 박람회와 우량 가축 품평회로 가서 하얀 얼굴의 얌전한 말들을 감상하며 1시간 정도를 보냈다. 합판을 올린 책상만큼이나 떡 벌어지고 탄탄한 체격에, 깔끔하고 몸단장을 하고, 갈기는 두개골부터 등뼈를 따라 양쪽으로 착 달라붙게 빗어 넘긴 말들이 줄지어 서 있었다. 그러고는 어제 막 태어나 보드라운 다리로 간신히 몸을 지탱하고 있는, 아직 자기가 누구인지도 제대로 모르는 검은 새끼 양, 최고 평점을 받으려고 혈안이 된 소년들이 납작하고 토실토실해 보이도록 열심히 털을 손질해놓은 통통한 암양도 보았다. 그 옆에는 포모나 축제의 튼실한 체구의 짐말과 켈로그 농장에서 온 팔로미노 품종의 말이 보였다.

그리고 마차 경주도 있었다. 마사와 그는 언제나 마차 경주를 좋아했다. 와츠는 유명한 댄 패치 경마장 출신의 경주마 하나를 찍어서 돈을 딴 후 바로 걸음을 옮겼다. 아직 볼 것이 너무 많았기 때문이었다. 바로 뒤쪽에서 다른 시골 축제들이 보였다. 야키마의 사과 축제, 뷰몬트앤배닝의 버찌 축제, 조지아의 복숭아 축제까지. 어딘가 뒤편 멀찍한 곳에서 밴드가 연주하며 외치는 소리가 들렸다. "아이오와이, 아이오와이, 키 큰 옥수수가 자라는 곳이라네!"

바로 앞에 분홍색 솜사탕 가판대가 있었다.

마사는 솜사탕을 좋아했다. 매디슨 스퀘어 가든이든, 임페리얼 카운티의 축제에서든, 항상 다른 무엇보다 솜사탕 판매대로 제일 먼저 뛰어갔다. "큰 게 좋겠지, 여보?" 와츠는 혼잣말로 중얼거렸다. 뒤를 돌아보면 마사가 고개를 끄덕일 것만 같았다. "큰 거로 주시죠." 와츠가 판매원에게 말했다.

판매원은 프록코트와 풀 먹인 셔츠를 입은 나이 든 사람이었다. 남자는 당당하고 우아한 동작으로 분홍색 솜사탕을 건네주었다. "물론이죠, 손님. 다른 크기는 팔지도 않습니다." 그러고는 종이를 빙빙 돌려 원뿔 모양을 만들어 와츠에게 건넸다. 와츠는 50센트를 냈다. 남자는 손을 쥐었다 펴보았다. 동전은 사라져버렸다. 남자는 그것으로 거래가 끝났다는 표정을 지었다.

"솜사탕이 50센트나 합니까?" 와츠는 조심스럽게 물었다.

"그럴 리가요, 손님." 나이 든 남자는 와츠의 옷깃에서 동전을 꺼내더니 다시 와츠에게 웃으며 돌려주었다. "공짜입니다. 자격이 있으신 것 같군요. 어쨌든, 돈이 대체 무슨 소용이랍니까?"

"그런가요, 고맙습니다. 하지만 어, 저는 사실 별로 '자격'이랄 것은 없는데 말이죠."

남자는 어깨를 으쓱해 보였다. "정체를 숨기고 싶으신 거라면 제가 감히 참견할 수야 없지요. 하지만 손님의 돈은 여기서는 별 쓸모가 없습니다."

"어, 그렇게 말씀하신다면야."

"두고 보시죠."

와츠는 무언가 다리를 스치고 지나가는 것을 느꼈다. 예전의 빈들스티프와 같은 품종, 또는 잡종의 개였다. 놀랍도록 빈들스티프와 똑같은 모습이었다. 개는 와츠를 올려다보더니 몸 전체를 반갑게 흔들었다.

"이런, 안녕, 이 녀석아!" 개를 쓰다듬는 와츠의 눈앞이 뿌옇게 흐려졌다. 심지어는 쓰다듬는 감촉마저 빈들스티프와 흡사했다. "너 혹시 길을 잃은 거니? 사실 나도 그렇단다. 어쩌면 함께 지내는 편이 나을지도 모르겠구나. 배가 고프지는 않아?"

개는 와츠의 손을 핥았다. 와츠는 솜사탕 판매원을 돌아보며 물었다. "혹시 핫도그 파는 곳은 어디 있나요?"

"바로 길 건너에 있습니다, 손님."

와츠는 감사를 표하고 휘파람으로 개를 부른 다음 서둘러 길을 건넜다. "핫도그 여섯 개 부탁드립니다."

"금방 됩니다! 머스터드만 뿌릴까요, 아니면 전부 얹어드릴까요?"

"아, 죄송합니다. 뿌리지 말고 그냥 주세요. 개한테 주려고 하거든요."

"잘 알겠습니다. 잠깐만 기다리시죠."

핫도그 판매원이 즉시 종이에 싼 비엔나 여섯 개를 건네주었다. "얼마
입니까?"

"가게 부담입니다."

"뭐라고요?"

"개들한테도 좋은 날이 있어야죠. 오늘은 저 녀석이 행운이 있는 날인
가 봅니다."

"아, 그런가요. 고맙습니다." 와츠는 뒤쪽에서 사람들이 흥분해서 웅
성대는 소리가 커져오는 것을 느끼고 뒤를 돌아보았다. 캔자스시티의 '팔
라스의 신관들' 퍼레이드의 첫 번째 마차가 다가오는 것이 보였다. 친구
가 된 개도 그것을 보고는 짖어대기 시작했다.

"자, 얌전히 있거라, 이 녀석아." 와츠는 핫도그 종이를 풀기 시작했
다. 바로 그때 누군가가 길 건너편에서 휘파람을 불었고, 개는 총알같이
퍼레이드 행렬 사이로 뛰어나가 사라져버렸다. 와츠는 그 뒤를 따라가려
했지만 퍼레이드가 다 지나갈 때까지 기다리라는 주의를 들었다. 행렬의
마차가 지나가는 사이사이로 개가 길 건너편의 어떤 여자 무릎 위로 뛰
어드는 모습이 보였다. 마차의 조명이 번쩍이는 데다 안경을 잃어버렸기
때문에 그 여자의 모습을 제대로 확인할 수는 없었다. 하지만 개가 여자
를 알고 있다는 사실은 분명했다. 오직 개만이 가능한 방식으로 온몸을
던지며 열정적으로 그녀를 반기고 있었기 때문이다.

와츠는 소시지 뭉치를 손에 들고 여자에게 소리를 치려 했다. 여자는
손을 마주 흔들었으나, 밴드의 음악과 사람들 소리 때문에 서로의 말을
알아들을 수는 없었다. 와츠는 일단 퍼레이드를 즐기고 나서, 마지막 마
차가 지나가자마자 길을 건너 개와 그 주인을 찾아보기로 마음먹었다.

266

와츠가 본 중에서도 가장 훌륭한 팔라스의 신관들 퍼레이드인 것 같았다. 생각해보니 팔라스의 신관들 퍼레이드가 없어진 지도 한참이 지났다. 아마 이 행사를 위해 특별히 부활시킨 모양이었다.*

훌륭한 도시, 캔자스시티를 떠올리게 하는 행렬이었다. 그토록 마음에 드는 도시는 흔치 않았다. 아마도 시애틀 정도일까. 물론 뉴올리언스도 있었다.

그리고 덜루스도. 덜루스는 가슴이 벅차오르는 도시였다. 멤피스도 그랬다. 나중에 멤피스에서 세인트조세프로, 나체스에서 모바일로 가는 버스를 한 대 가지고 싶었다. 거센 바람이 부는 곳이라면 어디라도 좋았다.

모바일. 그곳도 또 훌륭한 도시지.

퍼레이드가 지나갔고, 어린아이들이 그 뒤를 따라 무리 지어 달려가는 모습이 보였다. 와츠는 서둘러 길을 건넜다.

아까의 여자는 이미 그곳에 없었다. 사람도, 개도 보이지 않았다. 와츠는 주변을 제법 샅샅이 훑어보았다. 개는 없었다. 개를 데리고 있는 여자도 없었다.

와츠는 정처 없이 떠돌았다. 눈은 구경거리를 찾고 있었지만, 머릿속에는 개에 대한 생각만이 가득했다. 정말로 빈들스티프와 똑 닮은 개였다…. 그리고 그 개 주인인 여자가 누구인지도 알고 싶었다. 그런 개를 사랑할 수 있는 사람이라면 분명 꽤 훌륭한 사람일 것이다. 어쩌면 아이스크림을 사주거나 함께 놀이 구역으로 가자고 말해볼 수 있을지도 모른다. 마사는 분명 허락해줄 것이다. 마사라면 와츠가 다른 마음을 가지고 있지 않다는 사실을 알 테니까.

어차피 키 작고 뚱뚱한 남자를 연애 대상으로 생각하는 사람은 없기도 했고.

그러나 그런 쪽으로 생각하기에는 너무 많은 일이 벌어지고 있었다.

---

* 캔자스시티의 팔라스의 신관들 퍼레이드는 1887년에서 1912년까지 열렸다.

와츠는 세인트폴의 겨울 축제 한복판으로 흘러들어왔다. 여름 날씨에도 뉴욕주와 박람회 측의 노력에 힘입어 멋지게 건설에 성공한 듯했다. 50년 동안 이 축제는 1월에 개최되어왔지만, 이곳에서는 펜들턴 라운드 업 로데오, 프레스노 건포도 축제, 아나폴리스의 식민지시대 기념주간 등과 나란히 서 있었다. 와츠가 행사장에 들어온 것은 아이스 쇼가 끝나갈 무렵이었지만, 가장 좋아하는 올드 스무디즈*의 공연은 볼 수 있었다. 이번 행사를 위해 은퇴하고 나서도 특별히 참석한 모양이었는데, 언제나처럼 〈샤인 온, 하비스트 문〉의 곡조에 맞추어 완벽하게 얼음 위를 미끄러졌다.

다시 한 번 와츠의 눈앞이 뿌옇게 흐려졌다. 이번에는 안경 때문이 아니었다.

공연장을 나오던 와츠는 커다란 간판을 지나쳤다. '새디 호킨스 데이 – 독신 남성의 출발점'. 와츠는 거기 끼어들어볼까 하는 유혹을 느꼈다. 어쩌면 미혼녀들 가운데 그 개를 데리고 있던 숙녀가 있을지도 모르니까. 하지만 이제 와츠는 조금 지쳐 있었다. 바로 앞에는 망아지 타기와 대관람차 등이 있는 야외 행사장이 보였다. 잠시 후 와츠는 회전목마에 도착해 부모들이 선호하는 백조 곤돌라 위에 올라탔다. 그런데 젊은 남자 한 명이 이미 그곳에 앉아 책을 읽고 있다는 것을 발견했다.

"아, 실례합니다. 합석해도 괜찮을까요?" 와츠가 물었다.

"물론이죠." 젊은이는 흔쾌히 대답하며 책을 내려놓았다. "어쩌면 선생님이 제가 찾고 있던 분일지도 모르겠군요."

"사람을 찾고 있었나요?"

"그렇죠. 보시다시피 저는 탐정입니다. 항상 탐정이 되고 싶었는데, 이제야 꿈을 이룬 셈이죠."

"그러신가요."

---

* 오린 마커스와 어마 토머스의 스케이트 듀엣. 정장을 착용하고 스케이트를 타는 중년 부부를 연기하는 공연으로, 1940년대의 아이스 쇼에서 인기를 끌었다.

"그렇습니다. 결국은 모두 회전목마를 타러 오게 되어 있으니 여기서 기다리고 있으면 수고를 할 필요가 없죠. 물론 할리우드 앤 바인이나 타임스퀘어, 커널 가도 돌아다니지만, 앉아서 책을 읽는 곳은 여기입니다."

"사람을 찾으면서 책을 읽을 수가 있는 겁니까?"

"아, 책에 무슨 말이 적혀 있는지는 알고 있으니까…." 그는 책을 들어 보였다. 《스나크 사냥》이었다. "눈으로는 마음껏 사람들을 쫓으면 되는 일 아니겠습니까."

와츠는 이 젊은이가 마음에 들기 시작했다. "이 근처에 부줌*은 없던 가요?"

"없지요. 우리가 가볍고 부드럽게 사라져버리지 않았으니까요. 하지만 그랬다고 하더라도 눈치를 챌 수가 있으려나? 다시 한 번 생각을 해 봐야겠군요. 선생님도 탐정이십니까?"

"아뇨, 저는… 어…, 코끼리를 팔러 다니는 사람입니다."

"훌륭한 직업이군요. 하지만 여기서는 할 일이 별로 없으실 텐데요. 여기에는 기린도 있고…." 그는 증기 오르간 소리에 파묻히지 않게 목소리를 높이면서 회전목마 너머로 눈길을 던지며 말했다. "낙타에, 얼룩말 두 마리에, 말은 잔뜩 있지만 코끼리는 없어요. 메인 퍼레이드를 놓치지 마세요. 거기에는 코끼리가 있을 겁니다."

"아, 그걸 놓칠 수는 없지요!"

"절대 놓치면 안 됩니다. 세상에서 가장 훌륭한 퍼레이드일 테니까요. 너무 길어서 한곳에 서서는 다 보지도 못할 지경이고, 뒤로 갈수록 더 엄청나다고 하더군요. 선생님이 제가 찾는 분이 아니라는 것이 확실합니까?"

"그런 것 같은데요. 그런데 잠깐만요. 이런 인파 속에서 개를 데리고 있는 여인을 찾고 싶다면 어떻게 하실 겁니까?"

"글쎄요, 만약 그런 분이 이리 오신다면 알려드리죠. 커널 가로 가보

---

* 루이스 캐럴의 《스나크 사냥》에 등장하는 가상의 동물. 매우 위험하며, 스나크 대신 부줌을 발견하면 가볍고 부드럽게 사라져버린다.

시는 편이 나을 듯합니다. 그래요, 만약 제가 개를 데리고 있는 여자라면 커널 가로 갈 겁니다. 여자들은 가면 쓰는 것을 좋아하지요. 그걸로 자신을 보여줄 수 있으니까요."

와츠는 자리에서 일어섰다. "커널 가에는 어떻게 가지요?"

"센트럴시티로 가로질러 오페라하우스를 지나친 다음에, 로즈보울에서 오른쪽으로 가세요. 그다음에는 주의해야 합니다. 악사르벤* 사람들로 가득한 네브래스카 구역을 지나가야 하니까요. 무슨 일이 벌어질지 알 수가 없지요. 그다음에는 캘러베러스 카운티**가 있으니 개구리 조심하시고요. 그러면 커널 가가 나옵니다."

"정말 고맙습니다." 와츠는 개를 데리고 있는 여자가 보이지 않을까 예의주시하며 지시를 따라 움직였다. 예상한 대로 화려한 군중을 헤치고 나아가며 온갖 신기한 것들을 구경할 수 있었다. 개도 한 마리 보였는데 이번에는 맹도견이었다. 사실 그 자체도 신기한 광경이었다. 맹도견의 주인은 맑은 눈으로 주변을 똑똑히 볼 수 있는데도 계속 함께 움직이며 개가 이끄는 대로 따라가고 있었기 때문이었다. 마치 양쪽 모두 다른 방식의 움직임을 상상조차 못 하거나 원치 않는 듯 보이는 모습이었다.

와츠는 곧 커널 가에 도착했다. 너무 완벽한 모습이라 순식간에 뉴올리언스로 이동해왔다고 믿게 될 지경이었다. 카니발이 절정에 달해 있었다. 여기는 마르디그라 축제날인 모양이었다. 사람들은 가면을 쓰고 있었다. 와츠는 길가 행상에게서 가면을 하나 받아 들고는 계속 걸어갔다.

추적은 불가능해 보였다. 비너스 크루가 지나가는 모습을 보는 사람들로 거리가 빼곡하게 차 있었다. 숨쉬기도 힘들 지경이니 움직이며 수색하는 일은 더욱 힘들 것이었다. 와츠는 사람이 적은 버번 가로 빠져나

---

* Ak-Sar-Ben. 네브래스카의 철자를 거꾸로 쓴 것으로, 1895년 이래로 네브래스카 지역의 '건전한 축제와 가축 품평회' 등을 주관해오고 있는 단체이다.
** 캘리포니아 북부의 카운티. 마크 트웨인의 단편 〈캘러베러스 카운티의 소중한 뜀뛰는 개구리〉의 무대가 된 곳으로, 매년 축제에서 개구리 뜀뛰기 대회가 열린다.

왔다. 프랑스 구역 전체를 복제해놓은 모양이었다. 그리고 바로 그때, 그 개가 보였다.

그 개가 분명했다. 어릿광대 복장에 작은 고깔모자를 쓰고 있었지만, 자신의 개처럼 보였다. 아니, 와츠는 표현을 고쳤다. 빈들스티프처럼 보이는 모습이었다.

녀석은 소시지 하나를 기꺼이 받아먹었다. "그 숙녀분은 어디 있니, 이 녀석아?" 개는 한 번 짖고는 쏜살같이 군중 속으로 달려 들어갔다. 와츠는 개를 쫓으려 했지만 불가능했다. 시야가 흐릿한 데다 사람이 너무 많았다. 그러나 와츠는 포기하지 않았다. 한 번 개를 찾았으니 다시 찾으면 되는 일이었다. 그러고 보니 마사를 처음 만난 곳 역시 가면무도회였다. 마사는 우아한 여성 피에로였고, 와츠는 뚱뚱한 피에로였다. 무도회가 끝난 후 그들은 함께 일출을 지켜보았다. 그리고 해가 다시 지평선 너머로 사라지기 전에 그들은 결혼을 약속했다.

와츠는 군중 속에서 여성 피에로를 찾아 헤맸다. 왠지 모르지만 개의 여주인은 그런 복장을 하고 있을 것만 같았다.

이 축제에서 마주치는 모든 것들이 마사를 한층 깊이 떠올리게 했다. 물론 지금보다 더 깊이 파고들 수 있다면 말이지만. 마사가 어떤 식으로 자신과 함께 판매 담당 지역을 돌아다녔는지, 그리고 휴가를 얻을 때마다 어떤 식으로 어디서든 바로 여행길에 올랐는지가 떠올랐다. 그들은 던컨 하인츠 안내책자와 가방을 차에 욱여넣고는 그대로 길을 떠나곤 했다. 와츠의 옆자리에서, 마사는 눈앞에 끝없이 펼쳐진 널찍한 고속도로를 바라보며 그의 음역에 맞추어 부부의 여행 노래인 〈미국은 아름답네〉를 부르곤 했다. "눈부시게 희고 보드라운 도시들이 빛나네, 사람의 눈물로 말끔히 닦인 도시들이…."

언젠가 마사가 이런 말을 한 적이 있었다. 어디를 지나가는 중이었더라? 블랙힐스? 오자크? 포코노? 어디는 상관없지. 마사는 밀했다. "와츠, 당신이 대통령이 되고 내가 영부인이 되는 일은 없겠지만, 우리는 분명 그 어떤 대통령보다도 미국에 대해 더 자세히 알고 있을 거야. 그런 바쁘고 유능한 사람들은 미국이 어떤 곳인지 자기 눈으로 직접 볼 시간이 없게 마련이잖아."

"정말 아름다운 나라야, 여보."

"정말이야, 정말로 그렇지. 영원히 이 나라를 돌아다니고 싶어. 코끼리를 팔면서, 와츠, 당신하고 함께."

와츠는 손을 뻗어 마사의 무릎을 토닥였다. 그게 어떤 느낌이었는지 기억이 아직도 생생했다.

가짜 프랑스 구역의 축제꾼들이 차츰 줄어들고 있었다. 와츠가 백일몽에 빠져 있는 동안 빠져나간 모양이었다. 그는 지나가던 붉은 악마를 붙들고 물었다. "다들 어디로 가는 건가요?"

"퍼레이드 보러 가는 거죠, 당연히."

"메인 퍼레이드 말인가요?"

"그래요, 지금 준비 중이랍니다." 붉은 악마는 계속 걸어갔고, 와츠는 그 뒤를 따랐다.

누군가가 와츠의 소매를 잡아당겼다. "그 아가씨는 찾았나?" 에번스 부인이었다. 검은색 도미노 가면으로 살짝 얼굴을 감추고, 껑충다리 엉클 샘 분장을 한 남자의 팔짱을 끼고 있었다.

"어? 안녕하세요, 에번스 부인! 그게 무슨 말씀이신가요?"

"모르는 척하지 말게나. 그 아가씨 찾았냐니까."

"제가 누굴 찾고 있는지 어떻게 아시는 거지요?"

"당연히 찾고 있었겠지. 어쨌든 그럼 계속 찾아보시게나. 우린 이제 가야 하니까." 그들은 군중을 따라 사라졌다.

와츠가 대로변에 도착했을 때 메인 퍼레이드는 이미 지나가고 있었다. 그래도 큰 상관이 없었다. 남은 퍼레이드는 끝나지 않고 계속해서 이어지고 있었으니까. 크리스마스 장식, 콜로라도, 부스터가 지나가고 있었다. 그 뒤로 의장대의 행렬이 지나갔다. 그다음으로는 코라산의 베일을 두른 예언자와 사랑과 미의 여신이 등장했다. 미시시피 수원지의 동굴에서 곧바로 나온 모양이었다. 작은 미국 국기를 든 학생들을 앞세운 브루클린의 건국기념일 퍼레이드, 꽃으로 가득한 마차가 끝없이 이어지는 패서디나의 장미 퍼레이드…. 플래그스태프에서 온 인디언 사제단도 있었다. 스물두 개 인디언 국가의 대표단이 모두 참석해 있었고, 모두가 적어도 천 달러어치는 돼 보이는 수공예 보석과 장신구를 가득 달고 있었다. 원주민들 다음으로는 버펄로 빌이 말을 타고 행진했다. 뾰족한 턱수염에 손에는 모자를 들고 있었으며, 머리카락이 산들바람에 휘날렸다. 그다음으로 하와이의 대표단이 이어졌는데, 카메하메하 대왕 본인이 카니발의 주인 알리의 분장을 하고 왕족다운 흥겨움을 뿌리며 퍼레이드를 이끌었다. 그의 신민들은 갓 만든 레이 화환을 가득 두른 채로 왕의 뒤를 따라 뛰어오며 모두에게 알로하 인사를 선사했다.

퍼레이드는 끝이 없었다. 오하이오와 뉴욕 외곽에서 온 스퀘어 댄스 춤꾼들, 아나폴리스, 쿠에로, 텍사스, 터키 트로트에서 온 아가씨와 신사들, 뉴올리언스 구시가에서 온 파티와 행진 클럽, 타오르는 커다란 횃불 두 개와 군중에게 호의를 베푸는 귀족들, 줄루의 왕과 그의 매끈한 갈색 피부의 신하들이 모여 서서 "감히 의심을 한 자가 있다면 이곳을 보라"라고 노래를 부르는 모습.

그리고 무언극 배우들이 등장해서 〈오, 뎀 골든 슬리퍼스〉에 맞추어 거리 공연을 하기 시작했다. 들썩들썩 춤을 추는 가면극 배우들 속에는 봄을 축하하는 나라 그 자체보다 더 오래된 무언가가 숨어 있었다. 인간이 아직 어린 종족이었던 시절, 젊은 발걸음으로 최초의 봄이 찾아온 것을 축하했던 그 모습이 깃들어 있었으니까. 행렬의 맨 앞에는 왕의 몸값, 또는 연립주택의 전세금 정도 값어치의 망토를 걸친 훌륭한 클럽의 대장들이 망토를 받치는 50명의 시동을 거느리고 나타났다. 리버티 클라운과 다른 우스꽝스러운 인물들이 그 뒤를 따랐고, 바시픽으로 이름답고 달콤한, 눈물을 부르는 선율을 연주하는 현악단이 이어졌다.

와츠의 생각은 노인과 소년들로 가득한 퍼레이드를 처음으로 보았던 1944년으로 날아갔다. 제대로 된 '총잡이'들이 죄다 전쟁터로 나갔기 때문에 벌어진 일이었다. 그날 필라델피아의 대로에는 1월 첫째 날에 해서는 안 되는 일, 즉 말에 탄 채로 퍼레이드에 참가하는 일을 저지르는 사람들이 가득했다. 자비로운 신께서 부디 용서하셨기를. 걷지 못하는 사람들이었으니까.

그 뒤로 행렬에 참가한 자동차가 보였다. 지난번 전쟁의 부상병들인 모양이었다. 그리고 남북전쟁 참전 군인회 소속의 노인도 한 명 보였다. 모자를 단정하게 쓰고 지팡이를 양손으로 짚고 있는 모습이었다. 와츠는 숨을 삼키고 기다렸다. 심사위원석이 가까워지면, 자동차는 움직을 멈췄고 문이 열리며 모두가 차 밖으로 나왔다. 그들은 어떻게든 서로 도와 가며 심사위원석 앞으로, 스스로의 힘으로 걸어 나왔다. 클럽의 자존심은 이렇게 모두 무사히 지켜질 수 있었다.

그 직후 다른 놀라운 일이 이어졌다. 노인들이 자동차로 돌아가지 않고 스스로의 힘으로 대로를 걸어가기 시작한 것이었다.

그러고는 할리우드 대로의 차례였다. 할리우드의 산타클로스 레인 퍼레이드 분장을 하고 있었는데, 지금까지 영화의 땅에서 시도된 그 어떤 것보다도 더 화려한 모습이었다. 아기 배우들이 활짝 웃으며 축복과 함께 아이들, 그리고 어른이 된 아이들을 위해 사탕을 선물했다. 마침내 도착한 산타클로스의 마차는 너무 커서 쳐다보기가 힘들 지경이었다. 말 그대로 빙산을 통째로 끌어왔는데, 거의 북극점 그 자체라고 해도 될 법했다. 성 니콜라스의 양옆에는 존 배리무어와 미키 마우스가 올라타 있었다.

거대한 얼음 마차의 끄트머리에는 작고 초라한 사람이 하나 따라오고 있었다. 와츠는 눈을 찡그리고 그쪽을 바라보았고, 곧 그가 에멧 켈리*라

---

* 1930년대에서 1950년대에 걸쳐 미국에서 가장 유명한 어릿광대였다. 대공황 시대 노동자의 슬픔을 우스꽝스럽게 표현하는 '힘겨운 윌리' 연기가 유명하다.

는 사실을 발견했다. 모든 어릿광대의 아버지가 '힘겨운 윌리' 역을 하고 있었다. 윌리는 그리 기쁜 듯 보이지 않았다. 아니, 몸을 떨고 있었다. 와츠는 웃어야 할지 울어야 할지 알 수가 없었다. 켈리의 공연은 항상 그런 느낌으로 다가왔다.

그리고 코끼리가 등장했다.

커다란 코끼리, 작은 코끼리, 중간 크기 코끼리, 조그마한 링클스부터 커다란 점보까지…. 그리고 그들을 따라 온갖 코끼리 목동들이, 체스터 콘클린, P. T. 바넘, 웨일리 비어리, 모글리가 따라오고 있었다. "이건 분명 멀버리 가* 행렬이로군." 와츠가 혼잣말로 중얼거렸다.

코끼리 마차의 반대쪽에서 소동이 일어나고 있었다. 남자 하나가 무언가를 쫓아내는 모양이었다. 와츠는 그것이 무엇인지를 알아챘다. 바로 그 개였다. 와츠는 휘파람을 불었고, 개는 잠시 혼란에 빠져 있다가 곧 그를 알아보고 재빨리 달려와서 와츠의 품으로 뛰어올랐다. "나하고 같이 있자꾸나." 와츠가 개에게 말했다. "잘못하면 밟힐 뻔했잖니."

개는 와츠의 얼굴을 핥았다. 어릿광대 복장은 잃어버린 모양이었지만, 작은 고깔모자는 아직 목 아래에 걸려 있었다. "무슨 일이 있었던 게냐?" 와츠가 물었다. "그리고 너희 주인은 어디 갔고?"

마지막 코끼리 무리가 다가오고 있었다. 세 마리의 큼지막한 코끼리가 끄는 커다란 마차였다. 문득 앞쪽에서 나팔 소리가 들리더니 행렬이 멈추었다. "지금 왜 멈추는 겁니까?" 와츠가 옆 사람에게 물었다.

"잠시 기다려봐요. 곧 알게 될 겁니다."

퍼레이드의 의전관이 서둘러 행렬에서 달려 나왔다. 검은 말을 타고, 높은 목 부츠에 빳빳한 흰색 바지와 비스듬한 외투를 입고, 실크햇을 멋들어지게 쓴 채로, 그는 주변을 둘러보았다.

* 닥터 수스의 고향인 매사추세츠주 스프링필드의 멀버리 가를 만한다. 그의 동화 《멀버리 가에서 그런 것을 보다니》에서, 주인공 소년은 멀버리 가를 지나가는 마차를 보면서 코끼리를 비롯한 온갖 동물들이 지나가는 퍼레이드를 상상한다.

그리고 의전관은 바로 와츠의 앞에서 멈추었다. 와츠는 개를 더욱 꼭 끌어안았다. 의전관은 말에서 내리더니 와츠에게 절했다. 와츠는 자기 뒤에 누가 있는지를 보려 고개를 돌렸다. 의전관은 실크햇을 벗고는 와츠를 똑바로 바라보았다. "선생님, 혹시 코끼리 판매 여행을 하는 분이 아니십니까?" 질문이라기보다는 선언에 가까웠다.

"어? 그런데요."

"뵙게 되어 영광입니다, 폐하! 위대하신 분이여, 왕비님과 폐하의 신하들이 기다리고 있습니다." 남자는 길을 인도하듯 슬쩍 몸을 비켰다.

와츠는 침을 꿀꺽 삼키고는 빈들스티프를 겨드랑이에 단단히 껴안았다. 의전관은 와츠를 코끼리가 끄는 마차로 안내했다. 개는 와츠의 손에서 빠져나가더니 마차 위에 있는 여주인의 무릎 위로 뛰어올랐다. 여주인은 개를 쓰다듬고는 당당하게, 행복하게, 존 와츠를 내려다보았다. "안녕, 와츠! 잘 돌아왔어, 여보!"

"마사!" 와츠는 울음을 터뜨렸다. 왕은 비틀거리며 자기 마차에 올라 왕비를 포옹했다.

저 앞쪽에서 달콤한 나팔 소리가 들리고, 퍼레이드는 다시 움직이기 시작했다. 끝없이 이어지는 길을 따라서….

로버트 A. 하인라인 중단편 전집 **10**

너희 모든 좀비는

초판 1쇄 발행　2023년 4월 4일

지은이	로버트 A. 하인라인
옮긴이	조호근
펴낸이	박은주
편집	강연희, 설재인, 이다영, 최지혜
표지 디자인	김선예
본문 디자인	서예린, 오유진, 이수정, 장혜지, 황혜나
마케팅	박동준

발행처	(주)아작
등록	2015년 9월 9일 (제2021-000132호)
주소	04050 서울특별시 마포구 양화로 156 LG팰리스빌딩 1428호
전화	02.324.3945-6　　**팩스**　02.324.3947
이메일	arzaklivres@gmail.com
홈페이지	www.arzak.co.kr
ISBN	979-11-6668-730-3 04840
	979-11-6668-777-8 04840 (세트)